暴君アルファの恋人役に運命はいらない

The dominant alpha
fall in love without destiny.

SKYTRICK

イラスト　ミギノヤギ
ブックデザイン　omochi design

暴君アルファの恋人役に運命はいらない

【第一章　大倉玲《おおくられい》】

運命は、流されて行き着いた先にあるものなのか、それとも無我夢中で泳いで辿《たど》り着いた岸辺に広がる何かなのか。

受動的か能動的かでその行く末はどう変わるのだろう。何も変わらないと言われればそうであるように思えるし、そもそも運命なんか都合の良《い》い言い訳の一種、思考停止であると言われても頷《うなず》ける。

大倉玲はとある映画の広告動画を眺めながら『運命』について少しの間考えた。

たった一分にも満たない。踏切が開くのを待つ間だけ。生温い風が玲の黒髪をふわりと浮かせる。耳には目の前で走行する電車の轟音《ごうおん》が流れてくる。玲は、グレーの目を見開いて、携帯を眺めている。

その動画は、ある映画の記者会見だ。出演俳優たちは今を輝く若手から大物俳優まで粒揃《つぶぞろ》いで、広告動画だと言うのに三百万回再生を回っている。それだけ話題になっている理由は、豪華な出演陣の影響だけでない。原作小説を執筆した人物、月城一成《つきしろいっせい》の存在が関わっている。

動画には月城一成のムービーが組み込まれていた。彼は無愛想に《良い映画になるといいですね。》と告げる。

そのいい加減な口振りも好評で、コメント欄は彼の話題で大盛り上がりだ。月城一成が執筆した作品はどれも人気だった。硬すぎない文体と印象的な表現法、ミステリー調のストーリーが老若男女から愛されている。

彼が世間から異常なまでの注目と人気を集めているのは、彼が描く小説の面白さに加えて、そのルックスも関係している。俳優陣と並んでも遜色ないほどのスタイルと、整った顔立ち。グレーに近い銀髪も彼によく似合っていて、形の良い二重瞼《ふたえまぶた》の奥には、青色の宝石のような目が埋まっている。スッと通った鼻筋も彫刻品の如《ごと》く綺麗《きれい》で、動画でどれだけアップにされても白い肌には毛穴一つない。左目の目尻下にあるほくろに長い睫毛の影が落ちると、色気を増して綺麗だった。

一度彼が雑誌に現れればその号は飛ぶように売れるし、SNSで彼の写真が上げられると一気に拡散される。月城一成は桁外れに美しい外見をしていた。その一方で動画に現れる彼は常に気怠《けだる》げな雰囲気を醸している。そのギャップが人々を惹《ひ》きつけるのだろう。乱暴な口振りも鋭い目つきも、たまに見せるニヒルな笑みも、世間を虜《とりこ》にし続けていた。

彼には圧倒的な魅力があり、それらのせいでこうも言われていた。

——月城一成はアルファ性に違いない。

動画の中で月城一成が言った。

《みなさん、お楽しみに。》

玲は携帯を上着のポケットに突っ込む。

映画の予告動画を見たところで、実際に映画館へ行くことはない。

それは《運命》をテーマにした第二性の映画だ。

人間は男女性以外に第二性……ベータ、アルファ、オメガで区別できる。

大半は特性のないベータ性で、人口の殆《ほとん》どがベータ性に属する。希少なアルファ性は身体的にも知能的にも優れた人間が多く、特権階級の富裕層に多いと言われている。オメガ性はそれよりも稀《まれ》だった。ヒートという発情期を有していて、女性だけでなく男性も妊娠できる体質をもっている。

オメガ性のヒートに影響されるのはアルファ性だけだ。両者はその特質から、番《つがい》と呼ばれる身体的な繋《つな》がりを結ぶことができる。番をもつオメガ性の特徴は分かりやすく、うなじに噛《か》み跡がある。番はアルファ性がオメガ性のうなじを噛んで成立するからだ。

オメガ性にとって番は一人だけだが、アルファ性は他の者を噛むこともできるので複数の番をもつ者もいた。噛んでしまえばいいだけなのだ。非常にアルファ性優位の特質だった。

そして、殆ど都市伝説的に語られているのが運命の番だ。

アルファとオメガには運命の番がいて、二人は一度出会ってしまえば互いの魂で惹きつけられる……。

実のところこれは、都市伝説でも作り話でもない。かなり希少だが実際に報告されているのだ。

オメガ性の自分にも、運命の番、とやらはいるのだろうか。

……もしもいるなら絶対に出会いたくない。

運命の番など要らない。

それに、玲には運命の番に割く時間はないのだ。

やらなければならないことがたくさんある。運命さんからしても、借金塗《まみ》れの玲が相手だなんて運命を呪いたくなるほどの不幸に違いない。いつの間にか電車が通り過ぎていて、顔を上げると同時に遮断機も上がっていく。黄色い棒が、不気味なまでに真っ青の空に突き刺さっていた。

晴れ渡った空の眩《まぶ》しさに目眩《めまい》がする。昨晩から働きづめでろくに睡眠も取れていないのだ。暫《しばら》く歩いて交差点近くで立ち止まる。時間を確認しつつ、その場で数分じっとしていた。

それほど交通量は多くない。この道を真《ま》っ直《す》ぐ行くと高級住宅街に繋がっているため度々高級車が目に入る。玲はまた時間を確認して、あたりを見渡した。

信号が変わる。白い車が走ってくるのを視界の隅で捉えた。

玲は覚束《おぼつか》ない足取りで歩き出す。

——その瞬間、空をつんざくようにクラクションが鳴り響いた。

……後から考えると、それは玲の運命が動くゴングだったのだろう。

気付けば玲は道路に座り込んでいた。

尻餅をついた玲はハッとして顔を上げた。横断歩道の信号は赤になっている。玲を轢《ひ》く間際で急停車した車から男が降りてきた。心臓は飛び出そうなほど鼓動を立てていて、玲は動けない。

男はこちらに近づいてくると、言う。

「死ぬつもりか？」

それはゾッとするほど低い声だった。背骨を撫《な》でるように冷たく、鋭い声。

「俺にお前を殺させる気か？　自殺なら別んとこでやってくれ」

「……あ、す、すみませ……」

すぐ目の前には車のヘッドライトがある。あと少しで轢かれるところだった。

一秒経過するごとに否応《いやおう》なしに恐怖がのしかかってきた。勝手に体が震えてきて、奥歯がカタカタ音を立てる。

目の前に男が迫ってくる。全身黒ずくめで、やたらとスタイルの良い男性だ。グレーのマスクにツバの深いキャップを被《かぶ》っていて顔はよく見えないが、声は若かった。

動揺で視線の焦点が合わない玲に男が吐き捨てる。

「おい。座り込んでたら迷惑だろ。立てよ」

「ご、ごめんなさ……腰が、腰が抜けたみたいで」

「はぁ？　チッ」

盛大な舌打ちが響いたその時、運転席から別の中年の男が出てきて、慌てた様子でこちらに駆け寄ってくる。

「坊っちゃん！　開口一番に喧嘩《けんか》を売らないでください！」

「こいつ腰抜けたんだってよ」

「それはそうでしょう。お怪我《けが》は？　大変なことになりましたね……」

「面倒だ。おいお前、車に乗れ」

するとその男は、玲の返事を聞く前に腕を摑《つか》んでくる。

えっと思うも束《つか》の間《ま》、玲は強引に引き上げられていた。

立ち上がると彼が背の高い男だとより強調された。玲は百七十センチを超えているが、それでも見上げてしまうほど。マスクとキャップに囲われた目が見えた。その瞳の色は、青く、見覚えがある。

左目尻の下にほくろがあった。

「お前……」

呟《つぶや》いたのは男の方だ。彼は何かに気付いたように目を見開くと、次の瞬間には細めている。

マスクのせいで表情はよく見えないが笑っているようだった。なんだ？　玲の胸に焦燥が滲《にじ》む。だが男は何も言わずに腕を握り直し、玲を連れて歩き出した。

「あ、の、ちょっと……っ」

「なんだよ。歩けんじゃねぇか」

中年の男が狼狽《うろた》えつつも運転席へ戻っていく。玲の腕を強く握りしめた男は、迷いなく後部座席に回り、扉を開くと、玲を投げるように後部座席へ転がした。

「うあっ」

「出せ」

男はキャップを外しながら短く言った。すぐに車が発進する。玲は何が何だか分からぬまま座席に座り直し、隣の彼に目を向けた。そうして玲は息を止めた。吐くと同時に呟いている。

「……月城、一成……？」

「俺のこと知ってんのかよ」

面倒そうに、だがどこか面白がるように彼は言う。それから真顔になるとまじまじ玲を見つめてきた。

「ふぅん……」

グレーに近い銀色の髪に一瞬強い光が差して、暗い車内で眩しく見えた。少し長い髪の毛が、月城が首を傾《かし》げることで揺らぐ。

「呼び捨てとは大したもんだな」

「あっ、す、すみません」

「お前、信号見てなかったのか？　赤だったろ」

「あっ、す、すみません」

「はぁ－？　同じこと言って楽してんじゃねぇぞ」

「すみません……」

「で？　わざと？」

玲は目を見開いた。月城は試すように目を細める。

「わざと俺の車に轢かれようとしたのか？」

「えっ……？　はい？」

「冗談だよ」

玲はごく、と息を呑《の》む。こうして真正面で向かい合えば月城一成の正体が本能みたいに分かる。

――アルファだ。

月城はふっと溢《こぼ》すように笑い、また低い声で牽制《けんせい》するように告げた。

「死ぬつもりかよ」

「あの、すみません。ご迷惑かけて……わざとじゃないんです」

「俺の車にふざけたことしやがって。傷がついたろ」

「き、傷ですか」

「お前は」

月城一成がマスクを外した。その綺麗な顔が眼前に現れて玲は内心狼狽える。月城は眉間に怒りを滲ませて、玲を睨《にら》みつけてきた。

「あ、あ、だとか、す、す、だとか、まともに喋《しゃべ》れねぇのか」

「すい、すいません」

「スイスイだと？　調子乗んな」

「ごめんなさい」

玲は謝罪を述べつつも、やけに冷静な頭で（なんでこんなに怒り慣れているのだろう）と考えている。元から優しい印象など一ミリもない存在だったが、こうも威圧的な人物だとは。しかも強引に車へ乗せられてしまった。

「車に傷つけてんじゃねぇよ」

「傷、ついてましたか？」

「お前がぶつかったんだろうが」

「……ぶつかってません」

「飛び出してきたじゃねぇか」

「そ、そうですけど」

「ならぶつかったんだ。ほら、腕が痛いだろ」

言いながら玲の腕をまた強く摑んできた。ぎりっと力を込められて、痛みに顔を顰《しか》める。月城は顔色一つ変えずに告げた。

「痛いだろ」

「は、い……」

「お前はぶつかったんだ。修理費を払わねぇとな」

玲は啞然《あぜん》と唇を開き、「しゅ、修理費ですか?」と呟いた。

そんな、酷《ひど》すぎる。まさかこうくるとは思わなかった。

息を吞む玲を見て月城が僅かに目を細めた。

「ただし、お前が俺の提案を引き受けてくれるなら修理代の免除を考えないでもない」

玲は小さく唇を開き、隠れるように息を吸った。

警戒心を隠しもしない玲を見て、月城がその端正な顔で微笑《ほほえ》む。びっくりするほど綺麗な顔だから微笑まれると何も言えなくなってしまう。

突然、月城が玲の腕を勢いよく引いた。体勢を保って居られずに次の瞬間には彼の胸に抱かれている。月城の匂いで体が覆われる。ゾッと鳥肌が立った。

アルファが首の後ろにいるのだ。耳元で月城が囁《ささや》いた。

「お前、オメガだろ」

玲はじっと目を見開いて、男の膝《ひざ》のあたりを凝視した。

あ、タイミングを逃した。否定しようにももう遅い。数拍の無言を肯定と取った月城が嘲笑《あざわら》うように言う。

「そうなんだな。正直で悪くない」

「あ、あの、俺っ」

「今更否定とか遅ぃからな」

あっという間に玲を解放した月城は長い足を組んだ。鞄《かばん》から名刺を取り出すと、座席シートに肘《ひじ》をかけ体を近づけてくる。不気味なほどにっこりと微笑んで、月城は言った。

「俺は月城一成、と名乗ってる。作家だな」

「……そうですか」

「そうですかじゃなくてテメェも名乗れよ」

玲は一度唇を閉じ、ごくと唾を飲み込む。表情に恐怖を浮かべるが、このまま黙っていてもまたきっと怒鳴られる。仕方なく恐る恐るとばかりに唇を開き、

「玲です。大倉玲」

「年齢」

「えっ……」

「成人してねぇと話になんねぇからな」

「……二十歳です」

「玲ちゃんよ。信号無視するほど急いでどこ行くつもりだったんだ」

「あの、何が言いたいんですか」

「提案の話がしたいのか？　受けてくれるとは嬉《うれ》しいな」

「その提案って何なんですか」

「一成さーん」

　するとそこで軽やかな声が入ってくるので玲は分かりやすく驚き肩を揺らした。その玲の反応を見て、月城がくくっと笑う。玲は目をまん丸にしたまま声の根源である助手席へ目を向ける。

　まさか居たとは思わなかった。金髪の男が、黒いフードを外しながらこちらに横顔を向けてきた。

「隠れてたから気付かなかったのかな。どうも、玲ちゃん」

「……」

　若い青年だった。月城と同じくらいの年だろう。月城と共にいるだけあり、綺麗な男の人だ。金髪の男は驚く玲を気にせず月城へ言った。

「で、一成さん。まさか提案って炎上対策じゃないですよね」

「そのまさかだ」

「男じゃないですか」

「もう良いだろ俺がゲイだってのは知られてんだから。ちょうどオメガが転がってきたんだし、なかなか顔も良いし、こいつにする」

「身元が分からなすぎますよ」

「これから調べれば良い」

　玲はただじっとしていた。二人の会話の意味を少しでも理解するために。月城はそんな玲を見ると、またニヤッと頬《ほお》を歪《ゆが》めるように笑った。

「悪い話じゃねぇんだよ、玲ちゃん」

「……なんですか……」

「俺の恋人になってくれないか」

玲はゆっくりと一度瞬《まばた》きした。

月城は微笑みを深める。

「随分のろく瞬きすんだな。目が大きいから瞬きにも時間がかかんのか？」

「恋人……？」

「もちろん役だよ」

先ほどの運転席の男は何も言わない。助手席の金髪の男はため息を吐いている。

「俺がアルファなのは分かるだろ」

月城は言った。

「俺の仮初の恋人になってくれ。期間は半年だ。半年間恋人を装ってくれれば報酬をやる。もし断れば車を傷つけた修理費用二千万を払わせる」

玲は呆《ぼう》然と月城を見つめていた。彼が「何とか言え」と声を低くするので、ようやっと口を開く。

「俺が月城さんの恋人役……？」

「玲ちゃんよぉ」

月城は見惚《みと》れてしまうほど綺麗に微笑んだ。

「月城さんじゃなくて、一成な。報酬三千万やるから一成と呼んでくれ」

「よろしく」と彼は言って、強引に玲の手を握ってきた。その骨ばった手は何故《なぜ》かゾッとするほど冷たい。

玲は唇を嚙み締めながら、一成の手を見つめている。

言葉も出ないほど、言葉にできない感情が胸に溢《あふ》れていた。

◇

「……よろしくと言われても」

玲は己の手を素早く引き抜きながら呟く。

一成は虚空を握りしめる自分の手のひらを見つめている。玲は言った。

「恋人役ってなんですか……、説明してください」

「あー」

一成は曖昧な笑みを浮かべたまま目線だけ前座席に移し、丸投げするように告げた。

「大江《おおえ》、説明よろ」

「俺っすか」

二人には明確な上下関係があるらしい。大江と呼ばれた金髪の男は不承不承ながらも振り返り、一呼吸おいて、語り出す。

「あー……玲ちゃんの反応からして、この人が誰か気付いてるっぽいよね」

玲ちゃん。その呼称は今後も続行していくのだろうか。

不安に思いつつも頷いた。大江は先ほど玲が『月城一成？』とこぼした声を聞いていたらしい。

「うん。この人は月城先生なんだ。小説家でもあり、やたらメディアや雑誌に引っ張り出される有名人でもある」

ちら、と隣の一成を盗み見する。意外にも自分が有名人である自負はあるらしく、むしろ誇らしげな表情をしていた。

「で、これは公表してないんだけど、アルファ性なんだよ」

玲は小さく頷き視線を下げた。膝の上で、両手を握る。まだ握られた感触が残っている。

「そんで、最近月城先生が原作担当してる映画の出演者に、オメガ性の男がいるんだ」

「えっ」

驚いて顔を上げると、大江は「ん？」と首を傾ける。

「驚いた？」

「あ……はい、その、先生の作品が映画になるのは知っていたので」

「あれれ。もしかして玲ちゃん、一成さんの本読んだことあるの？」

玲は迷ったが、首を横に振った。

「すみません。俺、読書はあまりしないんです。でも月城さんの作品がまた映画になるって話題になっているので」

「一成な」

すかさず一成が指摘してくるので玲はビクッと肩を震わせる。てっきり『読書はしない』の発言に不機嫌を示したかと思ったが、むしろ一成は満足げに煙草《たばこ》を取り出していた。その理由を大江がにこやかに笑いながら言う。

「やったな、月城先生。今回の映画、顔出す場所が多すぎるってクソ愚痴ってたけど、小説読まない人にまで知れ渡ってんじゃん」

「ふっ。今度俺をコキ使ったらあの宣伝部の男殺してやる」

その発言に目を瞠《みは》る玲だが、何が嬉しいのか大江は弾《はじ》けるようにケラケラ笑っている。

「勘弁してよ。先生を保釈するのにいくら金がかかると思ってんの」

「おい話を続けろ」

「ああ、そうそう。でさ、誰とは言わないけどあの出演陣にオメガ性の男の子がいんのね」

男の子と限定されればかなり情報が絞られてしまうがいいのだろうか。幸いにも玲は芸能界に興味がないので、特定する気はない。

「で、一成さんはアルファ性だろ?」

「そう、みたいですね」

「問題は、アルファ性の一成さんがそのオメガ性の男の子と二人でいる写真を撮られてしまったことなんだよな」

玲はこっそりと一成の反応を窺《うかが》った。つい先程までは上機嫌だった一成も眉根を寄せて煙草を咥《くわ》えている。腹立たしげにライターをいじってから、火をつけた。一成が長く煙を吸って吐く頃に大江が告げる。

「ほら、見てよ。これね。すげぇ親しそうだろ」

携帯を見せてくるので写真を確認すると、夜街の一角で向かい合って立つ二人が映っていた。

背の高い方が一成だ。やはり俳優と並んでも全く見劣りしないスタイルだった。二人の距離は近い。食事デートを終えた帰りにも、これから夜を過ごす距離感にも取れる。

誰とは言わなかったはずなのに玲へ見せてよかったのだろうか……。

「ところがこの二人、ちょこっと話しただけでなんともないんだよ」

大江が補足してくるが、玲は相槌《あいづち》をせずその写真を眺め下ろしていた。

「他にも出演者たちが傍《そば》にいたんだ。オメガ性の彼とアルファ性の一成さんが二人並んだ瞬間をどうやって撮ったんだか。匿名の誰かさんが垂れ込んだ写真らしいんだけどさぁ……とにかく」

隣のあたりで白い靄《もや》が湧き起こる。ただの煙だ。苦い。

大江は渋い顔つきのまま、二度ほど頷いた。

「この写真に加えて、一成さんがアルファ性だって事実も記事にして出すって週刊誌が予告してきたんだ」

「え、予告してくれるんですか？」

「そういうもんなんだよ。だから事務所なんかは金で解決したりすっけど」

「馬鹿《ばか》らしい。こんなものに金を払ってられるか」すぐさま一成が苛立《いらだ》たしげに告げた。

「ご覧のように」と、一成の反応を半笑いで眺めながら大江が続ける。

「一成さんは玲ちゃんにはポンポン金を払うけど週刊誌には払いたくないほど彼らを嫌ってるんだ」

「へぇ……」

大江は携帯をしまいながらにこっと笑みを向けてきた。

「この分だと一成さんがゲイだってこともバラされる」

「あぁ、なるほど」

「あれ。あんまり驚いてないね」

彼はわずかに意外そうにした。玲はゆっくり瞬きする。

「驚くって何をですか？」

「……えーっとだから、一成さんが同性愛者だってこと」

玲は少し視線を伏せつつ答えた。

「さっき、会話の中でおっしゃってましたよ」

「ああ。よく聞いてたね」

大江が若干顔色を明るくする。終始期待の薄そうな顔をしていた大江が、心境を変えた瞬間でもあった。玲は、情報を取り入れて話を補完した。

「月……一成さんに、そのオメガ性の俳優以外の恋人がいることを匂わせて、映画公開前に面倒な報道と邪推が入るのを避けたいってことですか？」

「そうそう……ふぅん。なんか良いじゃん。よく見ると綺麗な顔もしてるし。……ん？ 本当に美男子だな」

途端に大江は疑うように目を細めた。玲は再度、一成の反応を盗み見る。

が、失敗した。

「……」

一成は煙草をふかしながら無言で玲を眺めていた。

紫煙をまた吐き出している。白の向こうには、何を考えているのか全く分からない目つきがある。睨んでるようにも見えるし、玲越しに窓の外の景色を眺めているようでもあった。玲は（何なんだ）と内心にしつつ、大江へ問いかける。

「いくら嫌ってようと、俺に三千万払うよりも週刊誌にお金を払った方が良いと思うんですけど、どうして一成さんは俺を使うつもりなんですか」

「いやもうここまで来たら君たち二人で話してよ」

大江は軽々と匙《さじ》を投げて、前を向いてしまった。

黙っていた一成が軽く下を向いて煙を吐く。すると前から手が伸びてきた。大江が一成へ灰皿を渡すためだ。

それを受け取った一成は、真っ直ぐに玲を見つめた。黙り込む玲に彼は忠告する。

「あのなぁ……勘違いしてるようだけど、お前に選択肢はねぇんだよ」

一成が煙草を持った手を少しだけ揺らした。また深く吸って、唇の隙間から煙を逃す。

玲は小さな声で呟いた。

「さっき、選択肢提示してませんでしたか？」

「なんだテメェ口答えばっかしやがって」

一成が怒鳴るので玲は肩を揺らす。目をぎゅっと閉じて怯《おび》える玲を、助手席の大江が横顔で眺めながら呆《あき》れたように言った。

「一成さん、最近極道モノばかり書いてるからってこれじゃ本当にヤクザですよ」

「黙れ」

「まぁこの人は元からこんなもんか。玲ちゃん、怯えてても美人だね」

ヘラッと笑った大江だが、なぜか突然真顔になる。体ごとこちらに向けて、しょんぼり落ち込む玲を凝視してきた。

「ん？　君、本当に綺麗だな？　肌も白いし顔もちっちぇーし、その目の色何色？　グレー？　茶色？　へぇー、オメガって美人多いよな。サラサラの黒髪も丸っこい目も、一成さん好みだよね。その顔の小ささだとスタイルもいいんじゃね？　ちょっと立ってみてよ」

この車内でどうやって立てと言うのか。困惑する玲の一方、一成は舌打ちしながらまた一服した。

まだ玲は何も了承していない。話は終わっていないというのに、一成はタブレットを弄《いじ》り始めた。

分かってはいたが自由な男だ。その一成が気にしているのは映画公開前に報道が入ることらしい。

これだけ横暴で破茶滅茶《はちゃめちゃ》な人が、報道の何を気にする必要があるのだろうか。と考えながらも、玲は蚊の鳴くような声で呟いた。

「週刊誌なんかどうでもいいじゃないですか……」

だが、そこには譲れないモノがあるようだ。一成は深く息を吸うと、その濃い煙を丸ごと玲へ吹きかけてくる。

「お前の頭には脳みそがこれぽっちしか詰まってないのか？　今回はオメガの男が運命の番のアルファの男をぶっ殺す話なんだ。公開前の報道でアルファの俺とオメガのアイツがイチャついてちゃ台無しだろうが。まだ他のアルファと撮られてんならいいけどな、あれを書いたのは俺なんだぞ」

「ケホッ、ケホッ」

「あーあーかわい子ちゃんが咳《せき》してる」

大江は言いながら楽しげに笑った。一成は『これぽっち』と人差し指と親指で輪っかを作ってみせたが、小さすぎて円は潰れている。一成が懸念しているのは自分のことではなく、自分の作品に傷が付くことらしい。大江曰《いわ》く、一成はその辺りに厳しい。

「一成さんが最近一番キレたことは、新刊のレビュー欄に『泣きすぎて彼女に振られたので星一です』と星付けられたことだから。自分の作品と関係ないところで評価されることに特に厳しいんだ」

「……なるほど」

大江は明後日《あさって》を眺めながら続けた。

「配送が雑だったので星一、って奴《やつ》にもブチ切れてたな」

「こっちは死ぬ気で書いてんだぞ。何で配送の坊主のせいで台無しにされんだよ」

その話だけでも一成の性格が摑めてきた。納得できないことには容赦なく怒る。その怒りを紐《ひも》解《と》けば要因が見える。つまりこの提案が横暴であるのにも理由がある。

「……でも、どうして三千万もくれるんですか？」

「そりゃお前が俺の番として俺と暮らすからだろ」

「く、暮らす？」

「恋人なんだから当然」

一瞬目眩がした。高額の内訳には一言聞いただけでは分からない他の仕事もありそうだ。月五百万。自宅での仕事に、性的なものも含まれているのだろうか。

身構える玲へ一成が低い声で告げた。

「冗談で言ってると思うか？」

そう。

「俺はな、これでも腹立ってんだよ」

理由があるのだ。

一成はまた紫煙を燻《くゆ》らせると、煙草の先を灰皿に押し付けた。火が潰されて途絶える。執拗《しつよう》なまでに灰皿へ擦《こす》りつけて、一成は言った。

「増田《ますだ》さんがブレーキかけなきゃどうなってた？」

一成の唇から漏れ出る煙はまるで、ドラゴンが怒りの炎を吐き出すみたいだった。

鋭い視線が玲を見遣《みや》る。

「増田さんが人殺しになってただろうが」

増田さん、は運転手の男だ。彼が「ぼ、坊ちゃん」と止めるように、けれどどこか感極まった声を出した。玲はぐっと拳を握りしめて俯《うつむ》く。道路に飛び出てきた男に増田も恐怖を感じたに違いない。

申し訳ないことをした。身勝手だったと思う。

「すみませんでした……」

「いえいえ、ご無事で何よりでございます。私の方こそ申し訳ありません」

「そんな、俺の不注意です」

一成がまた煙草に火をつける。チェーンスモーカーというより、苛立ちを抑えきれないみたいだった。彼らがどんな関係なのか具体的には知らないが、増田は『坊ちゃん』と呼んでいる。年齢的に増田の方が二回りほど上に見えた。付き合いが長いのだ。

「……あの、これどこに向かってるんですか」

申し訳なさで俯いていた玲だが、ふと窓の外を見てハッとする。

そうだった。自分はどこかに運ばれているのだ。一成は上を向いて煙を吐き出した後、答えた。

「俺の仕事場」

「お、降ります……ぐえっ」

一成に背を向けるが、途端に首に腕を回される。頭の上に顎《あご》を乗せた一成は「降ろすわけねぇだろ」とだらしなく言った。

「離してくださいっ」

「ぐえってお前、色気ねぇ声だな」

「離してくださいーっ」

「逆にお前はどこ向かってたんだ」

「えっ……」

思わず口を噤《つぐ》む。頭の中に浮かぶのは病院の一室だ。今日は、祖母が入院している病院へ向かうという予定になっている。だがそれをすぐに言うのは流れ的におかしい。

「……答えなきゃダメですか？」

「お前行くとこあんだろ？」

「はい。用事があって……」

迷ったが、情報を小出しすることにした。「病院に」と付け足すと一成は腕を解放する。

「へぇ、具合でも悪いのか？」

彼はまじまじと顔を眺めてくる。玲は一成を見つめながら首を横に振った。

「いえ。知り合いがいるので」

「そうか。ひとまず他の業務の説明すっから俺の部屋に行くぞ」

「な、何で聞いたんですか」

結局行くのは決まっているのか。抵抗したところで無駄のようだ。これ以上楯突《たてつ》くのは面倒に思えてくる。

「あの、他の業務って何ですか？」

仕方なく問いかけると、一成はアッと思い出したように目を大きくする。

「そういや忘れてた」

「何……うわっ」

一成は煙草を持つ手を後ろにやりながら、もう片方の手でシャツの襟元をグッと摑んでくる。そうやってうなじを覗《のぞ》いてくる一成に、玲は「何ですか」と小さく悲鳴をあげた。

四月上旬はまだ肌寒い。パーカーで隠れていたチョーカーを見て、一成は片眉を上げた。

「嚙まれてねぇみてぇだな」

「……番がいるかってことですか？　いません……」

「恋人は？」

「いたらこんな悠長にしてませんよ」

「悠長の自覚はあんのか。お前童貞？」

「えっ」

ギョッとするが一成は平然としていた。玲は仕方なく答える。

「童貞じゃないです」

「はぁーん。まぁ、顔はいいもんな」

「放してください」

「はいはい」

一成はパッと手を開いた。ようやっと解放されてすぐ距離を取る。車にしては広々としているが所詮は車内なのでそれほど離れられない。一成がキャップを被り直しながら言った。

「番がいないのは十分だな。必要条件ではねぇけど」

「そうですか」

「で、三千万だぜ。どうする」

「……」

実際、この高額報酬は玲にとって魅力的だった。

いずれ一成にも知られるところになるかもしれないが、玲には借金がある。借金は毎月地道に返済を続けているがこのペースで返済完了する見込みはない。返済完了できない額になっているからだ。状況的に見て、これは願ってもみないことである。その仕事内容が何であれ、三千万もの報酬があるなら客観的に見てこれを断る理由なんか、ない。

「……ご自宅で話を聞きます」

呟くと、一成はフッと鼻で笑った。

玲は窓の外へ視線を遣る。途中で桜並木を通った。

満開に咲く桜が、ぼやけて見える。

玲は美しい光景を心の中に押し込めて目を閉じる。こっそりと、深い息を吐いた。

◇

車で運ばれた先は、見上げる首が痛くなるほどの高層マンションだった。

運転手の増田に礼を告げた一成は玲に見向きもしないで歩き出す。五十五階まで繋ぐエレベーターは一つの部屋くらいに広かった。一体何十人の収容を想定しているのか、アホらしくなるほど。上昇する箱部屋の中で大江は言う。

「一成さんのご実家なんか、普通に城だからね」

「お城……」

「そうそう。魔王が住んでそうなとこ」

「……」

このマンションの外観で既にど肝を抜かれた思いだが、実家は桁違いらしい。ここ数年は滅多に帰らないとのこと。

「一成さんは基本ここで過ごしてるけど、他にもマンションがあってねー。そこに一成さんはボーイフレンドを連れ込みがちだったね」

「そうなんですね」

「この半年くらいはボーイフレンドもいないみたい。忙しいからさ。一成さんが玲ちゃんくらいの年の時は、そりゃもう男たちを侍《はべ》らせて。完全に魔王だったな」

「へぇ」

ボーイフレンドの発音がやたらと良いのが気になる。大江は「でも、歴代の中でも玲ちゃんが一番美人かな」と言った。

「玲ちゃんは何で彼女いねぇの？　あれ、一成さんと同じくゲイ？　オメガだし」

「分からないです。どちらでもないです」

「へぇ。あんま恋しない系の人かな」

アルファ性やオメガ性には同性愛者が多いと言われている。なぜかは知らない。興味もない。

「一成さんは男オンリーだから」

「そうなんですね」

「この人が若い時は大変だったね。今も若いけど」

「一成さんってお幾つなんですか？」

「確か二十七」

玲とは七歳差だ。玲は「本当に若いじゃないですか」と驚いたようにリアクションを取ってみせる。

「いや、ま、そうなんだけど。全盛期は凄《すご》かったんすよ。今は落ち着いてる」

「そうなんですね」

「惚《ほ》れると甘いよ、一成さんは。きしょいくらい」

「そうなんですね」

ちょうどエレベーターが五十五階に辿り着く。エレベーターは二つあるが、フロアの半分が一成の部屋とのことで、出入り口は彼の部屋に直結していた。玲は何となく避難経路を確認しつつ、二人の後を追う。長い廊下の向こうで玄関に辿り着き、シューズルームで靴を履き替える。

何から何まで広く、高級感溢れる空間だった。小説家に加えてタレントの仕事もあるようだが、それにしてもここまで稼げるものだろうか。

『実家』が関係しているのだろう。月城一成はペンネームだ。玲はまだ、彼の本名を知らない。必要ならば向こうから教えてくれる。その時に彼の姓を聞いて、驚けばいい。

「お前の部屋はここ」

と、終始無言だった一成が顎先で扉を示した。

大江が一成の噂《うわさ》話をしている時もすぐ近くにいたのに一切の反応を見せなかった。その彼がいきなり話しかけてくるので玲はビクッとする。一成は眉根を寄せて、「お前はビクビクしてんだよなずっと」と愚痴った。

「そりゃそうですよ。玲ちゃんは一成さんの車に轢かれかけて、おまけに誘拐までされてんだから」

「大江、テメェ何こいつの肩もってんだよ」

大江は誤魔化《ごまか》すように笑って、「いえ、そんなことはないです」と首を振りつつ部屋の扉を開ける。その部屋にはダブルサイズのベッドと棚、テーブルと椅子が置いてある。客室の一つのようだ。部屋には入らずに視線だけで中を確認してみる。玲は「良い部屋ですね」と短く呟き、大江は「好きに使っていいから」と告げた。

するとまた一成が歩みを再開する。行く先は全面ガラス張りの広々としたリビングだった。

一成は「ここにいろ」と一言告げて踵《きびす》を返した。彼の背中を横目で追う。こちら側から二つ目の扉へ消えていった。

書斎？　ベッドルーム？　ドレスルーム？　後で確認しよう。考えていると大江が声をかけてくる。

「広いよね」

彼は黒いソファに我が物顔で腰掛けた。

「あんまりにも広いから俺らは広島って呼んでる」

「……」

「廊下も長かったでしょ。長野って呼んでんだ」

俺『ら』とは誰のことだろう。もしかしてこの部屋には、一成や大江以外にも出入りするのだろうか。そもそもとして大江と一成の関係性をまだ説明されていない。待っていても良いけれど、二人の関係に疑問をもたなすぎるのも不自然なので、玲は問いかけた。

「大江さんは一成さんとどういったご関係なんですか？」

「あ、そういえば自己紹介がまだだったね」

大江が腰掛けていたのはL字型ソファだ。背の高い大男の一成が寛《くつろ》いでも余裕のありそうなソファだ。魔王の巣窟らしい、黒を基調とした部屋だった。

「大江、元《げん》です。元気いっぱいの元。一成さんとは中学の時からの付き合いで、今は月城先生のマネ的なことやってる」

中学の時の先輩後輩なのだと彼は語った。中高大一貫の多国籍私立学園に通っていて、そこで二人は出会ったらしい。途中で一成は外国に留学したため数年間日本を離れていたが、彼が帰ってきてから縁あって仕事をすることになった。

「他にもチームメンバーはいるんだよ。そっちはバイトだけど」

『ら』の内容を察する。玲は「仲が良いんですね」と相槌を打った。

「仲、悪くはないね。あの人面白いから。あ、一成さん、何か食べます？」

振り向くと一成がリビングに戻ってきている。

キャップとマスクを取り払った一成はやはり、こちらが怯《ひる》んでしまうほどの美形だ。心がキュッと収縮する。これには彼がアルファ性であることも起因している。

アルファ性にはオーラというのか、特にオメガ性が感じ取れる何かが滲み出ている。アルファ性の纏《まと》う『何か』に、オメガ性は時に視線を惹きつけられ、時に目を背けるほどの恐怖を覚えるのだ。玲は注意深く一成を見つめた。彼がどんな表情をしているか、何を言うか、気になってしまう。

魂が。

彼を見つめているみたいに。

「大江とは気楽に話すのに、俺には怯えた目をするんだな」

一成が目の前にやってくる。改めて間近で並ぶと、二人の身長差だったり、体格差が歴然となる。先ほどの服から薄手のシャツに着替えたようで鍛えあげた胸筋が分かりやすい。玲は唇を引き締めて、無言で一成を見つめた。

「何だよ、その目は」

「一成さん、玲ちゃんに優しくしないと」

「うるせぇな」

一成は素っ気なく言ってから、「珈琲《コーヒー》」と付け加えた。大江は「はいはい。玲ちゃんはリンゴジュース？」とニコッとする。キッチンへ向かう大江と入れ替わりで一成がソファに腰を下ろした。

「こっち座れ」

玲は促されて、素直に腰掛けた。しかし一成はタブレットを眺めたまま何も言わない。玲は気になってチラチラと彼の横顔を確認する。やがて一成が口を開き、タブレットを放った。

「ここの住所はもう割れてんだよ。だから週刊誌も待ち構えてるだろ。俺とお前が一緒にいれば、お前が俺の恋人だって思うだろ」

アルファ性とオメガ性の同性カップルは多い。つい先日もアルファ性の世界的有名俳優が結婚したが、彼らも男同士だった。

「それに俺も、恋人がいるって発信するしな」

「あ……、自ら言うんですね」

「くだらねぇ報道が流れるくらいならこっちから否定して、他に恋人がいるっつった方がマシだ。それにもういい加減、プライベートを探られるのはうんざりなんだよ。ここらで終わらせたい」

一ヶ月や二ヶ月ではなく半年間の契約を持ちかけてきたのは長期戦にして信ぴょう性をもたせるためだったのか。玲は恐る恐る訊ねた。

「一成さんに他に、本当の好きな人ができたらどうするんですか？」

「はぁ？」

心底呆れた目を向けてくるので、玲は「だって」とムッとした顔をした。

「さっき大江さんが言ってたでしょう。一成さんは恋多き男だって」

「そんなこと言ってたか？　お前らの話、一ミリも聞いてなかった」

それで無反応だったのか。

「何だ恋多き男って」

「昔は沢山の男の人を侍らせてたとか、あとは好きになるときしょ……とても甘くなるとか」

「何だそれ。お前今悪口言おうとしたろ」

「希少なタイプってことです」

「あんまり大江の言うこと信じすぎんなよ」

一成は淡々と言った。

「別にそこまでではねぇから。最後に恋人がいたのもかなり前だ」

「半年くらい前じゃないんですか？」

「もっと前。普通だって。で、お前はどうすんの。仕事の方は」

玲は「え」と呟く。一成は「え、じゃなく」と返す。

「今の仕事。こっち優先してほしいんだけど」

「あ……、はい。分かりました」

「分かったのか？」

一成が目を丸くする。玲は目を伏せるようにして頷く。

「バイトみたいなものなので」

「何の仕事」

「梱包《こんぽう》です。通販会社の……」

「お前、星1つけさせるような梱包してねぇよな？」

話しているうちに大江が帰ってくる。跪《ひざまず》いて、珈琲とオレンジジュースをテーブルに差し出してきた。

「ごめんね。オレンジジュースしかなくて」

珈琲でいいのに……。心の中で呟くがせっかく用意してくれたので口にはしない。オレンジジュースを提供されるイメージでもいいか。考えていると、大江が「んじゃ」と立ち上がりながら一成へ目を向ける。

「あぁ」

「向こうで仕事してきます。話終わったら言ってください。玲ちゃん送るんで」

大江はあっという間に去ってしまう。

二人きりになって、玲の体を侵食する緊張感が増した。一成は単調に言った。

「じゃあ、アルバイトなんだな」

「……まぁ」

今は全部を言わなくてもいいだろう。玲は「他にも仕事はしてますが」と濁して続ける。

「夜勤のバイトを無くします。別に、この部屋で一日中過ごせってわけではないでしょう？」

「ああ、そうだな」

「ずっと一成さんのお部屋にいる恋人なんて不自然ですもんね」

「お前、夜も働いてんの？」

一成は長い足を組んで、腕をソファの背に乗せた。

「金を稼がなくちゃいけないんです」

「病気の知り合いって奴のためか？」

玲は答えずにオレンジジュースを口にする。甘ったるくてびっくりした。

「金がなくて融通も利くオメガを拾ったのは幸運だった」

「よかったですね」

「ただ絶望的に愛想がないな」

グラスをテーブルに戻したと同時、頬《ほお》を摑まれる。一瞬で接近していた一成が玲の顔を無理やり己に向けた。

「少しは笑ってみろよ」

「……」

何と返せばいいのか。困惑する玲に、一成は舌打ちでもしそうなほど嫌そうな顔をして、実際に舌打ちもした。

この無愛想は一成へ対してだけではない。昔から能面みたいだとよく怒られていた。やがて一成は玲を解放すると、背もたれに寄りかかって長い足を放り出した。

「不気味な男だ」

「……不気味……」

「分かった。昼は好きにしていていい」

「え……」

「えって何だよ。お前が言ったんだろ。一日中ここにいるのは不自然だって」

玲はできる限り冷静に、問いかける。

「ならどうして三千万も報酬があるんですか」

だが一成は容易《たやす》く宣告した。

「売春契約だろ。半年も俺に我慢しろっつうのか?」

玲はこっそりと唇を嚙み締める。

慎重に、顔を歪めてみせた。

「……俺がボトムですか？」

「開口一番に聞くことがそれかよ」

一成は横目だけこちらに向けてくる。しどけない目つきだった。疲労の気配が目尻に滲んでいる。

「お前が嫌だって言うなら終わり。他を探す」

突然突き放されるものだから玲は動揺した。玲が飛び出してから始まったことなのに、今に至るまで一成に主導権を握られてしまっている。

すると一瞬閉じた瞼《まぶた》の裏に家族の顔が浮かんだ。

玲はハッと息を呑む。その残影が心を一気に取り込んで、脳が焦燥に巣食われた。

……駄目だ。終わらせるわけにはいかない。

「本当に三千万くれるんですよね」

玲は震える声で呟いた。一成の目が僅かだけ丸くなる。

玲はすぅと息を吸った。

「報酬をくれるなら構いません。恋人同士の距離感には、必要なことですから」

「言うわりに手が震えてるぞ」

一成が目をじわっと細めた。笑っているのだ。

玲は頭のどこかで思う。空想などしないから魔王がどんな形をしているのかなど想像したことはなかったけれど、これが、魔王の形なのかもしれない。悪魔は美しいと言われている。だからきっと魔王もそうなのだ。

彼と取引をしてしまったのだから覚悟を決めないと。玲は黙って一成を見つめる。一成は言った。

お前がボトム、と。

「そんで俺がトップ。口座を大江に伝えろ。前払いだ」

玲を脅すことに飽きたのか、一成はまただらりとソファに体を預けた。一方で玲は前のめりになり、すぐに返す。

「現金じゃ駄目ですか？」

「はぁ？　口座がねぇのか」

「現金だと有り難いんですけど」

「三千万を？　なんか事情でもあんの？」

「すぐに使うからです」

「現金を……？　あー、とんでもねぇの拾っちまったかもな」

返済も入院費用も現金だ。すぐにでも金をもらえるなら、その足で金融事務所へ向かう。

一成は面倒そうに言ったが、案外楽に了承してくれた。

「大江から受け取れ」

「いくらですか？」

「まずは百万」

思わず声が出そうになるのを既《すん》で堪える。一成は片頰を歪めるようにして笑った。

「嬉しそうだな」

「……わ、かりました」

「急な依頼を引き受けてくれたから、プレゼントだ」

一成はほくそ笑んだ。珈琲には手をつけず、また煙草を取り出している。

「お前の話的に朝晩働いてんだろ。何をそんなに必死こいて働いてんだ」

一成がライターを手にした。その瞬間玲は「俺が」と言いながら手を伸ばす。

ジッポを奪い取って、火をつける。一成の咥えた煙草に近づけながら言った。

「必死こいてる理由を突き止められたら、一成さんにプレゼントでもあげますよ」

「……お前が俺に？」

彼の口元で火が燃えている。魔王はドラゴンのように炎を吐き出すのだろうか。

一成が軽く目を伏せた。長い睫毛の影が目元のほくろにまでかかりそうだった。息を吸って、煙草の先が赤くなる。玲はジッポを一成の膝の上に投げるようにして置いた。一成は一服すると、深い煙を吐き出し、満足げに告げた。

「楽しみだな」

煙が白いベールのようになって、青い瞳が霞《かすみ》がかった。だがぼやけてもその色は、玲の記憶に鮮明に焼き付いている。

玲はテーブルの端にある灰皿を視線で捉えた。ガラス製の重そうな灰皿だ。

彼が「プロフィールは大江に伝えておけ」と言って目を閉じた。玲は「はい」と小さく呟き、腰を上げる。

「鍵は大江から受け取れ。荷物は明日中に入れておけよ」

玲はまた「はい」と答えて歩き出した。廊下に出るとちょうど大江が現れて、「話終わった？」と明るく笑顔を向けてくる。

「大江、百万」

「はいはい」

たった二言だ。大江がどこからか金を持ってくる。あっけなく現金を手渡されて、玲は内心で慄《おのの》いた。緊張した面持ちで鞄《かばん》に現金を仕舞うと、大江がいくつか質問してくる。本当にいくつかで、名前と連絡先など項目は限られていた。その後、彼の車で家まで送られることになった。玄関を出てすぐ、大江がカードキーを手渡してくる。

「これ、部屋の鍵ね。エレベーターに翳《かざ》すと勝手にここまで運ばれるから。ハウスキーパーさんがちょくちょく入ってくると思うけど鉢合わせることはないかな。玲ちゃんも掃除とかしてねだれば、報酬上乗せしてくれると思うよ」

玲はこくんと頷いてカードキーを預かる。行く先は自宅ではなくここから一番近い最寄駅にした。それにしても……と、手元のカードキーを見つめる。なぜここまで不用心なのだろう。簡単に鍵を渡してしまうなんて。疑問に思ったが、その答えは車に乗ってすぐ分かった。

「玲ちゃん、借金あるみたいだね。返済頑張って」

「えっ……」

大江はニコニコと笑みを浮かべながらエンジンをかける。驚く玲に、容赦なく告げた。

「お祖母《ばあ》さんもよくなるといいね」

「……」

ああ。知られているんだ。

一瞬席を外した大江は玲の個人情報を調べていたらしい。玲は小さく唇を噛んだ。金髪の後頭部が見える。表情は見えない。頭の中で思い描くが、なぜか濁ってよく見えなかった。

……まぁ、いい。大した情報ではないから。むしろ借金の履歴は一番初めに分かることだ。借金の理由に祖母の医療費もあるし、芋づる式に判明できたのだろう。こんなに早く突き止められるとは思わなかったがいつか知られるだろうとは想定していたし、問題はない。

だけど少しだけ疑問に思う。借金があることは知っていてもどこから借りているのかまで把握しているのだろうか？　気になったが、問いかけはしなかった。

「……」

静かな車内で黙り込む玲はたった今し方までの一連を思い返す。

まさか……、三千万も報酬にするなんて思わなかった。

自分としても結果的にどうなるか分からず不安だったが、この展開ならむしろ有り難い限りだ。

運転は落ち着いていて車内は静寂していた。玲は窓の向こうで流れゆく景色を眺める。あれだけ晴れていた空に重そうな雲が垂れ込んでいた。目を閉じると、まだ一成と出会う前に聞いた踏切の音が耳に蘇《よみがえ》ってくる。

空間は静かなのに頭の中が煩《うるさ》い。目を閉じる力をより強くした時、突然、

「玲ちゃん、お祖母さんのお見舞いはいいの？」

と大江に語りかけられた。

玲はフッと魔法から覚めたみたいに目を開く。バックミラー越しに、こちらを観察するような大江の視線が見えた。玲はかすかに吐息を吐き、答える。

「……また明日向かいます」

「そっか。どうせなら送ってこうと思ったんだけど」

「あ、いいえ、大丈夫です。今日はもう疲れてしまったので……」

「少し聞いてたけど昼夜問わず働いてるんだ？」

玲は派遣のバイトをしている。基本的には月毎《つきごと》に仕事も変わるので、仕事先までは簡単には分からないのだろう。

「はい、そうですね」

「なら三千万はでかいな」

「はい」

「一成さんの部屋も凄かったでしょ」

「びっくりしました。ご実家はあそこよりも立派なんですか？」

「うん、魔王の城」

大江はクックッと喉で笑った。一成と似ている笑い方だ。共に過ごす時間が長いと似通ってしまうのだろうか。

その城にいた一成も、他の魔族と似ているのだろうか。

玲は呟いた。

「でもう、そこに魔王はいないんじゃないですか」

「え？」

大江は不思議そうにした。

玲はカードキーを握って小さく微笑む。

「一成さんはここにいるんですから」

「……言うねぇ」

大江は上機嫌に笑い声を上げた。玲はそれを聞きながら、また窓の外へ視線を遣る。

もう踏切の音は消えている。雲はさらに重たく色を変え、今にも雨が降り出しそうだった。

◇

翌日、朝から大粒の雨が降っていた。地面を叩《たた》きつける鋭い雨だ。朝はバケツをひっくり返したような土砂降りだったが、昼になって幾分か勢いを緩めるも、それでも雨脚は強い。

一成のマンションへ向かう前に、金融事務所に寄ることにした。昨日受け取った百万のうち幾らかを渡すためだ。傘を差して歩きながら（この雨じゃ桜も散るだろうな）と考える。別にだからどうと言うこともない。花見なんかするような、生活でもないし。

「ヨォ、玲じゃねぇか」

古びたビルの二階を訪ねると、事務所に顔見知りの中年の男がいた。取り立て屋の一人だ。他に事務員の女性と、見知らぬ若い男もいる。

「……こんにちは」

「こんにちはじゃねェよ。少し顔見ねぇうちにまた変わってやがるな」

玲は小さく頷く。中年の男、山岡《やまおか》は近づいてきて、「返済だろ」と手を差し出してきた。

玲はのろのろと封筒を取り出した。奪うように受け取った山岡は、封筒の中身を確認すると、丸ごと事務員の女性に投げる。

「久しぶりだなァ、玲。まぁだオメガやってんのか」

「山岡さん、そいつオメガなんすか」

若い男が興味津々といった様子で山岡に話しかけた。最近事務所に入ったのだろう。恰幅《かっぷく》の良い山岡に比べると、ひょろりとしていて背の高い新人の男だった。二人とも柄の悪い格好をしていて、いかにも今から債務者を殴ってでも金を毟《むし》り取《と》るぞと言わんばかりだ。

「そうだぜ、面は良いだろ」

「美人っすね」

「オメガだからな」

「オメガかぁ。具合も良いんだろうな。どこの店すか？　俺通っちゃおっかな」

「いや、こいつは売ってないんだよ」

山岡が「な」と肩を摑んでくる。グッと強く握られて玲は顔を顰めた。

「お姫様だったからなァ」

山岡は低い声で笑い声を立てた。

若い男が何のことか分からなそうに怪訝《けげん》に顔を顰める。玲は視線を事務員の女性へ移した。

返済手段は現金のみだ。金を数え終えた彼女が山岡に「五十万です」と告げる。山岡は眉を上げた。

「景気がいいな。金蔓《かねづる》でも見つけたか？」

「そんなんじゃないです。あの、もう、行っていいですか」

すかさず若い男が「姫ってイロ？　それとも兄貴たちのオモチャだったんすか？」と追及してくる。

沸点の低い山岡が怒鳴り声を上げた。

「うるせェなぁテメェは！　玲、お前、この額じゃ一生かかっても無理だぞ。ちんたらしてんなよ」

「はい」

肩を摑む太い手の力が強くなる。玲は痛みで顔を歪めつつ、「わかりました」と答えた。

玲を睨みつける山岡の目に苛立ちが深くなった。玲は思わず視線を逸《そ》らす。すると、肩を摑む手が離れた。その隙をつき、玲は逃げ出すように部屋を出た。すぐに事務所から離れる。まだ外は大雨が降っていた。アパートから持ってきた荷物はバッグ一つだ。

肩からバッグを下げて最寄駅に戻ると、電車に乗ろうとしたタイミングで電話がかかってきて、玲はホームに立ち止まった。

画面に表示された名前を見て、一度唾を飲み込む。ふぅと息を吐き、通話ボタンを押した。

『五十万もどうした』

目を閉じると彼が纏う煙草の煙が見えた。一成の吐く真っ白な炎のような煙とは違って、退廃的で灰色に濁って見える煙だ。

「由良《ゆら》さん」

玲は吐息混じりに呟いた。

「もう聞いたんですね」

『なめてんのか？』

低く、静かな声だった。耳を澄ませていないと聞き落としてしまいそうで、でも、心を深く突き刺してくる。

『他で借りたんじゃないだろうな』

「大丈夫です」

『何して稼いだ金だ？　今更、体でも売ったんじゃねぇよな』

「あの、大丈夫です。クリーンなお金です」

『婆《ばあ》さん死んで金が浮いたのか？』

玲は電子時刻表を確認しつつ「まだ生きてます」と答える。

『ああ、そう。しぶといな』

「……」

『で、どこから持ってきた金なんだよ』

由良は金融事務所のオーナーだ。玲が返済した額を山岡が報告したのか、すぐに確認の電話をかけてきたのである。

あの金融事務所は違法な利率で金貸しをしている。一度金を借りると元金よりも金利の方がはるかに多くなるが、それでも金を借りに行く者たちは、普通の債権で取引できないだとか、明日には首を括《くく》るくらい今すぐにでも金を手に入れたい者だとか、様々だ。

その事務所のオーナーでバックにいるのが由良。つまりヤクザだ。

玲は自ら金を返済しに行くが、そうでない債務者には事務所の連中が訪問し、従順に金を返す者にもそうでない者にも様々な暴行を加えている。よくある闇金の一つだった。だが玲の場合、債権者はあの金融事務所ではなく由良個人である。

だから事務所の輩《やから》たちは玲に触れない。

「臨時のバイトが高額だったんです。たまたま……俺がオメガだからです」

『へぇ、オメガ様々だな』

由良も真剣には受け取っていなかった。露ほども信じていない口調だったが、ひとまずは見逃すことにしたらしい。

由良に月城一成の話をするわけにはいかない。由良に小説を嗜《たしな》む趣味なんかないし、メディアにも興味のない男だ。

しかし一成の名前を出したくなかった。玲がどこにいて、何をしているのか、由良に教えてはならない。

「真面目《まじめ》に仕事してます。紹介してもらった事務職も辞めてません」

『そうだ。ふざけた真似《まね》はするなよ。お前は黙って、死ぬまで金返してりゃいいんだから』

「はい」

『何言われても余計なことはするな』

「はい、ありがとうご――……あ」

切れた。いつも思う。由良の電話を切るタイミングは謎すぎる。

彼から別れの言葉を聞いたことはない。七年前に出会ってから、一度も……自分たちに別れなどないのだから当然かもしれない。玲は深呼吸をして、また荷物を抱え直した。

金融事務所のある町はどこを歩いても汚れていて、道の隅にはゴミか鼠《ねずみ》が落ちている。町全体が灰皿みたいな場所だ。当然、喧嘩や一方的な暴力も点在していた。

一成のマンションが存在する街とは天と地ほどかけ離れている。

あの街の空気は濁っていない。ビルが立ち並ぶオフィス街の先に、高層マンションと高級住宅街が広がっていて、身なりの良い人ばかりが歩いていた。スーツを着た社会の中枢で働いていそうな恰幅の良い中年だったり、子供や犬さえも高そうな服を着ている。

傘の色が違うのだ。

濁った半透明の破れた傘ではなく、そこにいる人たちは、透明な傘や鮮やかな色の傘を使っている。

玲が過ごすには場違いすぎるとは分かっている。どうやったらここに慣れるだろう。でも、慣れないと。

タクシーでマンションまで移動して、車内で心を入れ替える。時刻は午前十一時だ。一成にマンションへ向かう旨をメッセージしておいたが返信はまだない。渡されたカードキーでマンションに入り、エレベーターへ乗り込む。あまりに場にそぐわないのでコンシェルジュに止められるかと思ったが、そんなことはなかった。

上昇していくにつれて心臓が騒《ざわ》めきだす。金融事務所へ向かうよりもよっぽど、緊張する。部屋の階に着いてキーで玄関扉を開錠する。扉を開けて、室内の様子を窺うが、物音ひとつしない。

恐る恐る靴を脱ぎ、スリッパを取り出して歩いていく。俺の部屋……ここだ。部屋に荷物を置いて、リビングへ向かう。が、やはり一成の姿がない。

玲は安堵《あんど》とも落胆とも言い難い気持ちで呟いた。

「いないのかな……」

「いる」

玲は「ひゃっ」と悲鳴をあげて振り向いた。

寝起きみたいな目をした一成が、不機嫌そうに玲を見下ろしていた。

「ひゃっ、て……お前……」

「び、びびっくりしました」

「そすか」

一成はかなりテンションが低かった。ぼそっと呟き、ソファへ歩いていく。

「早かったな」

「え、そ、そうですか?」

もう昼だ。だが一成の雰囲気はまるで早朝みたいだった。

「荷物は置いたか?」

「はい、置きました」

「必要なもんあれば適当に買え。その辺に金がある」

語尾が萎《しぼ》んでいくゆったりとした口調だった。一成は宙を指差した。どの辺を指しているのか全く分からないが、玲はひとまず「はい」と答える。

寝起きは随分と緩いようだ。警戒心が薄い。昨日出会ったばかりの男を招き入れて、ぼうっと俯いている。手持ち無沙汰なので玲は、「あの、珈琲でも淹《い》れましょうか」と問いかけた。

「ああ、頼む。オレンジジュースは冷蔵庫の中にあっから」

「……はい」

玲はキッチンへ移動した。ダイニングテーブルの奥にカウンター式で設置されている。広々としたキッチンだった。ダイニングテーブル側はバーカウンターのようになっている。酒のボトルが幾つか並んでいた。かなり酒を嗜むようだ。

珈琲を淹れている間、冷蔵庫の中身を確認する。それなりだった。デリが多い。食事はどうするのだろう。何か作った方がいいかな。

カップに珈琲を注ぐ。睡眠薬か何か入れても気付かなそうな無警戒ぶりだ。

と、いきなりチャイムの音がした。何かと思ってリビングに戻るも一成は項垂《うなだ》れた体勢のまま完全無視だ。

仕方なくモニターを確認するとどうやら宅配で、慌てて玄関扉を開ければ、マンションのコンシェルジュがいた。

「如月《きさらぎ》様はご在宅ですか？」

玲は目を丸くした。なるほど。偽名を使って借りるのではなく、さすがに本名でこの部屋を借りているみたいだ。

玲は「はい」と答えて荷物を受け取った。ダンボール箱はやたらと大きく、彼は去り際に「こちらの会社からの荷物はすぐにお届けするよう申し付けられているので」と玲に説明もしてくれた。

荷物を先にリビングへ運ぶ。次に珈琲を手にしてソファへ戻るが、一成はまだ膝に逞《たくま》しい両腕を置いて俯いていているところだった。

「あの、起きてますか？」

「……ああ、起きてる」

今起きた、みたいな間だった。

「珈琲です、どうぞ」

「ども」

やはり昨日とは雰囲気がまるで違う。もしかしたら普段はもっと遅くまで寝ていたのかもしれない。

実際一成は、

「こんな朝早くから……すげぇな」

とこちらを横目で見上げて感心していた。

玲は戸惑いながらもこっそりと携帯を確認する。時刻はちょうど正午だ。早いだろうか？　分からない。玲にとっての朝は五時半だ。

するとその時、携帯に《どこにいんの？　部屋引き払ったって聞いた》と通知が入った。

一体誰に聞いたのか。返信は後にしよう。一成が「朝から、どうやってそんなに動き出すんだ。お前は鳥か」と言い出したので。

「ごめんなさい。早すぎましたか」

「すげぇな」

「あの……出直しますか？」

「何を？」

「え、えっと、俺もよく分からないですが……」

「朝飯食べた？」

朝飯というより昼食だが、玲は従順に「いえ、まだです」と答えた。

「冷蔵庫ん中にハンバーグとかある。オレンジジュースも。勝手に食え」

一体一成の中でどんなイメージ形成をされているのだろう。お子様ランチを勧められてしまった玲は、気を遣って逆に聞き返した。

「一成さんは何か食べます？」

「いらねぇよ」

一成は「朝だぞ、食えるかよ」と怠そうに言う。朝は食べないようだ。朝ではないが。

「すみません。えと、俺も大丈夫です」

「はぁ？　何が大丈夫なんだそんな細っこい腕して。朝だぞ？　食べろ」

適当すぎる。玲は「では、後でいただきます」と頷いた。

先に荷物の話をしなければ。コンシェルジュが急いで届けに来たということは重要物のはず。しかし玲がその話を切り出す前に、一成が言った。

「闇金に借金してんだって？」

「え……」

玲は息を呑んだ。

借金のことは大江が知っているのだから一成も把握しているのは自然なこと。だが普通の金融債権ではないと既に知られているとは思わなかった。

一気に背が熱くなる。こうも突然言われては心の準備が出来ていない。頭の中に土砂降りが浮かんだ。傘は半透明に濁って破れている。高層階の部屋に雨の音はしないのに、脳裏に悲鳴みたいな雨音が蘇った。幻聴を押し込めて、小さく頷く。

「は、はい……」

誤魔化すことは出来ない。認めるしかないが、どうしよう。

闇金へ借金をしている身なんか厄介に決まっている。いずれ知られるにしてももう少し関係を保てたら見過ごしてくれるかもしれないと楽観的に考えていた。が、初日で把握されているなんて。

面倒な男は切り捨てられるかもしれない。

だめだ。それだけは……。

一成は短く言った。

「いくら」

玲は自然と俯いていた顔を上げる。

一成は背もたれに寄りかかって、眠そうにこちらを眺めていた。

「……結構多い方です」

不自然に濁してしまったが、意外にも額は「へぇ」と追及されなかった。

一成の口調は淡々としていて変わらなかった。玲への怒りは一切ない。続けて聞かれたのは別のことだ。

「誰の借金」

「え」

「保証人にでもされたんじゃねぇの」

玲は思わず目を丸くした。

「……」

……一成は、玲が作った借金だと思っていない。

玲は唇を噛み締めた。

目の奥が途端に熱くなる。唾を飲み込み、すぐに答えた。

「いえ、違います。俺が作ったんです」

「ふぅん」

またしても一成の反応は想像外のものだった。

てっきり非難されるかと思ったのに、一成はそうしない。

「まぁ、色々あるよな……」

どうでもよさそうに、ぼんやりと、呟いたのだ。

……分かっている。一成は単に眠いだけ。だから適当にそう返した。

分かってはいるのに玲は心が締め付けられる。一方で緊張で張り詰めた体が弛緩《しかん》する。

玲は何も言えず、一成は容易く言葉を発した。

「知り合いが病気ってのは婆さんだったのか」

「は、はい」

「婆さんな、婆さん」

大江から聞いた情報を確認しているようだ。これにも深く踏み込まれない。玲はひたすら動揺していた。

一成は思い出したようにテーブルの端にあった煙草を手にして、素早く火をつける。一服するとまた、項垂れるような体勢になり、終《しま》いには無言になってしまった。相当朝が弱いらしい。顔は見えないが目を瞑《つぶ》っているかもしれない。

まだ胸に言いようのない切なさが染みていた。これをどう整理すればいいか玲には分からない。借金のことを知って、ここまで態度を変えられなかったのは初めてだったから。

でも切り替えないと。まだ静寂が心地良い関係ではない。どうしよう。玲は何か言わなくてはと焦って考えて、そうだ、と閃《ひらめ》いた。

「あの、今日はご在宅なんですか?」

「ご在宅だな。怠《だる》いし……」

一成の声は恐ろしく低かった。玲は意を決して問いかける。

「なら、今日、しますか?」

「何?」

一成が顔を上げる。「あの、あれです」と玲はモゴモゴと呟いた。

恋人の距離感に必要なことだ。ヒートも遠いし、玲の体調は安定している。

つまりセックスができる。だが一成はぼうっとこちらを見上げて、煙草を吸っていた。

やがて、煙を吐いてから「アレ?」と首を傾げた。そうして訝《いぶか》しげに眉根を寄せた一成だが、その視線が廊下の方へ移る。彼の視線を追えば、リビングの入り口にはあの、やたらと大きいダンボールが置かれている。

「あっ」

すると一成は突然声を上げてすっと立ち上がった。煙草を灰皿に投げ置き真っ直ぐ荷物へ向かう。

その腕力で強引にダンボールを開けた。

「お、いいな。デザイン」

いきなり動き出すものだから玲は驚いて固まっていた。慌てて彼を追いかけて、その手元を覗くと、中にあったのはボードゲームだった。一成は箱を持ち上げて玲へ言う。

「あれってこれか。いいぜ。しよう」

「えっ」

「大江呼ぶか。大江、あいつ文書作るので忙しいって言ってたな。まだ来てねぇ?」

「へ、い、いるんですか?　見ていません」

「四人いた方がいいからな。俺とお前と大江と、ゴスケか七味《しちみ》かトラックが暇そうだ」

「……え、あの、え?」

ゴスケ……。

それに加えて七味?　トラック。

困惑する玲に一成は言った。

「大江は分かるだろ。昨日会ってんだから」

「あ、はい。え?　ゲームですか?　七味……?」

「七味明宏《あきひろ》と、前田《まえだ》トラック。漫画家とイラストレーター。知らねぇかぁー」

クリエイター仲間だ。一成はひたすら上機嫌でケラケラ笑っている。早速携帯を取り出すと電話をかけ始めた。太い腕で大きな箱を摑み、ソファへ戻っていく。

「大江今どこいる?　宇宙船タイム五号届いたから、俺とお前と昨日の男と、七味かトラック呼んでやろうぜ」

ソファに腰掛けた一成は膝の上に箱を置いた。パッケージには、爆弾に絶叫する男女が描かれている。

「……あー、そうだったな。玲はここにいっけど」

玲。名前で呼ばれて、ビクッと心が震える。

「分かった分かった。確認する。明日？　へぇ、早まったのか。了解。んじゃ」

短く別れの言葉を告げて電話を切った一成は、どこか残念そうに息を吐いた。

ゲームをソファの隅に放って、灰皿に放置していた煙草を手にする。火のついた先端を数秒見つめると、結局消してしまった。

「例の記事が明日出る」

いきなり言われるので一瞬理解が追いつかない。

あ、そうだった。この関係は一成が撮られた写真が原因だったのだ。

「あ、明日ですか？」

「悪いな。ボドゲ会は中止だ」

「は、はい……」

「そんな悲しそうな顔すんなって」

「……」

一成は首元まで伸びた長めの髪の毛をゴムで一つに纏《まと》め、携帯を弄りながら怠そうに背もたれに寄りかかる。玲はソファに座らず、彼の傍で立ち尽くしていた。

「公式ではすぐに否定する。報道関係には他に番候補の相手がいることを伝える」

「わ、かりました」

俺たちはアルファとオメガだ。ただの恋人関係ではない。携帯に情報が記載されているのだろう。大江からのメッセージ？　彼は今日、この部屋には来ないようだ。

「俺の相手は一般人だからつけ回したら容赦しない、とは言っておく。俺だってただの作家だけどな。が、それでも追ってくる連中に向けて明日の夜はお前連れてその辺出歩くから。当たり前みたいに」

新しい記事を書かせるつもりなのかもしれない。玲はただ従うだけだ。

「はい」

「お前は明日の夜までここにいろ。それ以降日中出歩く時は、裏の出入り口を使え」

「裏なんてあるんですね」

「いくらでもある。こっち来い」

「うわっ」

いきなり腕を掴まれたかと思えば、ふわっと体が浮く。玲は一瞬で一成の膝の上に移動していた。彼の体が大きいとは言え、こうも簡単に引き摺《ひず》り込まれるとは。

「ちょ、一成さん」

「軽いな」

向かい合う形で膝の上に座らせられている。玲もそれなりに男の体なので重いはずなのに、一成にとっては『軽いな』と簡単に言えてしまう程度らしい。

一成の膝は硬かった。大きな胸筋も硬い。どこもかしこもゴツゴツしていて、玲とはまるで違う体だ。どこに手を置けばいいのか分からず胸にそっと両手を添えてみる。玲は否応なしに、その綺麗な顔を目の前に突きつけられる。一成が面白がるように目を細めた。

「怖いか？」

……これは、恋人同士の距離感に必要なことだ。

外を出歩くのに他人行儀でいるわけにはいかない。自然と触れ合うためには、こうして慣らしていかなければならない。

一成は唇の端を吊《つ》り上《あ》げた。玲が何も出来ないと思っているみたいだ。玲は唾を飲み込むと、一成を真っ直ぐに見つめた。

「……俺が言った『アレ』はこのことです」

「へぇ」

一成の目が意外そうに丸くなる。またニッと細まるが、今度は面白がるというより、面白いものを見つけたみたいな表情だった。

「だいぶ覚悟決まってんだな」

「お金のためですから」

「……ま、コレをするのは俺の気分なんだけど」

スッと一成の腕が伸びてきて、首筋を手のひらで撫でられる。アルファ性に触られたせいかうなじに悪寒が走った。

勝手に慄く体だが、一成の手つきは甘かった。

「お前が嫌がってばっかいたら興醒《きょうざ》めだ。本当に出来んの？」

期待してなさそうな目をしている。ボードゲームを手にした時とは真逆だ。また眠気がぶり返してきたのかもしれない。今の玲ではゲームにさえ勝てない。

気まぐれで玲を相手に選んだ人だ。気まぐれで、玲を追い出す可能性もある。

それだけはダメだ。

絶対に。

玲には明確な目的がある。そのためには一成と共にいなければならない。

「出来ます」

「ふぅん……」

一成の青い瞳に欲望が滲むのが分かった。

その青は深い海の色をしている。懐かしいような、悍《おぞ》ましいような、綺麗な色をしていて、瞳は嫌いになれない。

玲はその膝から降りて、滑らかなカーペットの上に座り込んだ。一成の股の間に割り込み、恐る恐る彼の下半身に手を伸ばす。

ゴスケを呼ばれなくてよかった。一成が友人に真っ先に電話をかけなくてよかった。本当に……もし彼を呼ばれていたらこうはいかない。今後も気をつけないと。玲ができることは一成の気を引くことだ。

「触っていいですか」

「好きにしろ」

一成は鋭い眼差《まなざ》しで玲を見下ろしていた。決して冷めた瞳ではなく、むしろ熱が孕《はら》み始めている。

スウェットを着ているからジッパーが見当たらない。布越しに股間を撫でると、玲の意図を察した一成は腰を上げて、ボトムと下着をずらした。

「……っ」

「咥えるなら咥えろ」

まだ柔らかい性器が露《あら》わになる。勃起していないのに既に大きくて、勃《た》ち上がったらどれ程になるのだろうと想像し、ゾッとする。

一体、自分は何をしているのか。頭が冷えかけるが、息を吐いてその思考を放棄する。こんなの大したことではない。大丈夫。今までだってどうにかしてきたのだ。一成が暴力を振るってくる気配もないし、ならばむしろ少し間違えたっていいくらいだ。

玲は慎重に性器に触れる。まるで反応を見せないそれを勃たせるために。

「……大きいですね」

「……」

小さく感想を呟くが無反応だった。上目遣いで見上げると、一成は無表情で玲を見下ろしている。

ごく、と唾を飲み込んでペニスに触れる。

人肌の体温だった。竿《さお》を柔《やわ》い力で握りしめて、亀頭を唇で喰《は》む。

カリ首を咥えて口内におさめる。できる限り咥え込んで、口の中全体を使って丁寧に愛撫《あいぶ》する。

「ちっせぇ口だな」

「ふ、ふいまへ」

「そこで喋《しゃべ》んな」

自分主体のフェラは慣れていない。でもちゃんと気持ちよくしないと。

口を窄《すぼ》めてペニスを吸うように刺激する。空気に触れている竿の箇所も、両手で擦り上げる。一成のペニスは日本人離れした大きさだった。アルファらしいと言えばそうだが、徐々に硬くなっていくと、より凶器じみていく。

「んっ、ふ……ん」

こんなに大きな性器は珍しい。体格がしっかりしているからだろう。

考えながら扱《しご》いていくが、徐々に思考もぼやけてくる。唾液が唇の端から漏れて顎に伝っていく。先走りが溢れて、玲の口内で混じった。

「んぅ、……ッ、ぅ」

「……あー……」

生温かったペニスの熱が増した。一成が唸《うな》るように低い声を出す。かなりの時間がかかったが勃起している。拙いフェラだったが、一成は文句を言わなかった。唯一彼がするのは、

「下向くな」

玲が視線を落とすたび、顔を上げさせることくらいだ。

大きな手で髪を撫でてくる。骨ばった指が耳に触れた。耳たぶをいじられると、ぞくっと背筋が震え上がった。玲は意を決して喉奥までペニスを咥える。上顎と舌で剛直に吸い付き、前後に顔を動かした。

「奥まで喰らって、偉いじゃねぇか」

一成が揶揄《からか》うように、けれど余裕ない口ぶりで呟いた。目元がかすかに赤らんでいる。発情の証《あかし》だ。反り上がった竿は脈が浮き立っていた。熱くて湿ったそれを手で愛撫していくと、一成が眉間の皺《しわ》を寄せる。腰が僅かに動いた。絶頂が近いらしい。予感すると同時、一成が絞り出すような声を出した。

「あー……出る」

「……んぐっ、……ッ」

性器がぶるりと震えて口内に勢いよく吐精される。苦味が舌の上に広がり、熱かった。

ずるっとペニスが抜けると玲は途端に咳をした。とても苦しかったが、一成を絶頂させることがで

きた。良いのか悪いのか達成感が胸に広がるが、どうしても不味《まず》すぎる。

「何咥えてんだよ。さっさと離せばよかっただろ」

「んっ」

射精した癖に文句を言っている一成が玲の両頬を片手で摑んできた。

一成は玲の舌に残った陰毛を指で摘《つま》み、自分のモノなのに嫌そうな顔をして灰皿に捨てる。ティッシュを数枚引き抜くと口の中の精液を拭ってきた。

舌を拭き取られれば嘔吐感《おうとかん》に襲われた。ケホ、とまた咳をしていると、一成が両脇に腕を差し入れてくる。

「必死になって吸いやがってたな」

またしてもあっという間に膝の上に乗せられてしまう。先ほどから軽々と持ち上げてくるが、玲をぬいぐるみか何かだと思っているのだろうか。ぬいぐるみには射精しないよな。尻の下の一成の性器を気にしながらも、玲は彼を見つめた。

「……下手《へた》でしたか？」

「下手」

容赦なく言うから、玲も「でも射精したじゃないですか」とぼやく。

一成は嘲笑うように鼻を鳴らした。

「お情けの吐精な」

「なんですか、それ」

「気遣いの射精」

「……」

「まだ口元汚れてるぞ」

「むぅ」

強引に唇をティッシュで拭われる。一成は丸めたティッシュをテーブルへ投げた。

何が気遣いの射精だ。どれだけ絶倫なのか、一成の下半身はまた兆しを見せている。腹が立って一成を睨みつけるも、彼は余裕そうに「おい」と玲の唇を指で押してきた。

「何唇尖《とが》らせてんだよ」

「……」

「ちいせぇ口で必死で俺のモノ頬張ってたな」

「俺の口で遊ばないでください……」

何が楽しいのか、一成は玲の唇を弄っている。玲は胸板を両手で押して逃れようとするも、すぐに片手で抱かれた。

「口開け」

数秒黙っていたが「早くしろ」と凄まれる。仕方なくおずおずと唇を開くと、親指が入ってきた。

「ん……っ、あ」

「はは」

一成は楽しげに口内をいじくり回した。

それから予告もなく唇を重ねてくる。

「っん……!」

最初から激しいキスだった。唇を割って入ってきた舌は容赦なく口内を荒らす。熱い舌が玲の舌に絡みついてくる。呼吸もままならない程に深いキスが苦しくて、玲は目を細めた。

「ふ、あ……んんっ」

奇妙なことにそのキスに不快感はない。絡みあう箇所から、頭が蕩《とろ》けてしまうような分泌液が出ているみたいだ。

アルファ性にもフェロモンはある。今、それが一成から滲み出ている。玲はだから、否応なしにクラクラしてしまう。でも、変だ。

「……はは」

一成が溢すように笑う。その低い笑い声に腹の奥が重くなる。

アルファ性のフェロモンだからってこうも心地よいとは限らない。むしろ気持ち悪くなることだってあるのに、どうして。

まさか……。

「相性がいいみたいだな」

頭の中に『運命の番』という単語が浮かぶ。

すぐに搔《か》き消《け》した。

そんなもの認めてはならない。

「んん……ぅ、ふ……ッ」

「おい、玲」

ようやっと唇が離れた。粘度の高い唾液が二人の間に繋がって、プツンと途切れる。一成は玲の顎を片手で摑んでいる。顔全体が埋もれてしまうほど大きな手だった。

一成が顔を顰めて、指で頰を撫でてくる。

「ぼうっとしてんじゃねぇよ」

「はい」

「挿《い》れられたことはあんのか」

もう片方の手が玲の尻を鷲摑《わしづか》んだ。

ああ、最悪だ。下半身が反応するのを制御できない。一成のフェロモンのせいで玲のペニスは芯が硬くなりはじめ、アナルにも湿り気を感じた。

悔しさを感じながらこくんと頷いた。

「はい」

「ふぅん」

一成は呟くと玲の体をがっしりと覆うと、そのまま持ち上げた。

慌てて首にしがみつく。一成は動揺する玲など気にせず歩き出した。

「な、なんですかっ」

「何って、するんだろ」

「……ッ」

玲は息を吞んだ。頭上から玲を見下ろす一成は一度だけ目を細める。

運ばれた先は一成が使っている寝室だ。たった今、抜け出たようにベッドは乱れている。一成は玲をベッドに下ろすとブランケットを払い落とした。

「も、もうするんですか」

「お前がやれるっつったんだろうが」

言いながら躊躇《ためら》いなく玲を押し倒す。一成に迷いはなかった。玲はまた唇を嚙み締める。

すぐに唇を塞がれた。

「唇、噛むなよ」

「っ……ぅ」

大きな口に食べられるみたいなキスだ。一成は獣みたいに玲の口内を貪った。

同時に彼の手が玲の服の内側に侵入してきた。臍《へそ》の下を撫でられると、その肌の奥にある体の中心に熱を感じた。

「んぅ……あ、う……」

「は……っ」

一成は吐息混じりに笑う。玲の肌を堪能してから、ボトムをずらしてきた。

「あっ、」

「濡《ぬ》れてんな」

下半身を露わにされてしまった。玲の顔は赤らみ、その変化を一成も拾っている。

男は玲の両腕を頭上で一つに纏めて片手で押さえつけた。「い、一成さんっ」と制止も聞かずに、玲の尻を掴んでくる。

「ああああっ……！」

「入るっちゃ入るな」

親指が内側に侵入してきた。濡れそぼった後孔は一成の指を簡単に受け入れてしまう。

入り口でぐるっと親指で円を描くように動かしてくる。一度指を引き抜いた一成は自分の人差し指と中指に唾液を垂らし、またアナルに差し込んできた。

「ひゃ、ああ……っ」

「ナカも熱いな。だらだら唾液溢してっぞ」

くちゅくちゅ音を立てながら指が中をかき混ぜてくる。粘膜の具合を確かめるみたいにナカ全体を荒らし始めた。

「ダメです、汚いです……っ」

首を横に振るとぐっと腹の内側をナカから押される。玲は「うあっ」と声を上げた。

「今更やめる気か？　嫌なら嫌でいいんだぜ。どうする」

言いながらも一成は、奥に潜む敏感なしこりを指で弄り始めた。

「んぅぅ……ッ！」

嫌に決まってる。体は刺激に反応してしまうが、だからと言って嫌な気持ちは変わらない。

それでもやらなければならないから。

今は迫る快楽に身を任せる。それだけが玲にできる最善だ。

「は、ああっ……」

「否定しないってことはやるんだな」

「も、……一成さんだってやる気じゃないですか」

「そうだぜ。死ぬほど勃っちまった」

長めの前髪の向こうで一成が揶揄うように目を細め、フッと口角を上げた。彼のペニスはまたしても勃起している。獰猛《どうもう》なくらい反り上がったペニスで、玲の太ももを叩いた。その光景を前にまた腹の奥が疼《うず》く。

なぜだ。まだ挿れられてもないのに体が反応している。

匂いがする。一成の匂い……そのフェロモンは甘美で、包まれていると蕩けた気分になる。

アルファ性のオーラに恐怖を感じたことはあるけれど、漏れ出たフェロモンにここまで影響を受けることは今までになかった。

「穴突っ込んでやるから腰向けろ」

「……うあっ」

体を反転させられてうつ伏せになる。腰を強引に摑まれて、一成に突き出す体勢になる。

「ぐずぐずだな」

「も、挿れるなら早くしてください……」

言った瞬間、指をまた突き入れられる。前立腺を捏《こ》ねられて「うぁ、ッ」と声が溢れ出た。

一成は玲の反応が面白くて仕方ないらしい。執拗にかき混ぜられて声が堪《こら》えきれない。玲の後孔は火照《ほて》って今すぐにでも一成のペニスを飲み込めそうだった。

「お前は肌が白いから赤くなるとすぐに分かんのな」

散々内壁を指で弄った一成は、ベッド横の引き出しからスキンを取り出した。素早く己の性器に被せる。玲の腰を引っ摑み、親指で穴の縁を弄ってきた。

尻を左右に押し広げた一成は、先端を後孔に擦り付ける。

「挿れるぞ」

そして、大した間もなく、じゅぷっとペニスが体内に侵入してきた。

「ああ……──〜〜ッ！」

「……はぁ、」

「……ッ、あ……〜〜ッ……」

硬いペニスが濡れそぼった秘部に侵入してくる。狭い膣内《ちつない》を広げるようにして入ってきたペニスを粘膜が締め付ける。

……こんなの変だ。

ありえない。挿れられただけで気持ちいいなんて。

「う、あぁ……っ……」

一成は尻をグッと両手で摑んで穴の奥までペニスを押し込んだ。

「……〜〜ぃッ、〜〜！」

そそり立った剛直が丸ごと腹に収まる。最奥にコツンと先端があたり、玲の頭の中に細かい星が散った。

「は……あ……ふっ……！」

「すげぇ、いいな」

「は、ん……あああっ!?」

「動くぞ」

「ま、待ってっ……ふ、ああッ！」

ペニスが引き抜かれたと思えばまた一気に貫かれる。

腰を押さえつけられて、容赦なく奥まで叩き込まれた。あまりの刺激に玲は奥歯を嚙み締めるがその猛攻は手加減がない。

「ふぁ、ああッ、あっあっ、う……！」

一成と玲の体格差は明らかだ。激しい突き上げから逃れることはできない。ただされるがままで、腹の中をペニスが這《は》いずり回った。

「あっ、ああっ、は、」

「はぁ、クッソ締まる」

「んぁっ、はげし、い、一成さ……ッ」

交接部から淫音が鳴り響く。淫らな音に玲の嬌声《きょうせい》が混じっていった。カリでしこりを引っ掻かれるたびに柔い粘膜が痺《しび》れる。太い竿は内壁全体を愛撫するように行き来し、そのあまりの快感に声が止まらない。

「ああっ、んぅ、うっ」

突き上げられるたびに声が漏れ出た。容赦ない律動に力を奪われていく。

挿れられた瞬間からずっと、甘く、イッているみたいだ。玲は刺激に耐えるためグッと瞼を閉じた。

「たくさん突いてやるから、覚悟しとけよ」

一成が首元で囁く。うなじに触れる呼吸は獰猛な獣の吐息みたいで、恐ろしい。

だが玲に抵抗する力はなかった。

◇

「――もう抱いちゃったんですか!?」

悲鳴みたいな声が聞こえて、玲は目を覚ました。はじめに見たのは一成の背中だ。目の前に大きな背が壁みたいに聳《そび》え立っている。

玲はもぞ、と体を動かした。ブランケットがかかっているが玲は裸のままだった。

一成はボトムだけ穿《は》き、ベッドの上で胡座《あぐら》をかいている。玲は違和感を感じて自分の下半身を見下ろした。眠っていて気付かなかったが、一成が手持ち無沙汰みたいに玲の腰を揉《も》んでいた。

「そう。抱いた」

「早いですよ！」

あっ、そうだった。大江がいるんだ。

玲は起きあがろうと肘をベッドにつく。が、体は動かない。いきなり一成が振り返って玲の頭を枕に押し付けてきたからだ。

一成と目が合った。瞬間、ブランケットを頭まで被せられる。

「こんな早く関係持つなんて、そんなに玲ちゃんがタイプだったんですか⁉」

「あー……」

一成の怠そうな声と煙草の匂いがする。玲はこっそりとブランケットから顔を出し、一成の背中を見上げた。白い煙が揺蕩《たゆた》っている。大江は必死に叫んでいるが、一成は平気で煙草を吸っていた。

ベッド脇のデジタル時計を見ると、もう午後三時だ。昨日の昼一成に抱かれてから、合間合間に休憩と睡眠を取り、丸一日が経《た》っている。

訪れた大江はベッドルームの光景に驚愕《きょうがく》していた。

「いつからヤッてたんすか⁉」

「昨日」

「馬鹿野郎」

「あん？」

一成が凄むが「馬鹿野郎ですわアンタは」と大江に効果はない。それだけ二人の付き合いは長いらしい。

散々抱かれた体はブランケットに隠されているとはいえ、大江と顔を合わせるのは嫌だった。玲はおとなしくベッドの上でじっとしている。目を閉じるとまた眠気が増した。うつらうつらとしながら二人の会話を聞いていた。

「いくらそういう約束だからって。無理やりじゃないですよね」

「ちゃんと穴突っ込むけどいいか？　って聞いた」

「そうですか。ならいいんですけど……」

玲は小さく欠伸《あくび》をする。一成に無理やり桃や葡萄《ぶどう》を食わされていたのでさほど空腹感はない。

大江は説教口調で続けた。

「オメガの子は丁重に扱わないと。アルファ性がオメガ性を強姦《ごうかん》したなんてなったら、一発ムショ行きですよ」

「保釈金積み立てとくか」

「無理ですよ。洒落《しゃれ》になりませんから」

以前「殺してやる」と発言した一成には大江も笑っていたが、今はより深刻だった。大江は念押しするように問いかける。

「合意なんですよね」

「むしろコイツから咥えてきたわ」

「マジすか。アツいっすね！」

一成……やはり許さない……。あまりの恥ずかしさに玲は枕に顔を押し付けて狸寝入り《たぬきねい》を続行した。

だがこれは玲も合意と認めている。一成の言う通り契約を結んでいて、すでに百万も手に入れているのだ。風俗どころか愛人としても破格の金額だ。客観的に見ても合意と受け取られるだろう。玲も別に自分を襲わせて一成を陥れる方法は、考えていない。

だが合意無しならこれは大罪だった。オメガ性は『弱者』だから。

「玲ちゃん積極的なんすね。ヒートとかでもなく？」

「そういや、コイツの周期いつなんだろうな」

「さすがにうなじは噛んじゃダメっすよ」

身体的に圧倒的不利な立場にあるのがオメガ性だ。ヒートは高熱を発し、フェロモンの過剰な分泌は莫大《ばくだい》なエネルギーを消耗する。アルファ性と番を結べば幾らか負担も軽減できるが、番のいないオメガ性は短命だとまで言われている。

その一方でオメガ性とは、社会的に守られる存在だった。近代までの歴史に存在する差別や迫害を踏まえた結果と言われているが経過は複雑だ。

先の大戦前までオメガ性は世界的に差別され、奴隷化されていた。戦中は慰安婦として一部の女性と共に人身売買され、人体実験への利用や、ジェノサイドの標的にもされていた。以前まではアルファ性と同等かそれよりも多くいたオメガ性は急激に人口減少し、今では最も希少な第二性となっている。そうした負の遺産を顧みて、現代ではオメガ性は丁重に保護されている。

一方的にオメガ性に性交を強要したり番にすることは児童に対する性暴行と同じくらいの重罪となる。執行猶予もつかないし、海外では死刑になる国もあった。

だがアルファ性には社会的特権階級に属する者が多い。彼らからの報復を恐れるなど、何らかの事情があるオメガ性が逃れるためのシェルターも全国には秘匿完備されている。

逃げたオメガ性を捕まえるのは、アルファ性にとって容易ではない。

……しかし思考を凝らして見つけ出す者もいる。

世の中には信じられない手段を用いてオメガ性を取り戻そうとするアルファ性がいるのだ。

「……噛むかよ」

すると、一成は長い間を置いてから呟いた。

玲は息を止めて彼の言葉を聞いている。大江が笑いながら言った。

「ですよね。一成さんはそういうの無理そう」

無理……。

番を作る気はないのか？

恋人と番は別だ。結婚していても番になっていない者もいる。番は何においても重要だから、慎重になるのは分かるけれど。

大江の口調的に一成は『番』そのものを嫌悪しているみたいだ。なぜ……？

「今晩のレストランは予約しています。その前に買い物でもしてきたらどうです？」

「あぁ」

「ネットの反応はさっき言った通り予想の範疇《はんちゅう》なので。俳優さんも否定してますしね。このまま玲ちゃんが一成さんの恋人ということでいきましょう」

大江は「じゃ」と言って部屋を出ていった。十数秒後、玄関から音がした。大江が去ったのだ。

「聞いてたか」

一成がブランケットを剝いできた。玲はうつ伏せのまま、横顔だけで一成を見上げる。

指に挟んでいた煙草をベッド脇の灰皿に捨てた一成は、玲の腹に腕を回してきた。

「うわっ」

「っつうことで、お前は役目を続行しろ」

一瞬で一成の膝の上に乗せられて、ぬいぐるみのように後ろから抱きかかえられた。

「なんで持ち上げるんですかっ」

「お前がクソ軽いからだろ」

「理由になってない……」

「日中はどこで何をしていてもいいが夜には帰ってこい。夕飯はどっかの店で食べる。これ見よがしにお前を連れて歩くぞ」

腕の中から逃げ出そうとするが一成の力には敵《かな》わない。この男は案外くっ付きたがる性格をしているらしい。

「今日はこれから出かけっから」

「どこにですか？」

「チョーカー買うぞ」

アルファ性がオメガ性にチョーカーを送るのは、アクセサリーと同じくらいメジャーだ。

背後にアルファの男がいるとうなじがピリつく。玲はできる限り一成と距離を取るべく身を捩《よじ》る。

「あと一時間したら家出っから」

一成は言って唐突に玲を解放した。いきなり腕を離されるものだから前に倒れるように両手をつく。

一成は玲を眺め下ろしながら、

「日中は」

と冷たい声を放った。

「好きにしろとは言ったが他の男に突っ込まれるんじゃねぇぞ。他人と穴を共有すんのはクソ食らえだ」

「……しません」

凄むように言われるので、玲も怯えたように答える。

一成は返事をせずにベッドへ横たわった。玲は唾を飲み込み、ベッドから慎重に降りる。落ちていた服を回収しつつすぐに寝室から出た。扉を閉めて廊下を数歩歩くが、突然糸が切れてよろめき、崩れ落ちるようにしゃがみ込む。

やっと、解放された。

丸一日離してくれないなんて酷い。腰も痛いし、体も怠い。どれだけ絶倫なんだ。

玲は汗か何かの体液かでベタついた体を見下ろし、ふぅとため息を吐いた。大変な目に遭ったが、ひとまずは何とかなった。きっと一成もこの体を好んでくれている。このまま素直に接していれば傍にいても問題ないはず。余計なことは言わないよう気を付けないと。

借金についてもそうだ。闇金融のことは知られているが、由良に関しては黙っておかなければ。

家族のことも……絶対に知られてはならない。

余計な情報を与えないようにしよう。これ以上面倒な存在だと思われてはならない。

ふらつきながら自室へ帰る。玲は椅子にかけていたパーカーを羽織り、また息を吐き、一日ぶりに携帯を確認した。と同時に、「あ」と思い出す。

「返信しないと……」

携帯には夥《おびただ》しい量の着信が入っている。そうだった。メッセージにまだ返信を送っていない。

《今どこいんだよ》と言う旨の文章には怒りが滲んでいる。玲は申し訳ない気持ちでいっぱいになりながら《引っ越しました。》《大丈夫です。また連絡します。》と綴《つづ》って送る。流石《さすが》にこれでは納得しないだろうとは分かっていた。ちゃんと会いに行く必要がある。考えるけれど今は無性に怠くて、玲はベッドの上に横たわった。

ふと《今どこいんだよ》の字が頭の中に浮かぶ。

本当に……、どこにいるんだろう。

あてがわれた部屋は広い。静寂な空間で何もせずにじっとしていると脳がぐちゃぐちゃになったみたいに思考が煩雑する。

今更自分に輝きある未来が訪れるとは思っていない。

けれど大切な人の未来は守りたい。

折角《せっかく》なら金を稼ぐのだ。

そして、全部精算して終わらせよう。

玲は不意に、昔使っていた携帯を思い出した。よろよろと起き上がり、荷物を漁《あさ》る。

それは充電が切れていた。なんとか起動させ、以前使っていたメールフォルダを開いてみる。

《どこにいる？　いつ帰ってくる？》

それは玲が送ったたった二行のメールだ。

返信は一行だけ。

《あなたはどこにいるの？》

このメールを眺めるといつも、茫漠《ぼうばく》とした不思議な感覚に陥る。

本当に、一体……俺はどこにいるんだか。

過去に使っていたメールアドレスは今の携帯でも残っていて使用はできる。だが使っていない。

今の携帯から何度かそのアドレスにメールを送ったこともある。返信は一つも返ってこない。《あなたはどこにいるの？》と聞いておきながら、一切の音沙汰がないのだ。

久しぶりにメールを送ったら、返ってくるのだろうか。

試しに文字を打ってみる。

《母さん？》

送信済みの文字が浮き上がった。

玲は携帯を閉じて、小さく息を吐いた。

いつ返事が来るだろう。ずっと待ち続けていられるから、いつでもいい。返事をしてほしい。

玲は携帯を握りしめた。冷たかったその携帯がだんだんと熱をもって、生きているみたいだ。

◇

一成に連れられて向かったジュエリーショップでは高級ブランドのチョーカーを購入した。

古くなったチョーカーと付け替えて、購入してくれた服に着替え、それからレストランで食事をした。ホテルの高層階にあるレストランは夜景を展望できて、とても綺麗だったが、玲は果たして本当に記者が潜伏しているのか気になってしかたなかった。

結局、展開は一成らの想定通りに進んだらしい。

数日後にはあるネット記事で一成の熱愛が報じられた。マンションから出る時に表の入り口を使ったせいか、無事に記者らも一成を尾行できていたようだ。

報道を否定しないことからも、世間では新しい恋が真であるとされている。実際に玲が反応を確かめたわけではない。

人々の反応がどうとか、一成がどう見られているかなど、どうだっていい。

自分自身のことに関してもそうだ。

一成の恋人だとか好き勝手言われているようだが、どう報じられようと構わない。

一成との写真に写る一般人の玲はモザイクがかけられていて特定できないし、一成が忠告したからか記者に突撃されることもなかった。単純にマンションから出入りする玲を確認できないせいかもしれない。一成に教えてもらった秘密の出入り口は安全だ。何にせよモザイクの内側の『大倉玲』がどんな扱いを受けようと、どうでもいい。

玲がすることは一成の傍にいること。それだけだ。

「……無防備」

朝、日が昇る前に目を覚ます。

隣には一成が眠っている。無防備な寝顔を見下ろすのにもだいぶ慣れてきた。

それも当然で、一成の部屋に居候し始めてからもう一ヶ月が経つ。

報道は沈静化されていて、世間はまた新しい噂話に興じている。らしい。全部伝聞だ。玲はSNSのアカウントをもっていないし、テレビだって見ない。

毎日同じことをしているだけ。

朝は一成が目を覚ます前、午前五時に起きて仕事へ向かう。梱包のバイトを終えたら、由良のもっている夜の店の一つに向かって売り上げ計算の事務作業をする。午後六時に仕事を切り上げて帰宅し、一成と食事をする。彼が乗り気ならセックスに付き合う。それから少し寝て、また仕事へ向かう。

前までは店が営業を終えるまで受付や事務作業をしていたが、一成と暮らすようになってからは、昼の担当でしか働いていない。

急に午後六時には仕事を切り上げたいと申し出た玲に、店長らは文句を言わなかった。それもそうで、玲を置いたのはオーナーの由良だ。由良の影響があるので店の人たちは玲に対して強く出てこない。むしろとても親切で、良くしてくれている。それだけ由良を恐れているということだ。玲も、他の従業員たちとは波が立たないよう気を付けている。

一方で店に勤める嬢たちは玲にフラットに接していた。

「なんかレイ君、雰囲気変わったねぇ」

バックヤードで仕入れた酒を確かめていると、いきなり声をかけられた。

玲はしゃがんだ姿勢のまま彼女を見上げた。

「そうですか？」

「うんー……」

少し年上のキャスト、風香《ふうか》は煙草を吸いながら言った。彼女は昼の部の営業を終えて今から帰るところだ。家には赤ん坊がいるらしい。

「髪のせいですかね」

「黒髪、似合ってて可愛《かわい》いと思うよ。それだけじゃなくてさ」

言いかけて一服する。煙を吐き出してから「痩《や》せた？」と首を傾げた。

「……そう見えます？」

「見える見える。なんかあった？　勤務形態変わってるよね。由良さんに何か言われたの？」

玲はゆっくり首を振り、手元のメモに視線を落とした。

「由良さんは関係ないですよ」

「そう？　この間、久しぶりに由良さんが来たからレイ君探してんのかと思っちゃった」

「由良さんが？」

思わず顔を上げると、風香は神妙な面持ちで頷く。

「ま、普通に営業だったけどね。親分さん来てたし」

「なるほど」

「由良さんの愛人でしょ？　レイ君って。由良さんが来るとレイ君に用事あるのかと思っちゃう」

ここまで直に聞いてくる嬢も珍しい。皆、何か言いたげにしているがはっきりとは口にしないのに。

玲は苦笑しつつ首を振った。

「そんなんじゃないですよ」

「うっそ。違うの？　意外」

「なんでそう思ったんですか」

「え何か普通にマキ君が言ってた。レイ君は由良さんのイロだから怒らせない方がいいよって」

マキは店長だ。まだ若いため一部の嬢にはマキ君と呼ばれている。

「マキ君に伝えてください。適当なこと言うな」

「あはは、怖。ふぅん。愛人じゃないかぁ」

まるで信じていない口ぶりだった。風香はニヤニヤ目を細めながら言う。

「でも由良さんの特別な子ってのは確かだよね。由良さんのこと怖くないの？　私もう、遠目で見るだけでビビるんだけど。刺青《いれずみ》とかガチヤクザなのにすっごい美人でしょ？　怖いよもはや」

玲は立ち上がりながら「俺だって怖いですよ」と単調に答える。

「本当？　レイ君、可哀想《かわいそう》だね。由良さんが怖いのに手籠《てご》めにされちゃったんだ」

「手籠めって……」

「結構年齢差あるよね。一回りくらい？」

「そうですね」

答えながら別の酒を確認する。焼酎と、梅酒。高い酒はここにはない。

「しかもあの人、アルファでしょ」

玲は横目で風香を見る。彼女は自分の首元を指差した。玲のチョーカーを示唆しているのだ。

「それ、由良さんにもらったの？　たっかそう。三桁超えるよ絶対」

「……分かりません」

「似合うね。レイ君、綺麗だから何でも似合うわ。由良さんがレイ君を表に出したがらないのも頷ける」

「……」

「あんま無理しないでね」

風香は、火のついたまま煙草を灰皿へ投げ入れる。明確な会話の終了の合図もなく更衣室へ帰って行った。

無理、か……。

無理をしない。無茶を、しない。無理をしていない状況。それは一体どういったものなのだろう。心が凪《なぎ》のように滑らかであること？　死んでいるみたいだな。

従業員の間で由良と玲の関係について様々な推察がされていることは知っている。ここで働き始めて一年近く経つが、玲は特別に親しい人物を作っていない。仕事の時に話すくらいでそれ以外の交流はなかった。そのせいで情報を訂正できない。訂正といっても、玲は自分の名誉などどうでもいいから、する必要性もないのだけど。

そもそも友達だっていないのだ。毎日働いてばかりで遊ぶ暇なんかない。由良と出会った十三歳の時から……その前から、玲の人生は、ゴミ同然だ。

遠い昔からもうずっと『無理』みたいな状況だった。いつも頭の中に、黒くて燻《くすぶ》っている実体のない魔物が潜んでいる。ふとした瞬間に頭の中が魔物に巣食われて痛いほどの耳鳴りが、止まらなくなる。働いてばかりいるからストレスのせいだろう。仕方ない。正常な精神環境ではないのだ。でもこれは異常ではなく、普通だ。

だが今は一成との契約がある。

彼の話に乗るのは必然だった。仕方がないこと。それ以外に道はなかった。それだけ。

「……痩せたかな」

どうだろう。自分では分からない。

一成は初めから玲を軽いと茶化していたし変化には気付いていないはず。

体重など量らないので正確に把握はできないが、見かけに表れているなら痩せているのかもしれない。原因は分かっている。あまり、食事を取れないせいだ。

「こういう時、どうしたらいいんだっけ……」

以前までは朝食も無理やり腹に入れていたが最近は全く食べる気が起きない。昼ご飯は元々仕事で忙しくて食べていないから、これまで通りだ。夕食は一成と取る事が殆どだけれど、近頃は部屋に帰ってきてから、度々戻してしまう。

理由は自分でも分かっている。

どうしても一成といると緊張してしまう。

眠っている一成を眺めることには慣れても、起きている一成と過ごすのにはまだ慣れない。

セックスの疲れもある。体力的に一成が有利で、それに付き合わされる身はいつもボロボロだ。夜更けまで行為が続けばろくに睡眠も取れない。一成は気分で玲を抱くが、疲れを彼の前で見せたら、面倒に思われるかもしれないから、玲は何でもないように振る舞う。

何とかして一成に好かれる立場でいたい。本心で好かれたいわけではないが、玲は彼にとって有益な存在で、心を砕ける人物にならなければならない。

だが簡単には進まなかった。共に過ごしてみて知ったのは、月城一成……如月一成という男は無防備である一方、他人に心を開かないということ。

自分が面白い、気持ちいい、と思ったことに素直なだけで、いくら彼が楽しげな表情を見せたとてそれが心を許したことには繋がらない。

根本で玲に興味がないのだ。借金や家族について聞かれずに済むので利点ではあるが、あまりにも無関心なのでいつ切り捨てられるかと不安になる。

一番心を圧迫する問題は、玲が一成に未だ恐怖を感じていることだった。

アルファ性の如月一成。彼との暮らしはいつ何が起こるか分からなくて、心が四六時中不安定だ。一成の傍で平気なふりを続けるたびに心労が増していく。常に、どことなく、吐き気がしている。そのせいで食事もままならない。いっそセックスの快楽に身を任せている時間の方が楽だった。絶頂に溺れていれば何も考えずにいられるから。

「……それもそれでキツイな」

一成の突き上げは激しくて長時間のセックスは疲れてしまう。できる限り応じるしかないけれど……。

それから仕事を終えて、あのマンションへの帰路を歩んだ。

途中、地面がぐらついて輪郭をなくし、底なし沼のようになる錯覚がした。これは一成と出会う前からたまに起こる。自分の歩く場所が酷く歪む感覚に襲われるのだ。

玄関に入る前に深呼吸して気持ちを整える。無理をしてでも、心を凪みたいに平《なら》す。

数分後、玲は扉を開いた。

するとリビングの方から話し声が聞こえてきた。

(誰……?)

この一ヶ月は、一成以外の誰かが部屋にいたことはない。

もしや友人か? でも、玲がいる半年間は友人を呼ばないと言っていた。これだけは玲が頼み込んだのだ。一成が所かまわず玲を抱くせいで、いつどんな姿で鉢合わせるか分からないからと訴えて言質を取った。

不安に思いながら恐る恐る廊下を歩く。

そのうちに、声の正体が摑めてきて、心がドッと安堵した。

「お、玲ちゃん。久しぶり」

「大江さん」

玲は軽く頭を下げて「お久しぶりです」と返し、声の持ち主はにこやかに手を振った。

「元気だった?」

「はい」

「ん? あれ、痩せた?」

玲は思わず目を丸くした。大江にも分かるほどだったのか。

咄嗟《とっさ》に思った。一成に知られてはならないと。

焦燥感に駆られ慌てて首を振る。

「痩せてません」

「え、なんで断言すんの」

「そうか？」

会話に加わってきた一成はソファから立ち上がる。玲はサッと顔を下げて、「お話を邪魔してごめんなさい」と呟く。一方の一成は玲の動揺など気にせず続けた。

「分かんねぇな」

「そりゃ一成さんは分からないでしょ。ずっと一緒にいるならアハ体験やってるようなもんなんだから」

「おい玲、待て」

リビングを去ろうとするも引き留められてしまう。おずおずと振り向くと、すぐ目の前に一成がいた。その大きな手が近づいてくる。片手で両頬を覆うように鷲掴みされた。すかさず大江が呆れたように言う。

「どうせ一成さんが玲ちゃんに無理させてるんでしょ。玲ちゃん、気を遣わずに嫌なら嫌って言っていいからね」

玲は小刻みに首を横に振った。

「大丈夫です」

「本当にー？　玲ちゃん健気《けなげ》すぎない？」

一成は何も言わない。首を振ったことで彼の手が離れたので、すぐに踵を返す。

逃げるようにリビングを去ったが、追いかけてくる気配はなかった。自室の扉を閉めて息を吐く。

大丈夫だろうか。今はもう、別の話題に戻っているといいのだけど。

まだ一成と親しくはない。一成の懐に入るためには、どれだけ抱かれようと、雑に扱われようと、彼のやりたいようにやらせなければ。

轢かれかけた一ヶ月前が遠く感じる。健気……。大江から見れば、一成によって強引に車に連れ込まれた玲が、今では必死であの男にしがみついているように見えるだろう。

だが玲からしたら、出会ったあの時から必死だったのだ。

大江がいるということは仕事の話をしているはず。暫く一人の時間だ。

夕食の話はされなかった。今晩はどうするのかな、と考えながらベッドに横になると、疲れていたせいかあっという間に寝入ってしまう。

次に目が覚めたのは部屋の扉をノックされてからだ。

ハッと目を覚ましベッドから降りる。一成？

だが扉の向こうから現れたのは大江だった。

「あれ、寝てた？」

「えっ」

開口一番で問われるので玲は驚く。大江はニコッと微笑んだ。

「目が眠そうだからさ」

「あっ、すみません。何度か呼んでましたか？」

「いや、別に。まだ一時間くらいしか経ってないし、大丈夫」

「一成さんは？」

「ちょっと仕事中。今日は俺がメシ買ってくるよ。一成さんが食べたいレストラン、デリバリーしてないから受け取りに行くわ。これメニューなんだけど玲ちゃん何が良い？」

携帯の画面にはイタリアンレストランのメニューが表示されている。大江はボロネーゼを指差して「おすすめはこれ」と言った。ポロネーゼ。よく分からない。何だろう。玲はメニューを見下ろしながら、小さく呟いた。

「一成さん、お仕事忙しいんですか？」

「まぁ程々かな。今は割と暇な方。いつもならバカンス行ってる時期だし」

この一ヶ月共に過ごしていれば、一成が根明なのは容易に分かる。しょっちゅう友人らのパーティーやボードゲーム会に向かっているし、突然「クラブ行ってくる」と真夜中に出かけることもある。

そんな一成は、

「……小説家、ですもんね」

玲は改めて思った。

何というか、似合わない。家でじっとしている職業に勤めているとは思わなかった。大江が笑いながら言う。

「玲ちゃんは一成さんの読んだことないっつってたよな」

彼は続けて「玲ちゃん、腑《ふ》に落《お》ちなそうな顔してる」と唇の端を吊り上げる。

そんな顔をしていた？　玲は動揺しつつ、「そ、そうですか？」と返した。

「そうっすよ。なんで？　一成さんが物書きって似合わない？」

「えっと……何というか。意外だったので」

正直に告げると、大江は心から面白そうに含み笑いで言った。

「あの筋肉でキーボード叩いてんのはだいぶ面白いよね。筋肉ゴリラがパソコン君って」

「小説家になるとは思いませんでした」

大江が目を眇《すが》める。玲はすぐさま言葉を付け足した。

「すごく背が高いじゃないですか。綺麗な人だし、モデルとかじゃないんだなって」

「確かに。そっちでもいけるよな。つか君たち、お互いに綺麗だって思ってんのね」

「え？」

「まぁ、意外だよなー。確かにバチくそイケメンだけど、あの筋肉と凄みじゃヤクザだよ」

ヤクザ。その単語に玲は唇を噛んだ。

大江が玲を眺めている。玲はすぐに唇を開いた。

「どうして、小説を書き出したんでしょう」

「さぁ。何となくじゃない？」

大江は携帯を弄る。スイーツのメニューを開いて、こちらに差し出すと同時に言った。

「あとは、怒りかな」

「怒り？」

大江は深く頷き、軽く視線を一成の書斎へ移す。薄笑いを浮かべながら語ることには。

「あの人って怒りをパワーにしてるから。きっかけはノリで継続は怒りって感じ。腹立つことがあると執筆が進むんだって。文字にして、物語に作り変えて、昇華してんのかもね」

玲は唇を引き結んで黙っていた。

何か言わなきゃ、とは思うが言葉が出て来ず、口の中で呟くように小さく「怒り、ですか」と繰り返す。大江がこちらに視線を戻し、微笑みを深めた。

「ま、普通に承認欲求の塊みたいな人だから。自分の言葉を読んでもらえるなら何でもよかったんだと思うよ」

少し接しただけでも大江が観察眼に優れていることは折々で確信している。派手な見た目をしているが、不意に玲を見つめている視線は鋭いし、玲の言葉や表情にもすぐ何かを見つけてしまう。大江と一成の付き合いは長いと聞く。その大江が言うのだから、真に近いのだろう。

「一成さんは一人で怒り続けてるし、抜群に才能があるから皆も読むし、もうあの人は一生書いてる気がする」

玲は返事をしなかった。怒り……。

何も言えない。

玲は内心で酷く動揺していた。

……知らなかった。

怒りの昇華の仕方に、そんな方法があるなんて。

「ごめんだけど夜ご飯は仕事の話もあるので一成さんと俺との二人で食べるよ」

「あ、はい」

一瞬だが意識が逸れてしまった。慌てて頷く。全然、ごめんではない内容だ。

「で、決まった？」

大江はにこやかに問いかけた。そのパーマかかった前髪の奥にある瞳は芯があって圧が強い。

玲は少し悩む時間を置いてから、言った。

「じゃあ、ぽろねーぜ？　で」

「ケーキは？」

「いや、大丈夫です。要らないです」

「オッケ。待っててね、ぽろ君」

大江はどこかおかしそうに言ってから、意気揚々と出かけていった。

玲は玄関扉の閉まるロック音を待ってから、数秒置き、少しだけ廊下へ顔を出してみる。仕事中なのだろう。一成の書斎の扉は閉まっている。確認すると玲は自室に戻って再度ベッドの上に倒れ込んだ。

一成と共に食事をしない夜は久しぶりだ。いつもはレストランで食事をしている。デリバリーを頼むこともあるけれど、外食が殆どだった。

一成は外に出かけるのが好きだ。食事に付き合わせるちょうど良い駒を手にした彼は基本的に機嫌が良い。それに最近はあまり怒らない。確かに口調も荒っぽいし、冷たい言い方もする。セックスは執拗で玲の制止は無視される。けれど一ヶ月前みたいに怒りを向けてくることは少ない。

無茶苦茶な言動には何かしらの理由がある。しっかりと見つめなければ一成という男は分からない。

「……自分の言葉を読んでもらえるなら、か」

一成は一体何に対して怒っているのだろう。

映画化された作品を思い出す。あれは運命の番にまつわる話だ。

オメガ性の男が、自分の運命であるアルファ性を殺す物語……。

横になっているとみるみる瞼が重くなる。玲はその睡魔に争《あらが》わず、意識を託した。

◇

「――寝てんのか」

不意に声がして、玲は、夢すらない深い眠りから飛び起きた。

見上げるとそこには一成がいる。玲は一瞬思考停止したが、そうだった、と理解する。

部屋で寝ていたんだ。

「飯、もう冷めきってるぞ」

「あ、はい」

「食うか？」

「ふぁい」

駄目だ。どうしても眠すぎる。何とか身体を揺すり、寝ぼけ眼を擦りつつベッドから降りようとするが、

「眠いなら」

いきなり一成が肩を押してきた。

「うわっ」

「寝てろ」

仰向《あおむ》けになった玲の顔にブランケットが落ちてくる。すぐに顔を出した玲に彼が告げた。

「飯はあるから勝手に食べろ」

「は、はい……分かりました」

セックスのためやってきたのかと思ったが、そうだった。今晩は大江が来ている。今は何時だろう？　もしかしてもう大江は帰ったのか？　考えるも横たわるとすぐに瞼が重くなってしまった。異様な眠気だった。意識を保つのも辛い。

一応一成の意向を確かめるために「あの」と呟く。

「大江さんが帰ったら、しますか？」

「あ？」

凄むように唸ってくるので、玲は躊躇う。

「セックス……」

「……今日はいい」

「そうですか」

欠伸したい気持ちを堪えて小さく呟く。今晩玲がすることは何もないようだ。

瞬きをするだけで眠ってしまいそうになるが、力を振り絞って目を開く。あれ……となるとなぜわざわざやって来たのだろう。不思議に思って内心で首を傾げた。

「えっと、あの……夕飯のことで来てくれたんですか？」

「ほらよ」

すると一成が封筒を二つ投げ寄越してくる。

寝転んだまま体を横にして封筒を手にする。ぼんやりと一つを拾って中を覗き、あっと気が付いた。

一成が答えを口にした。

「五百万。お望み通り現金だ」

「あ、りがとうございます」

札束が入っている。五百万だ……本当に？　夢？　なんか、噓《うそ》みたいだな。

今はもう夢の中かも。現実感のない心地で玲はもう一度繰り返した。

「ありがとうございます。わざわざ用意してもらって、すみません」

「借金返済に使うのか？」

一成は髪を後ろで一つに纏めながら問いかけてきた。

玲は枕に頭を押し付けるようにちょこっと首を傾げて、「は、はい」と弱々しく答える。

どうして用途を聞いてくるのだろう。借金については、初めに聞かれてから一度も言及されたことがないのに。

「お前が作ったっつったけど、親はどうしてるんだよ」

数秒反応に遅れた。一成の言葉を理解するのに時間を要する。

理解しても尚《なお》、返事が浮かばず、「お、親?」と鸚鵡《おうむ》返しで呟いた。

「そう、親」

「へ……? 俺、もう大人ですよ」

「答えろって」

幻聴ではない。家族を問われている。なぜ? だめだ。意識がぼうっとする。寝起きで頭が働かない。身内に関して問われている現状が異常事態なのかさえ判別できない。

「お前一人だけで返してんのか?」

「はい……俺の借金なので」

「親は?」

「……」

「どこにいんの?」

何で、いきなり……。

意識が虚《うつ》ろで何を言えばいいか分からない。まぁ、いいか。迷ったが正直に「父は気付いたらいなかったので」と答える。

「じゃあ母親は?」

母親……。

お母さん。

玲は唇を薄く開いたまま、ゆっくり瞬きする。

――『どこにいる?』

頭の中で文字が浮かぶ。あのメッセージはいつでも取り出せる記憶の浅いところにある。

どこにいるのか。なぜ、いないのか。

それを知りたくて今まで一生懸命やってきた。

何が理由なのか。

「母は、探してます」

見つけるためにやってきた。

玲は一成を見上げる。深い青の瞳が静かに玲を見つめていた。

青いな。何度見ても綺麗な色だ。大きな体も羨ましい。体格と瞳は好きだ。

ああ、眠すぎる。玲はゆっくりと時間をかけて瞬きした。次に瞬きをするともう、瞼が開かない。

信じられないまでの眠気に一気に呑まれた。目を瞑ったまま、「あの、お金、ありがとうございます」と声を絞り出す。

「もう良いから寝ろ」

「寝て、ます」

自分でも何を言っているか分からない。玲はもう夢に片足突っ込んでいる。扉の音がした。一成が出て行ったのだと認識すると同時、玲は眠りに落っこちていった。

◇

翌日、バイト中も、バイト後に病院へ向かっている最中も、(昨日は一成と何を話したんだっけ?)と玲は悩み続けていた。

一成が部屋に来たことは確か、なはず。朝起きて見つけた枕元の五百万が証拠だ。だが昨日は尋常でなく眠気が酷くて結局朝まで熟睡してしまった。そう言えば大江がパスタを買ってくれた気がする。まだ残っているだろうか。名前は……、何だっけ。複雑な名前のパスタ。

残っているといいな。食べてみたいな。あ、思い出した。ポロネーゼ! 見かけはミートソーススパゲティだったがどう違うのだろう。帰ったら食べよう。そう考えると足取りも自然と軽くなる。病院へ向かっている最中はいつも気分が明るい。

見知った看護師に挨拶《あいさつ》をして、病室へ向かう。階段を登るごとに口角が上がってしまった。

会えるのは、一ヶ月ぶりだ。

「お婆ちゃん」

小さく呼びかけると、目を閉じていた祖母が目を覚ます。

彼女はゆっくりと玲を見上げて、ふわっと微笑んだ。

「レイ君、お久しぶりね」

「うん。元気そうだね」

「そうよぉ。元気よ」

玲はベッド横の椅子に腰掛ける。祖母は「よいしょ」と上半身を起こした。

「あらレイ君。髪染めたの？」

「うん」

「良いわねぇ、黒髪似合うわよ」

「お婆ちゃんの髪も綺麗だよ」

「そうよね。グレーヘア。ふふ」

祖母は、いつ来ても楽しそうに話してくれるから、彼女と過ごすと玲の心はたちまち温かくなる。今まで凍って固まっていた心が溶けて、ここに来て初めて初夏を知るほどに。

窓の外の木々は青々としていた。玲は祖母と同じように柔らかい笑顔を浮かべて、溌剌《はつらつ》と「今日は暖かいね」と世間話を始めた。

そうして二人で話していると途中で、最近祖母と親しくなったという女性がやってくる。「あらお孫さん？」と明るく話しかけられて、玲は頭を下げた。お喋りは三人に変わり、場はより明るくなった。十数分すると、また別の中年男性がやってくる。「おぉっ、ミヤちゃん孫かぁ！」と祖母を親しげに呼んで病室の一角は更に盛り上がった。

いつも祖母と過ごすとだんだん人が増えていくのだ。いつも祖母の周りは明るくて、玲はとても安心してしまう。

暫く皆で会話を楽しんでいたが、先に女性が「じゃあ」と抜け、男性も自分の部屋に帰って行った。祖母も疲れてしまったようでベッドに横になる。そろそろ休ませるためにも帰るべきかと気遣う玲に、祖母は「世間は五月の連休でしょう？　レイ君はどこか出かけたりしないの？」と問いかけてきた。

「うーん。予定はないけど、でも、最近は美味《おい》しいご飯食べられるから」

「あら、そうなの。少し痩せたように見えたから心配してたのに」

驚いた。お婆ちゃんにまで気付かれていたのか。

玲は「そんなことないよ」とかぶりを振る。実際、美味しいご飯を食べられるようになったのは事実だ。戻してしまうこともあるけど。

祖母は「ならこれも食べなさい」と饅頭《まんじゅう》を取り出した。

「ありがとう」

心配させないためにその場で袋を開ける。家に帰ったらポロネーゼを食べようと思っていたくらいなので食欲も湧いてきたと思ったが、口にすると中々進まない。

玲は笑顔を浮かべて、無理やり完食した。祖母はにこにこと微笑んでおり、玲の様子に気付く気配はない。よかった。

「この季節だと、チューリップの花畑が綺麗なのよ」

「へぇ」

「レイ君のお母さんともよく遊びに行った花畑があるの」

祖母は優しく目を細めた。随分と話し込んでしまったから眠くなってきたようで、口調も緩やかになっていった。

会話の終わり頃にこうして母のことを口にするのが祖母だった。だが語られる話は常に明るく、大切な思い出の欠片《かけら》だ。優しい記憶に切なくもなるけれど、それは棘《とげ》ではないから玲は傷付かない。

そういえば、と十年以上前の記憶を思い起こす。

「お母さんの携帯の待ち受け画面もチューリップだった気がする」

思い出して告げると、祖母はにっこりした。

もう眠気が限界なのだろう。そのまま瞼を閉じて、夢うつつで呟いた。

「よく写真を撮っていたわ。もう一度見てみたい……」

それを最後に祖母は眠り始めた。玲は、まるで昨夜の自分みたいだと苦笑して、荷物を整理する。

あらかた整えてから、眠る祖母に「またね」と声をかける。

返事はない。玲は息を吐き、病室を出た。

帰りに受付へ向かってオメガ性用の薬を受け取る手続きをする。保険証と控除証があれば診察費も薬代も避妊薬もそれほど高額ではない。この証明書さえあれば、だ。

ヒートは一成と出逢う直前に起きている。周期的にはあと、二ヶ月後。妊娠の兆しもない。行為の最中、一成はスキンを付けているので中に出されたことはないし、一成も生でするつもりはないように思える。

一応中出しされた時のために緊急避妊薬も購入した。自分の分の診察を終えて、祖母の入院費を受付で手渡す。

病院を出て次に向かうのは由良の金融事務所だ。医療費は払ったし、借金を返しに行かなければ。

今手元にあるのは五十万ほどで、残りの四百万近くは病院へ来る途中に既に口座に振り込んでいる。由良との取引なので毎月の返済額の最低値は決まっていないが、借金返済に充てる額はひとまず五十万とした。

前回は電話がかかってきたのだから驚いた。そういえば近頃由良と会っていない。できれば今は会いたくないので、事務所に彼がいないと良いのだけど。

考えながら事務所に着くと、今日はだいぶ人が出払っていて、受付の女性と以前に見かけた若い男しかいなかった。

「お前、この間のオメガじゃねぇか」

「……こんにちは」

玲に気付いた男が目を見開く。年齢は玲と同じか、少し年上くらいだろうか。煙草を吸いながら近づいてきた男は、玲の肩を強引に組んできた。

「金返しにきたんだろ？　ほら、寄越せ」

「ちょっ……」

受付の女性が「林《はやし》さん」と声をかける。彼女は何年も前からよく見る女性だ。あまり喋ったことはないが、脅すように「こっちで受け取るわ。来い」と玲を引き摺っていく男を咎《とが》めるように「ダメですよ」と言う。

だが、林と呼ばれた男は彼女の制止を無視して煙草を灰皿に放り投げた。

「あ、あの」

「良いから来いよ」

どうしよう。ひょろりとしているとは言え、玲の力じゃ抵抗できない。

玲は咄嗟に女性へ振り返った。だが彼女も体格的に林を止められるわけがない。気付けば玲は別の部屋に担ぎ込まれている。

逃げようとするも林が扉の前に立ち塞がってきた。

一体この男は何をしているんだ。玲は信じられない思いで、「退《ど》いてください」と声を強めた。

その瞬間、男の拳が飛んできた。

「あ、ガ……ッ」

「何俺に命令してんだよ。金借り如きがよォ」

鳩尾《みぞおち》を殴られて玲はその場に倒れ込んだ。唾液が唇から飛び出て、激痛に悶絶《もんぜつ》していると、男が玲の腹を蹴り上げた。

「……グッ、う……！」

「返す金はこれか？」

落ちた封筒を拾った男は中身を確認するとニンマリ唇を歪めた。玲は衝撃のあまり声を失っていた。

一体、何が起きているのか分からない。

運びこまれた部屋は倉庫代わりになっていて、狭かった。逃げ場が一切ない。玲は啞然として林を見上げる。林は煙草に火をつけると、一服した。

「玲君さ、由良さんに金借りてんだって？」

「……」

「イロだったんだろ？　捨てられて、借金することになったってわけか。なら俺が好き勝手してもいいよな」

何を勘違いしているんだ……。

愕然とするが恐怖で言葉が出てこない。男が完全に思い込んでいて、否定したところで無駄だ。逃げないと。林はベータ性のようだが、暴力に慣れすぎている。まさか自分が殴られるとは思わなかった。でも、そうだった。こうした頭のネジの外れている男がこの町に多い。玲は彼らがどのように暴力を振るうかをよく知っている。下手をしたら腕を折られるか火傷《やけど》を負わされるか分かったもんじゃない。傷を負って、一成の傍で働けなくなったら……。

「オメガの穴、一回で良いから生で突っ込んでみたかったんだよな」

男が煙草を手にしたままにじり寄ってくる。玲は痛む腹を抱えて林を見上げた。

「まずはしゃぶってくんね？　勃たせてくれよ」

「しゃぶれっつってんだよ」

「な、にを……」

林は大声で怒鳴った。玲は唇を噛みしめて林を睨み上げる。

一番最悪なのは顔まで殴られることだ。この暴力を一成に知られてはならない。次にアナルに挿入されること。妊娠でもしたら、何もかも終わってしまう。

頭の中に緊急避妊薬の存在が浮かぶ。そうか。アレがあるなら、最悪強姦されても薬があるから平気だ。しかしアナルや内臓が傷付いたら一成に気付かれる。

熱を及ぼすほど頭の中で急速に思考する。どうしよう。玲が太刀打《たちう》ちできる相手ではない。視線だけで辺りを見渡すが、武器になるものは一つもない。

受付の女性は助けを呼んでくれたか？　時間を稼がないと。林が己の性器を取り出して玲の頬に押し付けてきた。咄嗟に顔を横に振ると、首を片手で摑まれる。

「ガ、あ……ッ」

「口開け」

チョーカーごと首を締め付けられて息ができない。薬でもやっているのか？　頭がおかしい。もう、何をされるか分からない。

唇を開くと生温い男のペニスが押し込まれた。あまりの苦しさに玲の目に涙が浮かぶ。喉奥まで性器を突っ込まれて凄まじい嘔吐感に襲われた。鼻や頬に陰毛が当たって気色が悪い。男が腰を揺すって、玲の口内でペニスを扱き始めた。

両目から勝手にぼろぼろと大粒の涙が溢れ出てきた。未《いま》だ腹に疼く激痛と苦痛で脳が危険信号を発している。

玲は決して奉仕しようとしなかった。時間を稼ぐためだ。射精を遅らせて逃げ道を探さないと。今更ながら携帯の存在を思い出そうとするが、駄目だ。受付に置いた鞄の中にある。

「あー……」

「……ンッ、ぅ……っ」

男の性器が硬くなり始めた。下品に腰を振る男は、細い目を更に薄くする。

どうしよう。取引でも、するか……？　まだ若いから金を差し出せばやめてくれるかもしれない。受付の女性が山岡でも連れてきてくれたらきっと後輩の林を止めてくれる。だが、それはいつになるんだ。由良に連絡したかもしれない。けれど彼だってすぐに来られるわけではないし、来てくれるか分からない。

助け……。

こういう時、無我夢中で助けを求められる人間がいない自分に絶望する。

一成の顔が頭に浮かんだ。

林の荒い吐息に混じって、一成の声が頭に蘇る。

――『他人と穴を共有すんのはクソ食らえだ』

どうしよう。

今日も帰ったら抱かれるだろう。このまま林に無理やり犯されたら、傷が付くだろうし、玲が何をしたか一成に気付かれる。約束を破ったのだ。ならば怒りの理由になる。

もういっそ、抵抗するのをやめて林に身を差し出すしかない？　中で出していいと言えば殴らないでくれるかもしれない。緊急避妊薬があるから大丈夫。頑張って、演技をすれば、穏便に済む可能性もある。

ああ、でも既に首には跡がついてる。ならバレてしまうな。

もう、ダメなんだ。

「はぁっ、！」

男が呻《うめ》く。直後に口の中に精液が広がった。

ペニスが抜けると同時、玲は呼吸を取り戻すため必死で息を吸うが、口内が粘ついていて咽《む》せてしまう。玲の喉奥に射精した男は満足気な顔をして、萎んだ性器を玲の頬に押し付けた。

どうしよう。玲はまだ迷っている。だが林に迷う様子はない。林は玲の髪を引っ摑んで床に押し倒してきた。

「っ、うッ！」

「咥え慣れてんのか？　最高の口だったぜ」

口元に手のひらを押し付けられる。手が鼻も塞いでいて、また息ができなくなる。林は玲のボトムを下着ごと剝ぎ取ってきた。呼吸が出来なくて意識が遠のいてくる。穴に触られている気がするが、恐怖が強すぎて感覚が摑めない。

どうしよう。

——その時、突然暗い室内に濁った光が差した。

扉が静かに開いて、林の腰に当たる。林が振り返って現れた人物を見上げた。

玲はその人を目にして、安堵なのか諦めなのか、瞼を閉じた。

次に目を開けた時にはもう、林は床に這いつくばっている。

口を開放された玲はその場で嘔吐し、先ほど口にした饅頭が精液と共に吐き出された。耳には由良が林の腕を蹴り潰し続ける音が響いている。

由良は林の顔を引っ摑んで部屋の外へ引き摺り出した。腹を容赦なく蹴飛ばせば林はデスクにぶつかる。机の上にあった灰皿が落ちて、林は灰まみれになった。助けて――。林の叫びは途切れる。由良は馬乗りになって、林の顔面を幾度も殴りつける。

玲はゆっくり身を起こし、衣服を整えてから部屋を出た。由良もちょうどのそりと立ち上がり、動かなくなった林の頭を最後に一度蹴り飛ばす。林の腕はあらぬ方向に曲がっていた。

由良が怠そうに玲の元へ歩いてくる。

「……由良さん」

「挿れられたか？」

「いえ、多分、平気です」

「多分だと？」

由良は舌打ちをすると血飛沫《ちしぶき》を浴びたグレーのワイシャツを脱ぎ出した。中に着ている七分袖のインナーから刺青が覗く。

受付の女性が怯えた様子でこちらを凝視していた。由良が振り返って、「吉崎《よしざき》」と彼女を呼ぶ。

「こいつ山岡の紹介だよな？　山岡連れ戻せ。あいつに話がある」

「はい」

「拭くもの持ってきてくれ。あと水も。お前どこ殴られた」

吉崎へ叫んでいた由良が途端に低い声を玲に寄越す。玲は俯きがちに「お腹……」と呟いた時だった。

「おい」

と、由良がシャツを摑み、玲の首を凝視する。黒髪の向こうの彼の目が苛立ったように細まった。

「首絞められたのか？」

「……あ、はい」

「あ、はいじゃねぇんだよこのガキは」

吉崎がタオルと水を持って駆け寄ってきた。由良は玲の顔を片手で摑み、顰め面で傷を確認した。由良の背が高いので見上げる角度が辛《つら》い。玲は苦しげに目を細めた。

タオルを受け取った由良は玲をパッと解放する。首元をタオルで拭いながら、「吉崎。洗面台連れてってコイツの口、濯《ゆす》がせろ」と命令した。

吉崎は「こちらに」と玲を促した。由良が携帯を取り出して誰かと通話を始める。「武藤《むとう》さん、この間の件ですが、材料一つ手に入れましたのですぐに送ります――……」

どうやら、助かったらしい。吉崎が由良に連絡してくれたようで「ちょうど由良さんも近くにいたみたいなので」と洗面所で教えてくれる。玲は水を吐き出してから囁き声で言った。

「俺の鞄どこにありますか？」

「受付に……」

「取ってきてもらえますか」

吉崎は頷き、一度洗面台から出るとすぐに帰ってくる。玲はふらつきながらも鞄を受け取った。

吉崎が「大丈夫ですか？」と問いかけてくるが答えず、携帯を取り出しながら更に訊ねた。

「由良さん何してました？」

「まだ通話中でした」

玲はメッセージを開いた。一度視線を上げると、鏡の中の自分と目が合う。今にも倒れそうな真っ白い顔だった。事実、信じられないほどの目眩に襲われている。けれど考えなければならない。

由良は簡単には玲を解放しないだろう。家まで送ろうとするはず。けれどもう家はない。由良は玲がアパートを引き払ったことをまだ知らない。だからと言って、一成のマンションへは絶対に向かえない。

由良と一成を会わせるわけにはいかないのだ。

嘔吐したせいで気分が悪い。また吐き気を催して、玲はえずいた。吉崎が心配そうに背中を撫でてくる。立っていることもできなくなりその場にしゃがみ込む。それでも必死にメッセージを打っていると廊下から足音が聞こえてきた。由良だ。

「玲、帰るぞ」

玲は携帯をしまった。

由良は吉崎に「あのクソガキは若い奴らが運ぶ。山岡が帰ってきたらここにいろと伝えろ」と声をかける。吉崎は頭を下げると、外へ出ていった。

「立て」

由良が冷たく言い放った。ふらつきながら立ち上がると、玲の腕を強く摑んでくる。

グッと引き寄せられて肩を抱かれる。外階段を降りると、下から組の若衆らがやってくるところで、こちらを見上げてサッと身を引き深く頭を下げた。由良は軽く手を上げるだけで言葉は発さない。すぐそこに由良の高級車が停車されていた。助手席に玲を押し込み、運転席に回ると、由良は恐ろしく低い声を出した。

「あいつに何された」

「な、殴られました」

「それだけじゃねぇだろ。挿れられたか、って聞いてるんだよ。多分って言葉使うなよ」

業を煮やして、乱暴な片手で玲の頬を摑んでくる。顎を無理やり上げさせられた。首を確認しているようだった。

顔を摑まれているので可動域を確保できない。玲は小さく三度ほど首を振る。

「嘘つくんじゃねぇぞ」

「ついてません。口には、挿れられました」

「……はぁ。俺も暇じゃねぇんだよ」

由良がやっと手を離してくれた。

運転席から出たかと思うと後部座席から何か取り出す。またやってきて、玲にハイネックの服を投げ寄越してきた。これで首を隠せということだろう。着替えていると、エンジンがかかり車が動き出す。

「お前の部屋でいいよな」

来た。玲はごく、と息を呑む。

家を引き払っていることはまだ知られたくない。かと言って一成のマンションなんか教えられない。しかし行き先がないと由良は納得しないのだ。

玲は「いえ」と呟く。由良が頬を引《ひ》き攣《つ》らせた。

「はぁ？　今日は店、定休日だろ」

「えっと、待ち合わせがあるんです。だから、あの、南駅のカフェで……はい」

由良が呆れたように息を吐いた。まるで利かん坊を相手するように「何をごちゃごちゃと」と呟く。

玲は慎重にその横顔を凝視する。このまま納得してくれればいいのだけど。

するると由良が唐突に口にした。

「お前、男が出来たんだろ」

「えっ……」

赤信号で一時停止する。由良は煙草を取り出し、サッと火をつけた。

玲は絶句していた。男……？

車列が動き出すと同時、由良が淡白な口調で告げる。

「そいつに金もらってるよな」

「な、何で」

「匂いで分かる。お前から男のアルファの匂いがする」

まさかこの体に一成のフェロモンが移っているのか？　唖然とする玲に、由良は『匂い』について言及せず吐き捨てるように笑った。

「でなきゃ俺の傍にもいねぇのに月五十万も持ってくるか？」

「り、臨時のバイトです」

「いや、別にいい。勝手にしろ。だが妊娠はするなよ」

玲はごく、と唾を飲み下す。由良の吐いた煙が揺蕩った。

「お前のガキまで面倒見切れねぇぞ」

「……分かりました」

玲は呟き、ふぅと深く呼吸して、「でも」と由良へ告げた。

「待ち合わせしてるのは、涼《りょう》なので」

「あ、そう。駅向かってってっけどカフェってどこのことだ」

「えっと」

一応は納得してくれたみたいで、玲は胸を撫で下ろした。住所を教えながらも今後について考える。恋人がいることを認めた方が怪しまれないかもしれない。その方が金も、返しやすいし……。

まだ気分は悪く、煙草の匂いで吐き気が助長される。思考が上手《うま》く回らないが、ひとまずは安堵していいだろう。由良は玲の近くにアルファ性がいることに気付いても、それが一成だとは思っていない。月城一成の記事を知らないのだ。

あの写真だけ見て玲と気付くのは難しいがもしもバレてしまったら……と危惧していたが、予想通り何も気付いていない。そもそもとしてこの男は週刊誌など気にする性ではない。昔から由良は芸能関係も、小説など文芸にも興味がない男だった。

頭にあるのは自分の所属する組と親分のことだけ。由良は十代で渡世入りしてから組のことしか考えていない。盃《さかずき》は血よりも濃かった。

だからこそ玲と由良は出会ったのだ。

とにかく一成の存在に気付かれるわけにはいかない。咄嗟に待ち合わせを作り出してよかった。車が店の近くにやってくる。あともう少し。もう少し耐えれば大丈夫。

店が見えてきた。軒下に制服を着た青年の姿が見える。よかった。来てくれた。由良も彼の姿を確認したらしく、少し手前で停車する。

玲は車から出ると「ありがとうございました」と頭を下げた。由良は「ああ」と素っ気なく頷く。助手席の扉を閉める。すぐに車が走り出した。

玲はその場で立ち尽くしている。

よかった、何とか、なった。

「兄ちゃん」

気付くと背後に制服の青年……涼がいる。

涼は眉間に皺を寄せて「アレ、由良さんだろ。一緒だったのか?」と怪訝に訊ねてくる。

彼の顔を見て、一気に緊張が解けた。

緊張感で支配されていた体が唐突に解放される。玲はよろ、と足をふらつかせた。合流したら、少しお茶をして解散しようと思っていたのに、どうしよう。

「兄ちゃん……?　ちょっ」

――やばい。

もう、だめだ。

フッと力が抜けて体が傾く。視界が真っ白になって宙に投げ出される心地になる。

咄嗟に涼が支えてくれたのを認識したのが最後。もう彼の声すら耳に届かなくなっていた。

【第二章　月城一成】

一成と大江の二人は書斎にいた。軽く仕事の話を終えて玲の話を始めたところ、大江の発言に、一成は目を丸くした。

「一億？」

繰り返して呟くと、大江は俯き携帯を眺めながら、「一億くらい、らしいです」と頷く。彼の金髪の前髪が、目に軽くかかっていた。

一成は自然と視線を玲のいる部屋の方へ移した。数秒沈黙する一成に、大江はさらに重ねる。

「何なら元は二億近かったらしいですけどね」

「何だと？」

「意外ですよね。二億って、ギャンブルとかのレベルじゃないし」

玲の債務額は現在、一億ほど残っているらしい。予《あらかじ》め大江に依頼していた玲の身辺調査だが、まさかの額に一成は眉根を寄せて、銀色の髪をかきあげる。

大江はその情報を玲が務めているキャバクラ店の従業員から拾ってきた。身辺調査の中でも玲の債務額と他のアルバイト先については早いうちに把握しておきたかった。実際、早々に債務歴、祖母が入院していることはわかったが、具体的な債務額とそれ以外の情報は不明だった。玲は自分のことを話さない。一度だけ教えてくれたのは、『俺は学がないので高校に通えなかった』ことくらいである。

大江は元々探偵事務所に勤めていた。これらの情報は造作なく拾ってくるかと思いきや、意外にも一ヶ月近くがかかっている。

この一ヶ月、玲と出会ってから彼と過ごすうちに、彼が具体的に幾らの借金をしているのか、祖母がいつから入院しているのかなど、細かいことが気になってきた。殆ど玲の調査を放置していた大江の尻を叩いて催促したところ、そうして今晩、報告のため大江はやってきたのだ。

まさかそれほどの額とは思わなかったけれど。

「利率は幾らだ？　かなり追い詰められてんじゃねぇのか」

闇金事務所に金を借りているようだし利率が異常に違いない。一成はまたしても玲がいる部屋の方へ視線をやった。彼は数時間前に帰宅して、今は自室にこもっている。すると大江が神妙な顔つきで告げた。

「ここからが異様なんですけど、殆ど元本みたいなんですよね」

「はぁ？」

二人がいる部屋は書斎だ。ここは防音室となっている。

ソファの上で胡座をかいた大江が、椅子に深く腰掛ける一成を見上げた。

「元々二億近くの借金をしたみたいです。そっから利息は殆どない。これ最初、事務所の取り立て屋に聞いたんすよ。いやいや嘘だろと思って、キャバクラの方の店長にも接触して、裏取りました」

大江は会話の流れから情報を聞き出すことに長《た》けている。コミュケーション能力がずば抜けているので、対象が少し隙を見せたら深く入り込めてしまうし人心掌握できる。

一成が大江と関わるようになったのは、大江が探偵事務所に勤めていたからだ。学生時代の後輩が探偵をやっているというので声をかけてみると、その時大江はあるテロ事件の犯人特定で成果を上げ、業界から数年身を隠す必要があった。ちょうどいいので一成が雇うことにした。という流れだ。

大江は気怠そうに首を傾けた。

「二億を何に使ったのか詳しく分からないのも変です。こういうことはあんまりないですね。多分、お婆さんの医療費だとは思うんですけど」

「……」

「全部知ってるのは金融事務所の経営者、由良晃《あきら》ってヤクザくらいでしょうね」

「由良、晃」

玲の口から聞いたことがない名だ。由良、晃。

「玲ちゃんの債権者はこの男です。この男が全て把握しているようなんですけど、これ、嵐海組《らんかい》の若頭補佐っすよ」

若頭補佐とは随分な立場である。大江は頬を歪めるようにして苦笑した。

「三十六歳で若頭補佐なので相当優秀か、他を蹴落としてきましたね。嵐海組っつったら関東の梅津《うめづ》山会《さんかい》の幹部が組長で、かなり枝もあります。会長の直参が嵐海組組長なので力もあるし、兵隊の数も多い。んで由良晃は組長と親子盃交わして渡世入りしてます。相当可愛がられてるって有名ですよ。何で玲ちゃん、この人と関わってんのかな」

「玲は由良って奴と会ってんのか？」

「それはさすがに分からないです。玲ちゃん調査一本にします？　数日見てみたけど、職場とここの往復っぽいしな」

大江には他にも業務がある。片手間で調べてくれたのがこれらの結果だった。

二億、か。一体何に使ったんだ？　そして既に二億のうちの一億を返済しているのだとしたらどうやって返したのか。謎が深まるばかりだ。玲に直接聞いても教えてくれるか分からない。それより勝手に調べたことに恐怖を抱くだろう。

それは何だか、胸糞《むなくそ》が悪い。

セックスの相性は良いと思う。よすぎて自制が利かないのが近頃の悩みだ。玲もかなり絶頂しているし、後半の蕩けた様子を一成は大変気に入っている。

また、この一ヶ月食事に連れ出すうちに玲もだんだん好みを見せるようになってきた。相変わらず食は細いが、「あの店のあれが美味しかった」などと口に出すようになっていて、会話もそうだった。

今までは一成も玲のレスポンスを気にせず喋り続けていたが、最近の玲は「トラック前田さんって強いですね」「トラック運転手なんですか？」と質問を投げてくるようになっているので、一成は気分が良い。

別に心を開かせたいわけではないが、折角話すようになってきたのだから、妙な不信感を与えたくはない。

だが、気になる。一体玲は何に金を使ったのか。

大江は「ていうか」と膝に頬杖《ほおづえ》をついた。

「玲ちゃんやっぱ痩せてましたよ。一成さん、セックスしすぎなんじゃないですか」

「はぁ？　セックスで痩せるって何だそれ。馬鹿のダイエットじゃねぇんだから」

数時間前に帰ってきた玲へ大江が挨拶をした際、大江は玲の外見が変化していることを指摘した。

一成は全く気付いていなかった。玲は初めから細っこいが、知らぬ間に更に痩せていたらしい。夕食は大江が用意してきたが、玲の頼んだメニューはボロネーゼとのこと。

一応、買ってきたと声を掛けたが反応がなかったらしく、恐らく眠っている。考えてみると確かに玲の睡眠時間は足りていないのかもしれない。夜は散々玲を抱いて、朝は気付くともういない。何時に起きているのか。それが『痩せた』の原因か？

「あ。あと、もう一つ気になったことがあったんだ」

大江が思い出したように言った。続きを促すと、「お婆ちゃんの苗字《みょうじ》です」と告げた。

「大倉じゃないんですよ。確か……深山《みやま》です」

「それは変なのか？」

「祖母と孫の苗字が違うのはよくあるとは思うんですけど、玲ちゃんには親がいないっぽいんですね。親類が祖母だけなら、なぜ苗字が違うのか。一緒に暮らしてこなかったんでしょうか」

「……」

「その辺も謎です」

「……」

大江が帰ってから、しばらく一成は一人で考え込んだ。薄々玲には家族が祖母しかいないのだろうとは思っていたが深く考えてはこなかった。

だが玲は二十歳だ。まだ若い。両親の不在はそれなりの事情があるかと思われる。それとも親がいないせいで莫大な借金を背負うことになったのか？

気になる。

一成は玲へ渡すための五百万が入った封筒に目を向けた。

気になる。

気になることは、聞いてみよう。

借金は誰のためか。両親はどこにいるのか。本人に聞くべく部屋を訪れる。玲はベッドで泥のように眠っていた。

そして彼は言った。

夢うつつの、夢見るような声で。

――「母は、探しています」

◇

――「兄ちゃんが住んでるのって、ここすか？」

玲は眠っている。制服を着た青年の背中で。

翌日、玲はいつものように出かけた。しかし昼頃にチャイムが鳴ったので扉を開いてみると、現れたのは背の高い高校生と玲だった。

全く理解が追いつかない。誰だこいつ。黒目に黒髪の高校生はよく見ると玲に似ている。そして玲を背負っている。

お高そうな制服に身を包んだ青年は、衝撃的な発言をした。

「兄ちゃんが住んでるのって、ここすか？」

……は？

「あの、すみません。兄ちゃんがここに住んでるって聞いたんすけど」

「……兄ちゃん？」

「え？　はい。これ、俺の兄ちゃん」

青年は自分の背に視線をやった。玲よりも背が高く体格もいい青年は、軽々と彼を背負っている。

兄……つまり、この青年が弟？

弟の話など一度も聞いたことがない。

啞然とする一成に対し、青年が不安そうに眉を歪めた。玲の弟というだけあり綺麗な顔をしている。

彼は恐る恐る、「なんか、間違えました？」と呟いた。我に返った一成はひとまず、彼らを玄関に通した。背中の玲は眠っている。何が起きているのか理解が追いつかないが、先《ま》ずは玲を寝かせなければ。

「玲の部屋はこっちだ」

告げると弟が目を丸くした。それから愁眉を開き、「ありがとうございます」と頷く。


兄弟を玲の部屋に案内してから先にリビングへ戻る。自然と煙草を手に取り吸いつけてから、そうだった、ここに高校生がいるのだと気付き、灰皿へ煙草を擦り付ける。だいぶ動揺しているな。携帯を確認すると大江からメッセージが届いていた。

《玲ちゃんにボロネーゼは冷蔵庫にあるよって電話したら、相手がまさかの玲ちゃんの弟だったんすけど。あの子弟いたんすね。気付かなかった。で、玲ちゃんが具合悪くなっちゃってるみたいだから一成さんの家教えときました。多分来ると思うからよろしく》

昨晩、玲は夕食を取らずに眠っていた。大江はそれを伝えるついでに、玲の現在地をそれとなく聞き出そうとしたのだろう。大江に《弟、来た。》と打ったところで例の青年がやってきた。

「広い家ですね」

一成は顎先を引いてソファに腰掛けるよう促す。弟は若いが堂々としており、「ども」と生意気な口振りで、一成を恐れない。

「永井《ながい》涼です」

ソファに腰を下ろした彼は自分を涼と名乗り、改めて「弟です」と付け足した。名門私立校の制服を着た青年は、玲に似て端正な顔立ちをしている。

一成は心の中でため息をついた。

また、コレか。

兄弟であるにも関わらずバラバラの苗字。まるで継《つ》ぎ接《は》ぎの家族だな。聞きたいことが多数ある。どこから問えばいいのやら。一成は半ば投げやりな物言いで「他に兄弟いんのか？」と言った。

「え？　いや、俺だけです。二人兄弟なんで」

「ふぅん」

「……兄から俺のこと聞いてなかったんですか？」

涼はそう言って訝しげな表情をした。一成は言葉が浮かばずに黙り込む。

何も知らなかった。弟がいるなど、一言も聞いたことがない。

そもそも祖母の件や借金だってこちらが勝手に調べたことだ。玲からは何も聞いていない。近頃は、玲も一成に話しかけるようになっており、出会った当初の怯えた様子は薄らぎ、相変わらずの仏頂面ではあるが、少しは雰囲気も柔らかくなったと思っていた。

けれどそうではない。一成は玲に、全く信用されていなかった。

押し黙る一成の様子から、涼は兄と一成がそこまで親しくないのではないかと気付き始めたのか若干の警戒心を滲ませる。が、一応は一成に気遣ってやんわりと言った。

「兄ちゃんはあんまり、自分のこと話さないかも。すんません、兄ちゃんとどういう関係なんですか？」

　どう答えるべきか。まだ玲から何も聞いていないようなので関係性を名付けて説明する義務が一成に発生している。

　するとそこで涼がハッと目を丸くした。次には目を細めて注意深く一成を凝視し、確信したように瞳孔を開く。

「もしかして、月城一成、さん？」

　世間では『月城一成』と呼び捨てにされている。そのせいか敬称には僅かのぎこちなさがあった。否定する意味がないので、「あぁ」と認めると、あの記事を思い浮かべたのだろう。涼は「もしかして」と驚愕する。

「兄ちゃんが月城さんの本当の恋人なんですか？」

　本当は恋人ではないが、一成は一秒も躊躇わずに首肯した。

「そうだ」

「えぇ……まじか……アンタ、アルファ性ですよね？」

　先に言及したのは意外にも弟の方だった。彼は口元を指で押さえて、目を眇める。アンタ、か。初対面でたいそうな物言いだが不思議と苛立ちは起きない。

　犬には犬の匂いが分かるように、アルファにはアルファの匂いが分かる。やはりこの弟とやらはアルファ性だ。扉を開けた瞬間から察していた。この弟は一成と同じくアルファ性だろうと。同様に、向こうも勘付いていたらしい。

　玲はオメガ性なので、両親はアルファ性とオメガ性だったのだろう。利用可能性ヒューリスティック的に知られているカップルの一例であるが、実際にはアルファ性とオメガ性の組み合わせは少ない。

アルファ性の血を継いだらしい弟は動揺を露わにする。

「まさか、もう番になったんですか？」

「さすがにそれは時期尚早だろ」

「そうですよね。だって兄ちゃんまだ二十歳だし」

それは一成を牽制《けんせい》するような口ぶりだった。つい数秒前まで驚きの表情を浮かべていた涼だが、今は途端に兄の恋人を品定めする目つきをしている。

「引っ越したことは聞いてたんです。けどどこに引っ越したのかとか、教えてくれなくて。《大丈夫です。》としか言わないし」

「玲は元のアパートを引き払っていたのか？」

「そうすよ。一ヶ月くらい前」

一成の部屋に暮らすことになってからだ。余計な出費になると考えたらしい。

すると弟は、兄の『恋人』に非難めいた眼差しを向ける。

「大丈夫とは思えないですけど。あんな風に倒れてるから」

一成はその視線の意図に言及せず「何があったんだ」と本題を訊ねる。しかし涼もまた不明瞭な事実に困惑する表情を浮かべた。

「いきなり呼び出されて待ち合わせ場所に向かったら、兄ちゃんがやってきて……すぐ寝ちゃったんです」

「は？」

「俺もよく分からなくて。初めは救急車を呼ぼうと思ったんですけど、一瞬起きた兄ちゃんが、『少し休めば大丈夫』って言うから」

「……」

「普通に無視して救急車呼ぼうと思いました。そしたら大江さん？　って人から兄ちゃんの携帯に電話かかって来たんです」

兄も泥のように眠っていたので、ひとまずここへやって来たらしい。弟としても兄の引っ越し先を確認したかったのかもしれない。

「玲の様子はどうだ」

「……普通に寝てます。睡眠不足だったのかな」

「……」

「あの、恋人なら自分で見に行ったらどうですか」

一成は返事をせずに腰を上げた。玲の部屋へ向かうと後ろから弟が付いてくる。

ベッドの上で玲が眠っている。弟がかけたのだろう顎下までかかったブランケットから、涼がどれほど兄を大事にしているのか伺える。

寝顔は案外、穏やかだった。起きている時も表情の変化は少ないが、こうして眠っている横顔は微動だにせず、ただ美しいだけで彫刻のようだった。

それでも確かに、寝顔に疲れが滲んでいる気がする。

それと妙な匂いもした。涼に背負われていたせいか？　他のアルファの残香に不快感を覚える。

触れることなく踵を返し、入り口近くで立ち止まっていた弟に目配せする。共に部屋を出るが一成は途中でキッチンに寄り、玲用に買い溜《だ》めしているペットボトルのオレンジジュースを手に取る。リビングに先に戻っていた涼に渡すと、

「ジュースだ」

とガキらしく微笑んだ。

玲と似ている顔で屈託なく笑うものだから違和感を感じた。言いようのない感情を抱きつつも一人掛けのソファに腰を下ろす。涼も真剣な顔つきに戻り、対面する数人用のソファに腰掛けた。

「玲に何があったんだ」

弟は、兄貴の恋人が一成と知ってもやけに落ちついている。自分で言うのも妙だが、週刊誌で報じられた月城一成の恋人が兄であることへの反応がこうも淡白だと不自然に思える。

玲と同じくクールな性格をしているのだろうか？　顔つきは玲と似ているが、瞳は真っ黒だった。玲の瞳はグレーが強く、玲は全体的に色素が薄い。玲は、肌も白く唇も薄く、骨格のせいか華奢《きゃしゃ》な印象を抱かせる。その点、弟の涼は男性的な体つきをしていた。

涼が何か口にしようとして唇を開く。だが、言葉を飲み込むように一度閉じて、悩ましげに言った。

「分かりません」

「……」

「月城さんは何も知らないんですか？　兄ちゃんと一緒に住んでるのに」

「あいつは何も話さねぇから。俺の話を聞いてるばっかで」

やはり連日の性行為で無理をさせてしまった。玲は後半になると意識的か無意識か甘えてくる。そのせいで調子に乗ってしまうのだ。こんなこと話すわけにもいかないので涼には黙っておく。それにしても思い返すと玲は聞き役に徹してばかりで、自分の話をしないどころか、避けているようにも思える。

なぜだろう。

「あぁ、でも、分かる」

涼は苦虫を嚙み潰したような顔をした。

「兄ちゃんはそういうところありますよ」

思い当たる節がいくつかあるようで、涼は「例えば引っ越しのことだってそうですよ」と付け加えた。

「兄ちゃんのアパートに行ったら大家さんに数日前に引っ越したとか言われて。半ばキレ気味に《今どこいんだよ》ってメッセしても、既読無視。結構経ってから《引っ越しました。大丈夫です。また連絡します。》ですよ？　俺が心配で大丈夫じゃないのに」

「身内に対してもそうなんだな」

「そうです。俺にも兄ちゃんはよく分かんないとこある」

「……」

「こっちから積極的に話しかけないと兄ちゃんは何も言わないんです。いきなり消えちゃいそうで怖いですよ」

一成は玲の眠る部屋の方に視線を遣った。彼とは半年間の契約だ。残りあと、五ヶ月ほど。出会いは単なる偶然で、玲の顔は好みだが彼に対する特別な思い入れはなかった。今だって別に、玲に固執しているわけではない。

だが涼の言うようにある日突然予告もなく姿を消してしまったら……考えるだけでゾッと背筋に冷気が走る。

容易に玲が消える想像がつくことに悪寒がした。玲はすぐにでも消えそうな雰囲気を醸している。線の細い容姿の影響もあるが間違いなく、玲の自分の話を避ける性格と、相談なしにアパートを簡単に引き払ってしまえるどこか根無し草みたいな生き方のせいだ。

オメガ性の玲に逃げられたら、アルファ性の一成は追えない。

それは弟でアルファ性の涼も、同じなのかもしれない。

「兄ちゃんは聞き手に徹する人間なんで」

「まぁな。俺がベラベラ喋ってても少ししか聞き返してこない」

「え？　聞き返してるんですか？」

涼は若干声を高くして目を瞠った。一成が答えるより前に「というか、兄ちゃんとそんなに話してるんですか？」と更に目を丸くする。

「殆ど毎日夕飯食ってるから」

「へぇ、それは……月城さん、もしかして兄ちゃんのこと好きなんですか？」

恋人だと言っているのに涼は妙なことを口にする。しかし彼の口調に揶揄《やゆ》はなく、むしろ哀れみが殆どで、少量の敵意も混じっている。

数秒の沈黙の後、「まぁ、そうだな」と曖昧に応《こた》えを示す。

そうではないが、恋人の立場にいるのだから「好き」だと認めなくては。

涼は神経質そうに目を細めて、視線を落とし、自分を納得させるように頷いた。

「そうですか。なら、結構頑張ってる方ですね。兄ちゃんとそんなに話すなんて」

「だろ」

「兄ちゃんも聞き返すなんて……月城さんと仲よくなりたいのかも」

どうだろうな。金の行き来する関係だ。玲が一成と話をしてくれるようになったのは、金のためだった。今ならよく分かる。ここに一成が全く存在を知らなかった弟がいるのだから。

不服そうな涼の顔は特に玲と似ていた。思わず「似てるな」と口にすると、涼が僅かに固まった。

自分と兄のことを指摘されたのだと遅れて気付き、「俺と兄ちゃんですか？」とこちらを真っ直ぐ見つめてきた。

真正面からこうして眺めているとより一層強く思う。似ているのは雰囲気もだろうか。弟は度々攻撃的な視線を向けてくるがあまり気にならないし、どこか懐かしさすら覚える。

「そうですかね」

「似てる。体格は違うけどな。お前身長、何センチ？」

「百八十は超えてます」

「高校生だよな」

「高校一年になりました」

思い返してみると一成も高校の時点で百八十を超えていた。体格に関して言えば、涼は玲よりむしろ一成に似ているが、玲と同じく美形であるのは変わらない。すると涼はさらりと告げた。

「俺と兄ちゃんは、親が微妙に違うんですよ」

「ああ、そうだったのか」

「はい。父親が別です」

「確か」と付け加えた涼はオレンジジュースの蓋を開けた。

なるほど。そのせいで体格に差があるのだろう。苗字が違うのもその影響か？　詳しく追及する前に、涼が答えを示した。

「と言っても、俺は父のこと知りません。俺と兄ちゃんは施設で過ごしてて、先に兄ちゃんが施設を出てから俺は今の家に養子入りしたんです」

また一つ内心でなるほどと呟く。苗字が異なる理由はこれだったのか。

「いつから施設にいたんだ？」

「いつから？　うーん。俺が小学校入る前から施設にいた気がします。俺と兄ちゃんは五歳差なので、兄ちゃんも子供の頃ですね。……兄ちゃんは中学出ると同時に、施設からも独立して働き始めて、俺は中学入る前に養子になったんです」

名門私立校の制服は裕福な家庭の子供になった証左だ。涼は、自分が養子になったのはアルファ性だからと説明した。

「他の子は、兄弟でもバラバラに引き離されて別の家に里子に出されてる子もいました。でも兄ちゃんは里子に出される前に施設から出ました。俺は、引き取り手がいなかった。金がなかったから当時はまだ第二性の診断を受けてなくて、兄ちゃんと同じようにオメガ性の可能性があるからか、引き取り手が少なかったみたいです。なんか、オメガ性は国からの監視義務が増えるとか何とか……難しいらしくて。後から知ったんですけど、普通の子は小学生の時点で自費で第二性診断受けるんですね。俺や施設にいた他の子は中学の一斉診断を待ってたんです。だけど兄ちゃんが俺に第二性診断を受けさせてくれました。それでアルファだって分かってからは、すぐに里親が決まりました。少し怖かったんです。戻ってくる子もいて、たまに怪我してたり、明るかった子がすごく暗くなって帰ってくる子もいたから。……でも兄ちゃんは『絶対大丈夫』って言って、俺の背を押してくれました。実際、今のお父さんとお母さんは良い人たちでした」

もちろん玲が施設で暮らしていた事実も初耳だ。今更驚かない。もはや一成は玲に関して何一つ知らないと言って良い。

「二人とも里子に出されてたら、お互いどこの家に行ったか分からなくなるんです。職員も教えてくれないみたいで……なので、こうして今も会うことが出来て、本当によかったです」

玲は里子に出されなかったが、涼は無事に今の家の子供になった。今の二人に交流があって何よりである。

「玲が中卒だって話は聞いてた。頭が悪いから高校へ通えなかったっつってたな」

「兄ちゃんがそんなことを？」

涼はまた驚いて目を見開き、仕方なさそうに眉を下げた。

「兄ちゃんは中学でも一番くらいに頭がよかったんですよ。頭が悪いなんて嘘です」

だろうな。玲の学力は知らないが、高校に通わなかったのは、働くためだ。

玲は金を稼ぐことを急いでいた。中学卒業時点……おそらく中学時代か小学生の頃から。

「……借金」

おそらくこれが理由だ。

呟くと、涼が薄く唇を開いた。呆然と一成を見つめている。

一成は「借金があるんだろ」と告げる。涼はぽかんとした表情のまま呟いた。

「ある……？」

「は？」

「あ、はい。そうですね。借金、はい」

「お前らの親が借金残したんじゃねぇの？」

「え？」

涼は更に目を丸くする。玲が金を借りているのは闇金だ。

本来、親の借金は子に相続されないが闇金は違う。支払義務の相続放棄を教えずに囲うのが奴らの手法だ。闇金に借金する親の子供は大抵劣悪な環境にいる。玲の場合、第二性診断も受けさせられずいつ自分の知らない場所へ里子に出されるか分からない弟を抱えていた。

闇金は親から金を巻き上げられないと知ると子供に標的を変える。敢《あ》えて子供たちに飯を与えたり、衣食住を助けて、仕事を斡旋《あっせん》してやることで心理的に依存させる。そこから風俗や、犯罪まがいの仕事を流し、大人になるまで酷使させる。

玲は今も金貸しのヤクザ……由良晃と関わりがあるらしい。同じ手法を使われているかもしれない。

「お母さんが？　いや、それはないと思いますよ……俺ももうお母さんのことは覚えてないけど」

涼は困惑した様子で言う。一成は続けた。

「施設に入ったのがガキの頃ってことは、母親が出ていったのはそんくらいの時なのか？」

「出ていった？」

「あぁ。それとも何度か母親は会いにきてたのか？」

「あの……お母さんが出て行ったって、何ですか？」

「は？　そうだろ。玲が言ってたぞ。母親を探してるって」

頭の中に玲の寝惚けた声が蘇る。

――『母は、探してます』

一成は内心で吐息を吐く。思い出す毎に切なさを増す声だ。

しかし涼は不思議そうに言った。

「お母さんは事故で死んでますよ」

一成は若干下がっていた視線を上げて、ゆっくりと、涼に目を合わせた。

涼は一成の視線と言葉に狼狽えつつも補足した。

「というか、兄ちゃんはその事故現場に居ましたから」

居た……。

死んだ？

一成は、玲の言葉から、母親は行方不明《ゆくえふめい》になっているのだと思っていた。

両親について聞いた時、玲は睡魔に襲われながらもそうした話を呟いていたから。

あの状況で嘘をつけるか？　本当に『探している』のだとこちらに思わせる口調だった。しかし実際は死んでいる。玲も事故現場に居て、それを目撃していたらしい。

なら、あれは何だったんだ。

暫《しば》しの沈黙が二人の間に流れる。やがて涼が口を開いた。

「俺は子供すぎて覚えてないんです。俺は、何も知りません」

念押しするような言い方だった。自分自身に言い聞かせるような。

涼がこちらに目を向ける。

「本当に兄ちゃんがそんなことを？」

「母を探してる、とは言っていた」

「意味が分かりません」

「俺もだ」

涼は唇を閉じて考え込んだ。時折一成に向けてくる視線から、一成の発言の信ぴょう性を疑っているようでもある。

そして前半の発言を思い出したらしく、あ、と言ったように「借金のことですけど」と話題を戻す。

「兄ちゃんが借金してたのは知ってます。もしかしてまだ残ってるんですか？」

「知らないのか？」

一成が驚いて眉根を寄せると、涼は頷いた。

「あの人は何も言わないんです。借金を作ったことは知ってました。昔、兄ちゃんが『金借りたから婆ちゃんの医療費は俺が払う』って言ってたので」

「由良からか？」

すかさず食い付くと、涼は「そ、そうですけど」と狼狽えながらも認める。

「由良さんのことは知ってるんですね。まぁ、有名なヤクザっぽいしな。極道小説書いてる人は分かるか」

「あ？　お前、俺がそういうの書いてんのも知ってんのか」

「バイオレンス小説好きなんですよ。なんか、夢みたいで」

確かに関東の極道関係についてはある程度把握している。由良晃も少しだけ耳にしたことはあるが、その若頭補佐よりも抜群に目立っているのは組長の嵐海だ。

彼のカリスマ性は有名だった。まだ五十代半ばと若く、現役である。嵐海組長はもっと若い頃は相当な喧嘩《ステゴロ》上手で、今はもう組織の長ともあり手は出さないが、代わりに由良晃若頭補佐を含め組員の武闘派は多く、即戦力が高い。嵐海組は動員力も行動力も抜群で、闘争心旺盛な若衆をあっという間に手配できる。これが強いのだ。

涼は極道よりも『バイオレンス』を強調した。暴力を文字で見るのが好きらしい。彼は「悪い奴や強い奴にしっかり暴力で打ち返すのが好きなんです」と私立校の高い制服を着て単調に語っている。

涼の『夢みたいで』の響きは、馬鹿みたいとも、憧れのようとも取れる言い方だった。涼は「月城先生って」と淡々と続けた。

「いい加減な人なのかなって動画とかでは思ってたんですけど、意外と俺の話を真面目に聞いてくれるのでびっくりしました。びっくりしたはいいんですけど、話聞いているうちに、だんだん疑えてきました。本当に兄ちゃんの恋人ですか？」

「……」

高校一年にしては鋭い観察眼を持っているようだ。とは言え一成も本気で恋人を演じたつもりはない。涼が『恋人なのか』と聞いてきたので乗っかっただけである。一成もまた、話しているうちに、遅かれ早かれ涼には真相がバレると確信していたので、雑に振る舞っていた。

すでに何か察した様子の涼は、しかし『恋人関係』を今は見逃し、彼は続けた。

「由良さんには会ったことありません。会ったことはないけど、兄ちゃんはその人に金を借りたと言ってたので話は聞いてました」

それから涼は堰《せき》を切ったように語り出した。

「兄ちゃんは、由良さんはヤクザだから関わるなって俺には言ってました。俺はそん時ガキだったからあんまり意味分かってなくて。ヤクザが怖いと言うより、兄ちゃんがそう言うので従順に従いました。で、兄ちゃんは借りた金で婆ちゃんの病院のお金とか、俺のこととか、色々払ってくれてたんです。あ、そう。婆ちゃんがいるんです。でも物心ついた時から入院暮らしだったので俺たちを引き取ることは出来ませんでした。俺が子供の頃に手術もしていた気がします。でもその金は大した額じゃないって兄ちゃんが言ってました。俺も途中からお母さんたちが出来たし、高校は今の家から学校に通わせてもらっていて、学費も親に払ってもらってます」

玲の借金の元金額は二億近かったと聞いている。

今の話のどこに二億もの借金をするタイミングがあったのか。兄弟が子供の頃から祖母が入院暮らししていたなら、彼女は自分で金を払っていたはず。いくら手術の費用を急に用意しなければならないとは言え、二億には及ばないだろう。

涼も学費は親に払ってもらい、与えられている生活費は彼の持ち物からして充分すぎる程だとうかがえる。

「確かにお前は借金のことを初めから過去形で語ってたな。もう無いと思ってたのか」

「……はい」

涼はその理由をこう説明した。

「二年くらい前から俺の口座に金が振り込まれてるってお母さんが教えてくれたんです。だから、借金の返済は終わったのかなって」

「はぁ？」

玲は自分の口座を持っていないが、涼は親に作ってもらっているらしい。今の涼の両親、永井夫妻が管理していて、玲が振り込むと母が気付いて涼に報告するのだと言った。

「兄ちゃんが自分の口座持ってないのは、自分が由良さんと関わってるからだって言ってました……よく分かんないけど、ヤクザってそういうもんなのかなって」

確かに闇金から金を借りると口座が凍結することはままある。だがそれは債権者が口座を悪用した場合などだ。口座からヤクザと関わりがあることがバレて、共犯者と見做《みな》されると警察にマークされることもある。玲はそれを警戒しているのか？　色々と面倒ならば玲が口座を持たないのも頷ける。

「初めは月に一万とか二万とかの振り込みで、兄ちゃん曰く『お小遣い』って言ってました。でも最近は違うんです。今日なんか母さんが急いで連絡してきました。四百万近くも振り込まれたんですよ」

「四百万？」

鸚鵡返しで問いかけながらも思い当たっていた。それは一成が玲に渡した金だ。借金返済に回していると思っていたがどういう訳か弟へ送っていたようだ。金の使い道は自由だが腑に落ちない。涼は金に困っていない。

その涼は、一成が金を渡していることを知らない。

「そっか……借金残ってたんだ……でもどうして四百万も俺に……」

不安げに呟いているのを見て、言うべきか言わまいか迷う。涼は遂に「もしかしてまた、何かやってるんじゃ」と青ざめていった。

すぐに一成が「またって、何だよ。前科あんのか？」と問い詰める。

すると涼が唇を一文字に嚙み締めた。数秒後ゆっくりと開き、警戒心の滲んだ目つきでこちらを見つめる。

「……そうですよね。月城さん、由良さんのこと知ってるんですもんね」

「玲が金借りてるヤクザだろ」

「兄ちゃん、中学出てから、由良さんのところにいたっぽいんです」

「何だと？」

そんなに密接な関係だったのか？

涼は頷くが、彼は『ぽい』と曖昧な言い方をしている。確信は持てないらしい。

「あんまりアパートにも居なかったし、由良さんのところにいたんじゃないかな。だって兄ちゃんと会うたびに、兄ちゃんからアルファの……由良さんの匂いがしてたんです」

アルファにはアルファの匂いが分かる。由良晃は、アルファ性の男らしい。

「仕事も由良さんの紹介っぽいし。で、会ったことがないって言ったけど実際には一度だけ見たことがあるんです」

「由良晃をか」

「あの人、名前晃って言うんだ」

初めて知った程度には由良について詳しくないようだ。涼はまだ兄が施設から出ていったばかりの時、兄のアパートで、部屋から由良と玲が出てくるのを見かけたと言った。

「ヤクザだって聞いてたからきっとイカつくてやばい奴なんだって思ってました。実際イカつかったし、怖かったけど、妙に兄ちゃんのこと大事そうにしてる感じだったんです」

玲の部屋はアパート一階の隅に有った。由良晃が部屋から出てくると玲も遅れて現れる。玲がよろけたところを由良晃が支えて、二人はとても近い距離で、由良晃の車へ向かった。その後涼は玲の部屋に残ったアルファの匂いから、これが由良のものだと理解した。

予想に反して由良晃が玲を大事そうにしていることから、涼は由良に関して何も文句を言えなかったらしい。実際金を貸してくれているのは由良晃だ。彼のおかげで祖母は入院できている。

「というか、あの場面見ちゃったらもしかして、って思ってしまって」

「玲は由良の愛人だと?」

涼は頷く。唇を噛み締めてから、舌打ちでもしそうな顔で言った。

「雰囲気がなぁ。何つうか……債権者と債務者には見えなかったんです」

高校生のくせに世の中のことをよく知っている。渋い顔をして「まぁ、兄ちゃん美人だしな」と認めていた。

施設から出たばかりと言うことは玲が中学を出てすぐだ。やはりかなり若い頃から由良と関わりがある。愛人……玲が由良晃の？　玲も経験がある素振りだったのはそのせいか？

いきなりフェラをしてきたのも過去の男の影響だとすると、無性に胸が濁る。どちらにせよ、愛人の可能性があったとしてもそれは過去のこと。玲に番はいない。由良との関係が何であれ、由良は玲を番にしていないのだ。と思うと同時に涼は言った。

「今日も俺と会う前、由良さんと会ってたっぽいんです」

「は？」

年齢の割に精神が老成している涼は呆れ顔をして「怒らないでくださいよ、新恋人さん」と言う。その突き放したような口調は、一成と玲が本当の恋人関係ではないと確信しているようでもあった。

「……由良晃と会っていたと何故分かるんだ」

「だって由良さんの車で俺んとこ来たし……多分今兄ちゃんが着てる服も由良さんのですよ」

「……」

「気付きませんでした？　ハイネック。今日はいつもより暑いのに」

と、涼が視線を全面ガラスになっている窓へ向ける。五月上旬の空は晴天だ。涼は「高……」と目を細めた。

涼が帰ったら後で確認しなければならない。ハイネックを着ている理由は何なのか。

由良と会ったからか？　なぜ由良と会っていた？　借金を返すため？

疑問が頭の中に湧き起こる。涼は神妙な顔つきで独り言みたいに呟いた。

「また由良さんとこで金稼いでんのかな。何してんだろ」

「金は俺だ」

これ以上黙っていても無駄だと判断し、一成は正直に白状した。

すると涼は口を噤む。じっと一成を見つめていた。一成は繰り返す。

「月五百万の契約で俺の家にいる。報道を知ってるだろ？　恋人を偽るために玲を雇った」

「やっぱりね」

涼はため息を一つ吐くと、仕方なさそうな顔で「何か理由があると思いました」と言った。ただの子供とみくびっていたのが申し訳ないほど、涼は理解力の強い子供だった。すまないな、と内心で謝ってから、「ガキだってみくびって適当に誤魔化してた。悪いな」と口に出す。

「実際、ガキですしね」

その返しが既に大人びすぎている。涼は理解から納得へ心を落ち着けるが如く「なるほどね」と独り言つ。

「まぁ……ヤクザよりは小説家の方が断然マシか」

「……」

「今日由良さんと一緒だったのはお金を返すためかもしれません。月城さんは五百万渡してるんですよね？　その差額」

「にしては服のことが分かってねぇけどな」

「兄ちゃんを怒らないでくださいよ」

「怒るかよ」

この弟に今まで一成がしてきたことを話したら殺されそうだ。売春契約も相当だが、まず初めに玲を轢きかけている。

玲の母親は事故で亡くなったらしい。それは自動車事故だったのだろうか。

――『母は、探しています』

玲の声が耳に蘇ると同時、過去の残響が脳裏を掠《かす》めた。

――『探してるの』

その女性の声は、一成の母のものだ。まだ母が生きていた頃、彼女は呟いていた。項垂れながら。悲しげに。見つからないことを確信しているように。

何を、と聞いても困ったように微笑むだけだった。結局病死した最期まで、彼女が何を探しているのかは分からなかった。

きっと母は見つけられなかったのだろう。

……母は父に捨てられて、一成は父を捨てた。

最期まで探していたのが愛だとしたら、それは一成では与えられない。家族としての愛情はあったけれど、一成は、母が父に欲しがったような愛を与えることはできなかった。それでも父を捨てた一成に母はついてきてくれた。

子供への愛情を取ったのだ。

「とにかく今の兄ちゃんは何か変なんです……月城さん、でも、この話をしたこと兄ちゃんに話さないでもらえますか？」

兄への家族愛に溢れた弟は釘《くぎ》を刺《さ》すように告げる。

「兄ちゃんのこと見ててください。無いとは思いますが、兄ちゃんから月城さんに何か事情を説明するかもしれませんし」

一成は唇を開きかけたが、閉じた。涼は淡々と付け足す。

「俺のことすら話してないってことは、気の毒ですけど兄ちゃんから月城さんへの信用度ってゼロに近いと思います。でももしかしたら、兄ちゃんも月城さんに何か話すかも」

「話す可能性はお前の見立てだとどれくらいだ」

「二パーセントくらい」

「……一じゃないんだな」

「だって、兄ちゃん、月城さんの話しちゃんと聞いてるんですよね」

それが何だというのか。一成は顎を引くようにして続きを促す。涼は言った。

「兄ちゃんって結構ドライだから。自分から問いかけたりとかしないし、それどころか人の話とかあんまり、聞いてやる人じゃないし。ドライっつうか……怖い人ですよ」

一瞬だけ涼の目元に影がかかる。一成は眉根を寄せた。

玲が怖い人……？

涼はゆっくりと瞬きする。それから、眉を下げてどこか弛《ゆる》んだ表情を浮かべた。

「月城さんにはそうじゃないんですね」

「——涼？」

その時、リビングの入り口に人影が現れる。

「ここで、何してんの」

玲が立っている。弟と一成が会しているのを、信じられない目つきで見ていた。

「兄ちゃん！」

涼の声のトーンが一気に明るくなる。条件反射みたいに立ち上がった涼は、すぐさま玲の元へ駆けていく。

その一瞬のひとときの中で、玲が一成に視線を遣った。

怯えたような目をしていた。初めて出会った時のような。

——あ。

一成の胸に、じく、と嫌な熱が走る。一成は薄く唇を開いたまま何も言えない。その熱の正体が掴めない。ただとにかく嫌な感じで、焦燥感を覚える。

「もう立ち上がって平気なの？」

「大丈夫……何でお前、ここにいるんだ」

「兄ちゃんを病院に連れて行こうと思ったら大江さんって人から電話かかってきて。寝かせるならここへって、住所教えてもらったから」

一成は腰を上げた。彼らの元へ歩いていくと、玲は涼と話しながらも俯きがちに一成の足元へ視線を放つ。

一成は短く言った。

「もう大丈夫なのか？」

一成から目を逸らしていた玲がハッと顔を上げる。震える眼差しで一成を見上げた。

「……あ、はい。少し気分が悪くなっただけなので、今は本当に大丈夫です」

眠ってから三十分程度は経っている。確かに顔色は随分とよくなっていた。

玲はパーカーの下にハイネックを着ていた。今日は暖かかったのでそれは気候的に不自然な格好で、こうして間近で向き合ってみると、彼が纏うアルファの匂いが弟とは別のものであることもよく分かる。

弟よりも深く、退廃的な深い香りだ。草臥《くたび》れているような匂いが若い玲に似合わない。自分に滲む男の気配に玲は気付いているのだろうか。気付かないほど深く、玲の体に馴染《なじ》んでいるのか。

「座ろ、兄ちゃん」

「うん……」

玲は弟に手を引かれてソファへと向かった。一成はその場を後にする。先に何か食べ物を与えよう。何が起きたか分からないが果物《くだもの》くらいは食べるはず。

苺《いちご》とマスカットを取り出して適当に皿へ盛る。ミネラルウォーターを手にしてまた戻ってくるが、一成は二人の姿を視認すると同時、立ち止まった。

「――って兄ちゃんも思わねぇ？」

「……あははっ」

玲の横顔を凝視したまま一歩も動けなかった。足裏から根が生えたみたいだ。呼吸さえも止まってしまう。

そこでは、玲が笑っている。

心からおかしいと言ったように小さく笑い声を上げていた。口を開けて笑うから白い歯が見えた。目を細めて、嬉しそうに微笑んでいる。その純粋な笑顔を見て、今更ながら気付かされる。

今まで玲から笑顔を向けられたことがなかったことに。

「……あー、クソ」

部屋はあまりに広すぎて一成の呟きは二人に聞こえずに済んだ。俯いて、人知れず笑みを漏らす。

クソが。

何が『二パーセント』だ。

笑顔すら見たことがなかったのに、玲から自らの話を打ち明けられるわけがない。

言いようのないどす黒い感情が胸のうちにベッタリと塗りたくられる。玲をぞんざいに扱ってきたのは一成自身だ。玲の態度が違うのは自分の行いのせい。けれどそれでも、実際に玲が無邪気に笑っている様を見てしまうと、その笑顔が自分へ向けられないことに酷く焦りを抱く。この感情を上手く受け入れられない自分に苦笑した。自分の愚かさを、玲の屈託ない笑顔が教えてくれる。

「月城さん」

すると涼が先に一成に気付いた。一成の名前を呼んで立ち上がり、こちらへ歩いてくる。

リビングの入り口で立ち尽くしている一成へ不思議そうに首を傾げたが、然程《さほど》気にせず、「それ兄ちゃんにですか？」と訊ねてきた。

「あぁ」

「ありがとうございます」

一成は目線を向こうにいる玲へ向ける。

つい今し方まで浮かべていた笑顔は嘘のように消えて、玲は無表情で一成と涼のやり取りを眺めていた。

その何気ない視線に、注意深さが孕んでいる。一成が弟に何かしないか監視しているような、不安げな表情だ。

「……二人で好きに食え」

一成はそれだけ告げてそこから去った。

振り向いて見たのは、玲が柔らかい微笑みを浮かべて弟から果実を受け取る、一成が居ないことで完成される優しい光景だった。

◇

涼が帰ったのはそれから三十分後だ。

去り際に弟は、兄が目を離した一瞬の隙を突いて一成に連絡先を押し付けていった。兄を介さずに一成と連絡を取りたい理由があるのだろう。一成も素直に受け取り、それを表情には出さない。

「それじゃ、月城さん。兄ちゃんをよろしく」

そう言った涼は玲と共に玄関から立ち去る。

エレベーターまで送って行ったのだ。待っていると、数分後に帰ってくる。

「ご迷惑をかけたようでごめんなさい」

玄関へ戻ってきた玲は開口一番に告げた。

仁王立ちして待ち構える一成を見上げ、「本当に」と小さく付け足し、頭を下げる。

「迷惑とは思ってねぇよ」

玲は顔を上げる。そうですか？　とでも言うような顔で、先ほどの強張《こわば》った気配は失せていた。

ここに弟が居ないからだ。

「ご迷惑でしょう。弟を部屋に入れてしまったので」

「部屋に入れたのは俺だ」

「そう、ですか」

「あいつ、お前に似てるな」

体格は似ても似つかないが、顔はそっくりだ。瞳の色が違うだけで兄弟共に整った顔立ちをしている。涼……あの弟は初めて会うはずなのに不思議と親しみのある青年で、生意気なことを言われても受け入れてしまえる。

玲と似ているからだろう。

「さすが兄弟。そっくりだ」

すると玲はなぜか放心したような目で一成を見上げた。

天を見上げる首の傾きになっているからか瞳の中に光が敷き詰められている。玲は光を隠すように
ゆっくりと瞼と唇を閉じた。

静かに、息を吐いて、

「そうですか」

と囁く。

玲は俯いた。一成はその顔を覗き込みたくなる。玲がかすかに微笑んでいる気がしたからだ。

笑っているのか？　顔を上げてほしいがこれまでのように強引に頰を摑むわけにはいかない。

こちらを向いてほしくて続け様に言った。

「今日はもう家にいるだけだろ？」

「そう、ですね」

しかし既に玲の表情は戻っている。まるで微笑みなど幻だったかのように、無表情だ。

一成は内心で残念に思いながらも会話を続けた。

「なら病院へ行くぞ」

「え」

玲はぱちっと大きく瞬きする。瞳に動揺が入り混じった。

「具合が悪いなら一度見てもらった方がいい」

「……い、嫌です」

「は？」

即座に断ってくるので一成は眉根を寄せる。

玲も負けじと眉を顰《ひそ》め、反抗的に睨み上げてきた。

「オメガの薬は今日ちょうどもらってきたところなんです。だから、医者に用事なんかありません」

「それは結構だが、俺が言ってるのはお前の体調だ」

眉間の皺が消えた。玲はポカンと口を開いて、ちょこっとだけ首を傾げる。

「お、俺の体調？」

「あぁ。……悪かったな。色々無理させてただろ」

「色々って？」

なんで鈍感なんだ。一成は声に苛立ちが混じらぬよう抑えて、できる限り穏やかに告げる。

「セックス。連日させてたから」

ちょっと待て。

なぜ俺はこれほど玲に気を遣っているのだ。

今になって自覚するがもはや会話は止められない。玲が「あぁ」と気付いたように呟き、少し寂しげに視線を伏せるので、一成の胸により焦りが湧く。

「そうですね。大変でした」

「だろ。いくら契約とはいえやりすぎた」

「はい。本当に毎度毎回、気持ちいいし……」

「……」

こいつはまだ寝惚《ねぼ》けているのだろうか。玲が長い睫毛を上げて「でも」と一成を上目遣いで見つめる。

「一成さんって謝るんですね」

「……とにかく予定がないなら医者へ行く」

「え、待って。それは嫌です」

「あぁ？」

あ、と思った時にはもう玲の瞳にまた恐怖が滲んでいる。あ、やらかした。クソ。一成は反射で威嚇したり、凄んだりする癖がある。

後悔するももう遅い。玲がまた目元を震わせた。

「お、怒らないでください」

「……怒ってねぇよ」

何なんだ、やけに調子が狂う。玲の反応に振り回されすぎている。他人の一挙一動でここまでペースが崩れるのは初めてだ。こんな自分は、知らなかった。

一成は一度息を吐き、改めて問いかけた。

「病院行きたくない理由でもあんのか？」

「逆に好きな人がいるんですか？」

ご尤《もっと》も。

一成が口を噤むと二人の間に沈黙が流れた。それを同意と受け取ったらしく、玲は「あの」と話を続ける。

「病院は大丈夫です……見てください、元気です」

と言って玲がその場で一度だけ飛び跳ねた。ちょこんと。うさぎみたいに。

一成は怒鳴った。

「おいふざけんなよ」

「なにっ、何で怒ってるんですかっ」

分からん。自分でも瞬間的に感情が暴発した。玲の体調が悪いと分かっているのに無性に抱き潰してやりたくなったのだ。

額に手のひらを当てて息をつく。玲は怯えながらも一成の顔を覗き込むような角度に顔を傾けた。

「それで、弟が何か失礼をしましたか？」

「特に何も。俺からも聞きたいことがある」

「はい」

「由良晃って男に金を借りてるんだろ」

玲はきょとんとした顔をした。五秒ほどの沈黙の後、「はぁ」とはっきりしない返事を寄越す。

一成はそこで体の向きを変える。いつまでも玄関で話しているわけにはいかない。数歩歩んでから横顔だけで振り返り、顎で示唆する。玲が意を汲んでついてきた。

「お前、嵐海組のヤクザから金を借りてんだろ」

ソファに二人腰掛けて、すぐに話を再開する。

玲は自分の膝を見つめながらゆったりと呟いた。

「……やっぱり調べていたんですね」

「勝手に調べたことに驚かないのか？」

あまりにも静かな返答を寄越すので思わず問いかけると、玲は唇を噛み締めるようにして黙りこくった。動揺はしているが、そこに驚きはないようだった。こちらの反応を窺いながら「……闇金に借金してるとバレた時点で」とおずおずと切り出す。

「いつか由良さんのことまで、バレるんじゃないかなとは思っていました」

時間をかけるような口調は玲らしくもあるが、それにしてはいつもより慎重だった。当然だ。反社会的勢力との繋がりについて堂々と語れる者は居ない。玲は不安げな視線を一成へ向けた。

「俺を解雇しますか？」

「いいや、しない」

一成は即座に言い切った。玲が目を見開く。大きな目が更に丸くなる。

弟とは似ていない、透き通るようなグレーの瞳だった。

「だって……嵐海組の人と関わってるんですよ。俺は面倒な奴でしょう」

「……」

「嵐海組です。何も思わないんですか？　ヤクザですよ」

玲は『嵐海組』を強調した。だが一成は首を横へ振る。

「知らねぇ組織だしな。俺には関係ない」

言い放つと、玲は奥歯を嚙み締めるように頰を痙攣《けいれん》させた。

「お前だって金借りてるだけだろ」

「……」

「ヤクザに金借りてるからってお前を解雇する気はない。それは理由にならない、関係ねぇよ」

その時、一成は続けようとした言葉を止めた。

……一瞬、玲が泣くかと思ったからだ。

なぜかその時、玲が表情を切なげに歪めた。綺麗な目を苦しそうに細める。その瞳が妙に潤む。やがて、仕方なさそうに眉を下げて言った。

「そっか……知らなかったんだ。なら、仕方ないですよね」

玲は眉を下げて気弱な表情をする。それは安堵するような、けれどどこか悲しそうな、こちらの胸を締め付ける切なさの滲むものだった。

嵐海組。この組織は関東で最も有名な組のうちの一つだ。玲も、極道モノの小説を書いている一成が嵐海組を知らないと本心で信じているわけではなさそうだった。

その証拠に、玲は微かに微笑んで見せた。まるで子供の悪戯《いたずら》を許すような笑みだった。

一成は途端に思った。もっと見たい、と。

弟へ向けるような笑顔とは違うがそれでも笑ってくれた。もっと深く、見てみたい。どうしたらより笑顔を見せてくれるのか。柄にもなく心が焦って言葉が見つからなくなる。しかしそれも一瞬の光景で、玲の顔から表情は失《う》せてしまう。

「ご迷惑はおかけしないように努めます」

玲がその無表情に似合った淡々とした声で言うので、一成は内心で息をついた。幻のように消えてしまった玲の、気弱な笑顔を心に閉じ込める。落胆を表には出さないよう努めて、「迷惑なんかどうでもいい」と雑に返す。

それにしても疑問は残る。玲はボソボソと「借金のことは大丈夫なので」と言っているが、この男は受け取った五百万を返済よりも弟へ充てている。

弟は今、金に困っていない。それなのになぜ金の大半を振り込んだのか。

調べによると玲の借金の残額は一億だ。玲にとったら途方もない額のはず。玲は、一成が金額を把握していることを知らない。一成は抽象的に訊ねた。

「本当に大丈夫かよ。残りの借金を返す見通しは立ってんのか？」

「えっと……はい、大丈夫です」

「大丈夫大丈夫ってそればっかだなオイ」

「貸してくれている人は、返済を待ってくれるので」

由良晃のことだ。まるで名前を言ってはいけないかのように名称を出さない。

「利子がつくだろ。悪徳金貸しは異常な金利で金を貸す」

「でも、大丈夫なんです」

玲は声をはっきりと強めた。

「弟に振り込んだのは、お婆ちゃんに何かあった時のためなので」

弟が玲から金を振り込まれたことを一成は知っている。ということを、玲も把握しているようだった。

「何かあってから金を借りてたら遅いでしょう。俺には金を保管できる場所がないので、代わりに弟へ預けただけです」

釈然としないが理解はできる。返す言葉を迷っていると、玲が更に続けた。

「それに、一成さんのおかげで今後は借金もだいぶ楽になります」

「……ふぅん」

玲が言った通り由良はなぜか利子をあまり高く設定していないようだった。とは言え、残りの一億は途方もない金額だ。一成が今後渡す額は二千五百万である。それらを一億の返済に使うとしても、まだ足りない。この契約が終わればまた、朝から晩までコツコツと働いて、地道に、長く、死ぬまで、やっていくのだろうか。

その未来を想像するとなぜかこちらの心まで鬱々として、一成はため息を吐いた。とにかく今は。

「お前はもう寝ろ。何か食いたいもんあるか？」

「……特に、何も思い浮かびません」

「なら適当に頼んでおく」

玲は小さく頷く。寝不足のせいで倒れたらしいが、彼はその直前まで由良晃と会っていた。

由良と何が起きたのだろう。と、考えているうちに一成はふと呟いていた。

「由良って男はお前にとって何なんだ？」

「はい？」

玲は首を傾げる。一成は繰り返した。

「由良晃とお前の関係は何なんだ？」

玲は数秒押し黙り、やがて、ぼんやりとした口調で答える。

「お金を貸してくれている人です」

端的な事実だった。そこに嘘はない。嘘はないが、その言葉には一成の知らない真実が確実に含まれている。

玲はそれを教えてくれない。

なぜ幼くして二億もの金を由良から借りたのか。

そして一億をどうやって返したのか。

玲が『母を探しています』と言った理由。弟すらも知らなかった借金と、なぜか返済に回さず弟の口座へ預けた四百万。

不可解な点が多すぎる。しかし今の玲が真相を一成に教えることはない。一成は玲にとって、己を打ち明ける存在に値しないのだから。

「あの……一成さん」

暗い顔で黙りこむ一成に不安を感じた玲が恐々と声をかけてくる。一成はハッと我に返った思いになり、「今日は」と言って立ち上がって、玲を見下ろした。

「もういい。部屋に帰って寝ていろ」

「あの」

「夕飯が来たら呼びに行く」

すると突然、玲がソファから崩れ落ちるようにして床に跪いた。

一成の目の前に膝立ちした玲は、あろうことか下半身に手を伸ばしてくる。一成の太ももに両手を当てて、倒れたばかりの身にも関わらず、

「大丈夫です。仕事はします。あの、今日もできます」

と言った。

縋《すが》るように一成を見上げる。玲は必死に言う。

「口とか、できますから。これは体調とか関係ないし」

「……」

「だからできます」

一成は奥歯を嚙み締めた。

不意に頭の中に大江の声が蘇る。それは魔法のように……呪いみたいに一成の脳に侵食してくる。

――『一成さん、玲ちゃんに優しくしないと』

一ヶ月前に気を払いもしなかった言葉が今になって一成の心を圧する。優しさなど一ミリも与えずに玲を酷使して、威圧し、好き勝手していた結果がこれだ。

……なるほど。

最悪な気分だな。

一成は静かに告げた。

「寝ろっつったろ。今日はしない。つうか、暫くやんねぇから」

玲は絶望的な表情を浮かべた。一成はまた一度強く奥歯を噛んで、ぐいっと玲の腕を引く。

「えっ⁉　そ、そんな」

「立て」

「うわっ」

強制的に立ち上がらせると、玲はよろけた。その背中を支え、一成は「お前が自分で戻らないなら俺が担いでくぞ」と腕に力を込める。

玲は慌てて離れる。観念したのか戸惑いながら言った。

「わ、かりました」

すると一瞬、玲がうなじを触った。

その拍子にハイネックが捲《めく》れる。

一成は目を見開いた。『ソレ』を見つけたからだ。

この場を離れようとする玲の腕を摑む。

「おい」

「っ！」

玲がふらついて一成の胸に背を預けた。またしてもすぐに離れようとするが、今度はそうさせない。

「どうしたんだ、これ」

首に絞められたような跡が残っていたからだ。

玲の腹に腕を巻きつけると、逃げ場を無くした男は一成を見上げ、二秒ほど何のことか分からなそうに呆然としたが、ハッと思い出し瞳孔を開く。瞳に動揺が泡のように溢れた。玲は視線を勢いよく逸らし、忙しなく僅かに彷徨《さまよ》わせる。

「……ちょ、ちょっと間違えて」

「はぁ？」

声に力がこもってしまう。一成は堪えて、静かに問いかけた。

「何を間違えたら首絞められるんだよ」

「……」

玲は黙りこみ、腹を覆う一成の太い腕を両手で触った。

一成は玲を片腕の中に閉じ込めたまま問いかける。

「由良晃か？」

玲が息を止めた。

「由良晃に何かされたのか？」

繰り返して訊ねると、玲が一成を見上げた。

「弟と会う前に由良と会ってたんだろ？」

「え……」

グレーの瞳が透き通る。その透明な無垢《むく》を眺め下ろしながら一成は追及した。

「由良にされたのか？」

「ち、違います！」

途端に玲が大きく首を振る。細い声で「違います」とまた一度呟いてから、必死に否定した。

「借金を……返しに行ったら、知らない事務員の男に襲われたんです。オメガの体を使ってみたいって」

「なんだと？」

その発言の衝撃に一成は顔を歪め、玲の腹に回す腕に力を込めた。すると玲が痛みを感じたように目を細めた。一成はすぐに腕を離す。玲はくるっと体を回転させこちらに向き直った。

彼は「由良さんは助けてくれただけです」と懸命に説明する。

「なので由良さんとは何もありません」

「……お前、襲われたっつったよな」

玲は由良との関係を弁明するが如く話しているが、一成の心に打撃を与えたのは最早《もはや》由良ではない。知らない男に襲われた？

「え？　はい。だって、そういう場所ですから」

玲は大したことではないかのように頷く。

本心でそう思っているみたいだった。一成は（違うだろ）と無言で示すためゆるく首を振る。玲は怪訝そうに眉を顰め、「あの、闇金の、事務所の話ですよ？」と呟いた。

「治安が悪いので、気を抜くとそういうこともあると思います。あの、それで由良さんは」

玲はとにかく釈明しなければならないと言ったように話を続けた。

一成は啞然としている。

「由良さんが助けてくれたんです。それで送ってもらっただけ。だから俺、由良さんと何か関係もっているとかでもないんです。あの、本当に、俺は何もしてません」

一成は未だ乖離《かいり》したような心地で玲の言葉を聞いている。

玲はやけに必死だった。その理由を、頭の端の方でふと気付く。

そうか。

「挿れられてないので、一成さんは気にしなくて大丈夫です。約束は破ってませんから」

――『他人と穴を共有すんのはクソ食らえだ』

過去に玲へ放った言葉が矢になって自分へ返ってくる。

一成は舌打ちしたい衝動を歯を嚙み締めて堪える。玲は言った。

「本当です。嘘ついてません……確かめますか？」

そう告げながらもどうしたらいいか分からないのか、躊躇っている。少し遅れて一成のボトムに指を引っ掛けた。

――ああ、ほんとに。クソッタレ。

これは俺のした結果だ。

吐き気を催すほどの苛立ちに襲われる。玲に対してではない。自分自身への怒りだ。

「しなくていい」

一成はその腕を取って肌を見せようとする玲を阻止する。

グレーの瞳が一成を見上げた。一成はそれを真っ直ぐ見下ろしながら告げる。

「他に怪我はしてんのか？」

「えっ？　えっと……」

「正直に言え」

玲はごくりと息を呑んだ。唇を舐めてから、言葉を吐き出す。

「……お腹を殴られました」

「まだ痛ぇよな？」

「少し」

腹に回した腕に力を込めた時、玲が苦痛の表情をしたのは怪我のせいだったのか。

一成はまたしてもドス黒い感情に胸を侵されながら、せめて声に暗澹《あんたん》たる気配が滲まぬよう努力する。

「医者行くぞ」

「……はい」

今度は素直だった。その反応から、先ほど病院を嫌がったのはこの傷を知られることを避けていたからなのだと察した。

すぐに玲を連れて部屋を出る。とにかく医者だ。玲の肌を見るのは医者でいい。エレベーターが急速に下降すると熱の上った頭も冷えていく。

冷めていく。空虚なほど澄んでいく。

冷静な頭がこの一ヶ月を思い起こす。

……追い詰めたのは一成だ。

暴力を受けたことを素直に玲が告げなかったのは、一成の行いのせい。

玲と特別に親しくなりたかったわけではない。だから親身には接しなかった。玲に対してだけでない。殆ど全ての人間に対し、一成はいい加減に振る舞っている。大江にいつであったか言われた言葉を思い出す。『一成さんは他人を突き放すことで自分を守りすぎです――……』

しかし、それにしてもあまりに玲の心や体に無関心すぎた。

もっと彼の事情を汲み取るべきだったのだ。

車に乗り込んだタイミングで、一成は言った。

「借金がなくなれば、由良晃とも借金取りとも縁が切れんだよな」

いきなり言われて驚いたように玲が目を丸くする。

それから恐る恐る、頷いた。

「理論では、そうですね」

「追加だ」

「追加？」

一成は車を発進させる。地下から地上へ出て、玲が眩しげに目を細めた。

一成はハンドルを切りながら告げた。

「こっからの夜は何か作れ」

「……」

「聞いてんのか」

「ご飯ですか？」

「そう」

「でも俺、簡単なものしか作れませんよ」

玲は不安そうな顔をした。一成は淡々と返す。

「白飯炊くでも茹《ゆ》で卵作るでも、何でもいい」

「大丈夫ですか？　本当に茹で卵作りますけど」

「好きにしろ。諸々《もろもろ》細々とした仕事を追加する。その分報酬を上げるから、日中の仕事とこっちどっち取るか判断してくれ」

玲は十数秒黙り込んだ。整理がついたのか、ようやっと唇を開く。

「……茹で卵作ったら、いくらですか？」

一成は隣の玲を見下ろす。首元には、跡が残っている。

◇

「ひゃ、百万って！」

——あの日。

月に『三十万報酬を上げる』と一成は伝え、玲は『それなら』と了承した。

そうして一ヶ月が経った。今、玲は三十万ではなく百万の札束に驚愕している。

「全部で合わせて、月に、ろ、六百万になっちゃいますよ！」

「単純計算だとな」

玲は五月分の報酬を両手で持って呆然としている。

梅雨《つゆ》入りして、窓の外は雨が降っている。しかし高層階のここには雨音が届かない。まだ午後六時だというのに空が真っ暗なことから、雨が降っているのだと気付ける。

「俺、茹で卵作っただけですよ!?」

「別に茹で卵だけじゃないだろ。何言ってんだお前。ははっ」

声に出して笑うと、より玲は困惑を深めた。

玲は現在、昼間の仕事を制限している。一成は昼頃まで寝ているので玲がいつ起きているか分からないが、起床後にリビングへ向かうと、玲がテレビを見ていることは多い。

「一成さんってお金の使い方、変ですよね」

「俺の金だ。知るかよ」

相変わらず食事は外食が多いが、朝兼昼食は玲が作ってくれることが殆どだ。

一成は単純に茹で卵が好きなのでいつも冷蔵庫には玲の作ったそれらがある。玲は「茹で卵作るくらいしか仕事がない」と言っているが、実際に彼はスープや野菜炒めなどそれなりに料理してくれる。

とはいえ彼の言う通り、この家に仕事は少ない。クリーニングは一成が寝ている午前中に中年男性のプロがこなしてくれている。玲は午前中起きているので、家に入ってきた『ヨシさん』に最初はかなりビビったらしい。

彼の仕事を奪うわけにもいかないので、玲はその間何もしていない。ヨシさんはテキパキ清掃し、帰っていく。彼を玄関まで送ることくらいしか出来ないようだ。食材なども勝手に届くので買い物する必要もなかった。

「聞くところによると、ボードゲーム作ってるらしいじゃないですか」

「誰に聞いたんだ」

「テレビでやってました」

玲はいきなりリビングを出ていく。金を部屋に置いてきたらしく、手ぶらで戻ってきた玲は「テレビで」と話を続行する。

「テレビで芸能人の皆さんが動画配信者の方々とボードゲームをやってて。その開発に月城一成さんが関わってると言ってました」

「あー」

「すごく皆さん驚いてました。意外だって」

去年に発売した商品のことだ。ゴスケやトラック前田、七味などと共同で作って現在も販売している。

世間にも同様に驚かれた。月城一成とボードゲームはイメージが離れているらしい。

「一成さんって、遊ぶの好きですよね」

「お前は引きこもってるよな」

「……だって遠いんですもん」

「遠い？」

「地上が。ここから。散歩する気も失せます」

玲はとことこ歩いて部屋の端まで行くと、いつものように、部屋の熱帯魚に餌を与えはじめた。

それは二週間ほど前に『動が足りない』と大江が言い始めて導入した水槽だ。加えて『この部屋、玲ちゃんつまらないんじゃないですか？』とも。実際、玲はかなり気に入っているようで、暇があれば水槽を眺めている。

この一ヶ月、玲に余暇が増えている。暇が増えると外に出て働き始めて元も子もなくなるのではと危惧したが、意外にも玲はマンションに留まっている。今月は梱包の仕事へ向かっていない。週に三回、キャバクラの事務仕事へ出かけているくらいだ。

水槽の魚を眺めていること以外は、一成の本棚を眺めたりなどしている。眺めて、たまに手にとる。すぐに本棚へ戻すこともあれば、そのまま読み続けることもしばしば。月城一成の本には興味がないようで、よっぽど熱帯魚の方が楽しいらしい。

「それにこの部屋は広いので、歩いてるだけで運動になりますよ」

「いや、運動できるだろ」

「……はい？」

玲が怪訝にこちらを見る。一成は首を振った。

「下ネタじゃねぇよ」

「そんな風に捉えてません」

「あっそ。ジムあんだろ。運動すれば」

「それ三日に一回言ってませんか？　嫌です！」

「鍛えないから、んな細っこいんだよ」

「一成さんが筋肉人なだけです」

「筋肉人。シンプルだけど初めて聞いた言葉だな」

「メモしないでください！」

玲はまたとことこ歩いてソファへやってきた。お気に入りになったらしい丸いクッションを抱えてソファに腰掛ける。

一成と玲の距離はL字型ソファの端と端。離れていると言えばそうだけれど、一ヶ月前ならこうして意味もなく同じソファに座ることはなかった。

しっかり男ではあるが警戒心の強い小動物を相手にしている気分だ。一成も自室にこもって仕事をしている時間は長いが、以前と比べたら共に過ごす時間が増えている。

しかし所詮、端と端。初期に脅かしすぎたせいでそう簡単に距離は縮まらない。

とは言えいきなり近付いても怯えることは少なくなった。

玲から話しかけてくる回数も増えている。今では数える必要もない。

「一成さんは背が高くて、元々体が大きいから、俺とはポテンシャルが違うんです」

「確かに遺伝もある」

「そうなんでしょうね」

玲は素っ気なく言ってオレンジジュースを飲んだ。

「一成さん、お金の使い方はよく考えた方がいいですよ」

「借金ある奴に言われちまった」

「ほんとですよ。言われてしまっていいんですか？」

玲が大してオレンジジュースを好きなわけではないと、一成も今は知っている。勝手にキャラ付けされたのを訂正せずにいただけらしい。嫌いでもないので、最近では一成が箱買いしたジュースを勝手に意欲的に飲んでいる。

暫くして、注文していた食事が届き、ダイニングテーブルにピザを広げた。たまに派手なピザを食べたくなるのだ。仲間内で集まる時にはいつもピザを頼んでいるが、最近は玲がいるので、ゴスケなど友人とも会っていない。

玲は人見知りをするらしく、『ご友人がいらっしゃるなら出ておきます』と沈んだ顔で言っていた。地上は遠い。仕事もないのに家から出るのを億劫《おっくう》に感じているようだ。

そのため友人を近頃家に呼んでいないし、ピザも食べていない。玲は配達されたピザを見て、「うわぁ」と目を輝かせた。

「カロリーの嵐って感じですね」

「お前はもっと太れ」

「はい……いただきます」

「……」

「美味しいっ」

「こういうの食べねぇの？」

玲は口を動かしながら無言で一成を見つめた。玲の口からチーズが延々と伸び続けている。助けを求めるような顔をしているがどうにもできないので眺めていると、時間をかけて咀嚼《そしゃく》してから、「食べません」と玲は言った。

「高いので」

「カロリー？」

「お金が」

「あぁ。弟の方は裕福な生活してるっぽいな。お前はそれでいいのか？」

玲は少し唇を開いてから、閉じて、答えた。

「良いも悪いも、涼の人生ですから。俺が口出しすることではありません」

そうやって冷たく言いながらも、実際に涼と話していた玲は見たこともないほど嬉しそうで活《い》き活きとしていた。

一ヶ月前のあの日以降、弟の涼とは会っていない。たまに連絡が来る。メッセージでは《兄ちゃん体調崩してませんか？》と常に兄の心配をしている。

弟も兄と直接連絡を取っているようだが、兄が事実を話すわけがないと理解し尽くしているのだ。怒りを伴うほどの無念さを感じていた時に、丁度いい監視員（一成）が現れて助かっているようだった。

肝心の兄の体調は悪くない。この一ヶ月は性行為もセーブしている。

初めの一週間、試しに一切我慢してみた。意外といけるもんだなと謎の達成感を抱いていたが、ある夜、玲が突然『しないんですか？』とベッドに侵入してきた。

一週間いけたのだから二週間だってヤラずに過ごせる。一成は得意げに『やらねぇな』と言ったが、玲はキレ気味に『一成さんが沢山抱くから俺の体は変になってるのに』と本気で拳を叩きつけてきた。

せっかく我慢していたのに生意気な男だ。腹立つが勃起したのでその日に抱いて、以降は週に一回程度、数時間で終わらせている。

だが一応、以前みたいに玲が眠るまで抱き続けたりはしていない。無性にエロいので勃起はするがセーブしている。そのせいで最近の性行為後は、話す余裕のある玲が『これは何をどうしたら生まれる筋肉なんですか』『むにむにしてる』『変なの』と悪口を織り交ぜながら一成の体を触ってくる。悪口はいけすかないが、やたらそそられてしまう。

「それにしてもどうしてそんなにお金を持っているんですか？」

無意味に体を触ってくるだけでなく、やや踏み込んだ質問もするようになっていた。

この間は『何時まで仕事しているんですか？』『お金持ちの学校に通っていたんですよね』『どうして銀髪なんですか？』『ブリーチって禿《は》げるんじゃないんですか？』と問われたし、遂には『オメガ性の恋人ができたことはあるんですか？』とも質問された。

一成も、それらを面倒とは思わず素直に答えられるから自分でも不思議だ。

「入ってくるから」

「小説やタレント業？　そんなに稼げるものなんですか？」

「まぁそれもある。細々と色々やってたしその収益。精力的な時に作っといた」

「はぁ。ボードゲームとか？」

「色々と。不動産からも入ってくる。数年前にマンション買ったから」

「えっ、むッ」

玲は伸び続けるチーズと苦闘してから、言った。

「なるほど。でも買うのにもお金がかかるでしょう。儲《もう》かってたんですね」

「母さんの遺産の一部を使ったんだよ」

「ああ」

玲はオレンジジュースを飲む。酒は好まないらしい。レストランで勧めた時に、まだ二十歳なのに『好きではないんです』と苦々しい顔で答えていた。まるで何年も前に飲んだことがあるみたいな言い方だった。

玲はピザを眺めながら呟いた。

「一部……残りには手をつけてないんですね」

「そうだな」

「お母さん、残念でしたね」

玲には母が病死していることを話している。

あれは確か一週間前。会話の前後は覚えていないが、その事実を告げた覚えがある。

一成は酔っていたので玲の反応を忘れてしまった。今と同じように仏頂面だったのだろう。

「まだ母さんが死んで五年しか経ってないからな」

「五年？」

玲は意外そうに目を開く。

「五年前の話だったんですね」

「あぁ」

そう言えば、と思い立って一成は席を外す。冷蔵庫に保管しておいた瓶を取り出した。土産《みやげ》で送られた果実酒だ。グラスと炭酸を手にして帰ると、玲は「なんですかそれ？」と首を傾ける。

「みかんの酒。酒、好きじゃねぇっつってたの、苦いからだろ。甘い奴だけど飲む？」

「美味しそうですね」

玲は興味を持ったらしくじっと瓶を見つめている。炭酸と割って差し出してやると、ちまちま飲み始める。

「美味しい」

「だろ」

「このお酒、美味しいです。お酒なのに」

すっかり気に入ったらしく玲は一気に半分ほど飲み干した。他にも、桃と苺があったなと考えていると、玲は言う。

「五年前だったら、一成さんが二十……」

「二十二だな」

涼曰く、玲ら兄弟も母親を亡くしている。

共感もあってか、今晩の玲は特に言及してくる。前回は会話の流れで伝えただけで詳しくは言ってなかったのかもしれない。

玲はまた一度酒を飲んで、一成の言葉を待った。

一成は告げた。

「アルファ女性だったが体が弱かった」

一成の強靭《きょうじん》な体力と体格は父譲りだ。母は儚《はかな》い女性だった。

「お母様、アルファ性だったんですか？」

「あぁ。けど」

一成はビール缶を手にとり、プルタブを開けながら答える。

「身体的優位と言っても病気には勝てないよな」

「そうですね」

「母は良いとこの家の出だから遺産も多い。あと物も多い」

「へぇ」

「この部屋にも遺品はあるぞ。あまり価値がなくて捨てられそうな物はここにある」

「もしかしてあの辺り？」

玲は腕を上げて、廊下を指差した。

「たくさん、倉庫みたいになってる部屋。整頓して置いてある。一成さん、綺麗好きですよね」

「かもな」

玲のグラスが空になる。もう一杯作ってやると、玲はすぐに口をつけた。随分気に入っているみたいだ。ピザもチキンも酒も、会話を続けながら進めている。

最近の玲はよく食べる。それに比べて一ヶ月前の食の細さは異常だった。ピザ一切れを半分ほど食べてから、玲は上目遣いでこちらを見つめた。

「お母様のご実家にもたまに行くんですか？」

「たまに。母方の祖父母がとにかく寂しがるから。母が亡くなってから顕著になってる。昔は厳しい人たちって印象だったけど、今は丸くなった。人は老いると柔らかくなるんだ」

玲は不思議そうな顔をして口を動かしている。一成はビールを傾けた。

「でも一成さんの実家って……大江さんが言ってた魔王の城は、お父様のご生家のことですよね？」

魔王の城……出会った当初の大江の会話が脳裏を過る。

――『一成さんのご実家なんか、普通に城だからね』

――『お城……』

――『そうそう。魔王が住んでそうなとこ』

薄らと耳にしていたあの会話。魔王とは言い得て妙だった。

あの男がいなくなってから、世界に平和が訪れたのだから。

「お父様の遺産は受け取っていないんですか？」

「いらねぇな」

一成は低い声で断言する。

「俺にとってアイツは父親なんかじゃない。最も卑劣な他人だ」

「え……」

玲は心底驚いた顔を晒した。強い表現に息を呑み、呆然と一成を眺めている。

一成はまた一度ビールを飲み下した。父を思うと頭の中が黒く濁る。これはいつものこと。今までもずっと、これからも。

「父の家、如月家は父の弟が継いでいる」

玲は「きさらぎ」と口の中で繰り返した。初めて知ったような反応だ。

「母は父と離婚できないまま死別したから俺もまだ如月姓ではあるし、如月に時折帰ることもあるが、帰るのは父がいないからだ」

一成にとっての『魔王』は父そのものだった。

暴力的なその男がもつ権力は強く、逆らえる者はいなかった。手のつけようのない倫理観は人間とは思えない。極悪非道とは奴のことを言う。

如月家は戦前から資産を受け継ぎ、本家は都心に広大な敷地を有している。政治家も輩出している家系で揺るぎない権勢を誇り続けてきた。

如月家に嫁入りした母はアルファ性だ。当主だった父は体裁のためアルファ性の母と結婚していた。母も如月家ほどの階級ではないが医者の家系で代々アルファ性が大病院を継いでいる。

結婚した二人だがその実、父は複数のオメガ女性を番にしていた。

そこに母の望んだ家族の形はない。父はオメガ性を蔑む一方、オメガ性に執着する卑劣な人間だった。

そして遂に父は運命の番を見つけたらしい。

――『お前がいるせいで彼女を迎えられないんだ！』

母に怒鳴る父の声が今でも頭の中でこだまする。一成に対してもそうだった。子供の頃はまだ、あの人に気に入られようと努力していたこともある。しかし中等学校へ上がる頃にはそうした思いは一切なく、ただ強烈な殺意を押し込めるのに必死だった。外面だけは良い男だったので母の味方は一成以外に一人もいなかった。母への暴力に気付いても父を咎められる者は一人もいない。

母は辛い立場にあった。離婚をして実家に帰ることはできなかったし、何よりも、愛に飢えていた。温かな家庭に夢見ていたのだ。一成は母を好きだったけれど、その願望だけは理解できなかった。

父が複数のオメガ女性との間に子供をもっていると知ったのは中学時代だ。時間が経てば経つほどに父の愚行は加速する。如月家で過ごす全ての時間が地獄だった。オメガの匂いを纏う父を前にすると吐き気がした。

遂《つい》に一成は、高校卒業と同時に如月家を出てアメリカの大学に通い始めた。

そしてその頃にようやっと母も父と決別する。

離婚はできなくても距離を取るため……そして一成と穏やかな時間を過ごすため、共に海を渡った。

その後、父は死んだ。

呆気《あっけ》なく死んでいったのだ。心臓発作で、たった一人、誰にも看取られないまま。

「父はオメガ性を嫌悪しながら、オメガ性の体に執着していた。話によるとオメガ女性たちをペットのように扱っていたらしい」

父の生きている如月家で過ごしていた当時は常に闇の中に沈んでいるようで、その全貌が摑めなかった。

「父は複数のオメガ女性に子供を産ませていた。殆どの母子は叔父《おじ》が保護して援助してる」

闇から離れて俯瞰《ふかん》できるようになると、一成に異母兄弟がいることが分かった。本家へやってきた彼らを遠目に眺めたことはあるが、皆、父や一成と同じく青い目をしていた。

叔父らによると現在は穏やかに過ごしているらしい。だからと言って父に傷付けられた過去は変わらない。一成が彼らと兄弟のように親しい関係を結ぶことは不可能で、向こうもそれを望んでいない。

叔父も父の暴力の被害者だ。彼の場合は関わった年月の分悲惨だった。子供の頃から父……兄から暴力と差別を受けていたベータ性の叔父。当時の如月家当主はアルファ性主義かつ長男優生思考で、叔父が優秀だったにも関わらず父と一緒になって冷遇していた。そのせいで父が存命時は、叔父も如月家から離れていた。

叔父も一成も、『兄弟』に対する執着は一切ない。

家族は他人だ。

いくら血が繋がっていようと、玲と涼のような関係にはならない。

「叔父は、父が囲った女性たちに、父の愚行を誠心誠意謝罪している。一生暮らしているだけの慰謝料を払っていた。だが……、死ぬ気で逃げたオメガ性を俺たちは見つけらんねぇから」

「見つけようとしたんですね」

「そりゃな。けれど無理だった」

父の愚行は闇の奥底で行われている。だから全てを明かすことはできない。

「今もまだ、叔父や母が見つけられなかった父と血の繋がった子供がどこかにいるのかもしれない」

それだけ醜悪な人間が父ということ。

魔王が覇権を振るっていた時代だ。

玲のグラスがまた空になっている。一成を見つめる目の色はグレーだ。首筋や耳が赤い。酔っているらしく、呆然としていて、少し舌足らずな口調で呟いた。

「お父様のこともあって、一成さんの多くの元恋人たちにはオメガ性の方がいないんですね」

「……あのな、そんなに多くねぇって」

オメガ性の相手がいなかったのも、正直たまたまだ。そもそも世の中にオメガ性は少ない。こうして玲と出会っている方がかなり珍しい。

アメリカからの帰国後、現地で出来た友人が遊びにきた時の光景を大江に見られた。あれを何度も何度も擦られている。確かに父がいない日本の開放感から自由に過ごしていた。恋人ができたこともそれなりにある。だが若い時の恋で、継続するほどの情熱はなかった。

少なくとも、父のようにオメガ性に執着し、子供を産ませたり、運命だとか言って追いかけ回すような愚かな真似はしていないし、これからもしない。

絶対にだ。

「普通だから」

「一成さんの普通って、俺の普通と違うと思います」

「そんなんじゃねぇって」

玲は小さく目を細めた。信じていないみたいな目つきをするから、再度強く「大江の言うことは信じるな」と主張する。

主張してから、俺はなぜ必死になって否定しているんだとまたしても疑念を抱く。他と比べたことがないので正直、かつて恋人だった男たちの数や経験が普通か普通でないかは分からないし、それを玲に晒《さら》したくはない。

同時に玲の恋愛遍歴は追及したくなる。一方で知りたくない、ような気もする。胸のうちがごちゃごちゃとして面倒臭い。玲を前にすると自分がうざったく感じる。

「一成さんがお父様の話をしなかったのは、嫌っていたからなんですね」

玲が話題を戻してくれたことで、いっそ助かった気分になった。

今日、この夜まで、一成が意識的に父の話をしていなかったのは玲も気付いているはず。それでも彼は問いかける。

「話を聞く限りとても暴力的な人に思えます。一成さんにも辛く当たっていたんですね」

「嫌いだった。心底な」

恋愛の話より、父の話の方がよっぽど回答が楽だ。

奴への感情は不変なのだから。

良くも悪くも。

「アイツのせいで傷つけられた人間が大勢いる。俺が子供の立場を使ってさっさと殺してりゃよかったのかもな」

消えることはない。

「結局一人で死んでいった。それが報いだ」

一成はそこで一つ息を吐き、また口を開いた。

「意外かもしれないが俺に対する直接的な暴力はなかった」

「そうなんですか？」

外面だけは良い男だったのだ。学校に通う一成に跡が残ることはしなかった。

だが父の存在は苦痛そのものだった。

「暴力はないが、言葉ならいくらでもあった」

――『お前を産ませたのは間違いだった』

母を貶《けな》すために吐いた言葉。母の心を殺すために一成を使った。

ナイフにされた一成の心は母の血で錆《さび》て、みるみる朽ちていく。

地獄だった。

「言葉でも充分暴力でしょう」

玲はすると、難なく呟く。

「言葉こそが暴力です」

その冷たい声で紡ぐ言葉に一成は息を呑む。

瞬間的に言葉が出なくなった。

不意に思い出すのは、過去に耳にした誰かの声だ。

——いつまで父親に執着してるんだ。嫌なことは早く忘れて、前に進め——……

顔も覚えていない誰かに言われた台詞《せりふ》たち。頭の中に染み付いて消えないのは、一成が確かに、過去の魔王に捉われているからだ。

もう居ない人間に対して憎悪を募らせるのは不毛なのだろう。

けれど今、玲は新しい言葉を重ねる。

「忘れようとして忘れられるものではありませんからね」

玲は抑揚のない口調で告げた。

一成は目の前にいる彼をただ見つめている。

「一生恨みや憎悪を受け入れるしか、ないんでしょうか」

まだ体の奥に残る、この滾《たぎ》るほどの怒りを。

……俺たちは、受け入れるしかないのかと途方に暮れている。

玲としては自分が思ったことを口にしただけのようだった。一成へ共感や同情を示したわけではない。それでも一成は玲の言葉を心で見つめた。

胸にたちまち熱が沸き起こる。心の器から熱が溢れ出して全身に回っていく。一成はふと思う。

ずっと、この言葉を欲しがっていたのかもしれない、と。

玲の台詞を聞いて、初めて知った。この怒りの存在を認めてくれる誰かに出会いたかったのかもしれない。

今まではただ書き続けていた。体の奥底で滾る怒りを逃すために物語を作る。運命の番に執着した父親を否定するために物語の中でアルファ性を殺した。それでも父は殺せない。もう居ない人間への憎しみを抱え込み続ける不毛さを、持て余していた。玲は言う。

――『一生恨みや憎悪を受け入れるしか、ないんでしょうか』

忘れろとも、気にするなとも言わない。憐《あわ》れむわけでもない。

ただ少し離れた先に座り込み、巨大な闇を眺めて、成す術なく呆然としているような言葉だった。

その言葉こそが、一成の体に沈む怒りを燃やして、凍った心を溶かしていく。

一成はふと呟いていた。

「お前は？」

玲がまたグラスの縁に唇を寄せる。もう中身は空で、残念そうにしょげている。

……知りたい。

一成は知りたくなっていた。

玲の過去を。玲のことを。

玲の何もかもを。

一成は自然と玲のグラスを取って酒を継ぎ足してやる。何だろう。何でも、してやりたくなったのだ。玲は一成の手元を眺めながら答えた。

「俺は、何もありません」

玲は物語を読み上げるように淡々と語った。

「父は物心ついた時には居ませんでした。聞くところによると、アルファ性でもなかったみたいです。過労死だったぽくて……苦労していたみたいですね」

グラスを渡してやると、一度酒を口に含む。それから少しだけ微笑みを滲ませた。

「お母さんは綺麗な人だったので、夜のお店で働いてました。だから俺、キャバクラで働くの嫌いじゃないんです。皆逞しくて、漠然といいなーって思う」

「母を探してるって言ってたな」

玲はグラスを両手で持っている。パッと顔を上げて、びっくりしたように目を丸くした。

「え？　そんなこと言ってました？」

やはりあの時はかなり寝惚けていたのか。自分自身の発言を訝しんでるような口調で、

「お母さんはもう死んでるんです」

と事実を認めた。

「探す……何だろう。いつ言ってました？」

「一ヶ月前くらい」

「んん？」

「お前、寝惚けてたかも」

「ええ？　なんのことでしょう……」

不思議そうに眉根を寄せている。その反応を眺めながら一成は、もしや聞き間違いだったのか？

と自分を疑い始めた。考えながらも一成は告げる。

「弟が言ってたぞ。お前が事故現場にいたって」

「涼が？」

するとと玲は狼狽えたように瞳を震わせた。

動揺を押し込めるように、一度唾を飲み込んだのが分かる。頬を僅かに痙攣させて問いかけた。

「涼は何て言ってました？」

「いや、事故現場にいたらしいって言ってただけだな」

一連において玲は無表情だった。一成が読み取ったのは二ヶ月もの間共に暮らしていたから分かる

微かな表情の変化であり、他人からすれば真顔に見えるだろう。

「涼はその事故を、どう言ってました？」

しかし一成には、玲が怯えているように見えたのだ。

「子供すぎて覚えてない、って言ってたな」

「そっか……そうですか。幼かったしな。うん。ならいいんです」

一貫して無表情ではある。感情を無闇に表に出さない。

だが、玲の顔に安堵の気配が滲んだ。兄としては弟の心の平穏が重要なのだろう。玲はより単調な口ぶりで語る。

「確かに俺はその事故を見ていました。どうしても忘れられなくて、苦しかった。でも……」

玲は一成を見つめて、仕方なさそうに眉を下げた。

「もう、どうしようもないことだったんだなと、今は思えてきました」

どうにもできないものだと受け入れて悲しさを抱えていくしかない。

玲にとって太刀打ちできない程の負の記憶は母親の事故だった。幼い兄弟にとって最大の悲しみで、自分たちの運命が覆った瞬間だ。

そこには光などない。母親の事故死は、黒く蠢《うごめ》く靄に包まれた根源ない絶望そのもので、玲はその絶望が生まれる瞬間を鮮明に覚えている。

そして弟は絶望の発生を見ていない。それが玲にとって、どれだけ救いになったか。

唯一の希望だ。

「もう終わったことなんですよね」

すると不思議なことが起きた。

玲は唇を閉じてグラスの水面を眺めている。

オレンジ色に染まった酒は何を反射するでもなく明るく有るだけだ。

それをじっと見下ろす玲の表情が、憑《つ》き物《もの》が落ちたように穏やかになっていく。出会った時からずっと強張っていた気配が今消えていく。それは柔らかな印象を齎《もたら》す一方で、玲が今この瞬間に、何かを諦めていくようにも見えた。

「明日は何をするんだ？」

「え？」

一成は思わず問いかけていた。

なぜだか心に焦燥感が沸き起こったから。玲の表情があまりにも静かすぎたから。

どうしてだろう。玲がより儚くなって、忽ち消えていくような気がしたのだ。

「明日、ですか？」

「そう」

「出勤して……、あと事務所に返済しに行こうかな」

一ヶ月前、その首元に残されていた締められたような跡は消えている。

玲は少し唇の端を尖らせて、考え込むような顔をした。

「あれだけの現金が手元にあるのは落ち着かないし」

「俺も行く」

「えっ、何でですか」

玲がギョッと目を見開く。表情に抑揚が生まれるので、一成の心にも小さな安堵が滲んだ。

「また殴られるかもしれないだろ」

腹の怪我は暫く痛々しいまま残っていて、最近やっと薄まってきたところだ。臓器は傷つけられていなかった。後遺症はない。とは言え一人で事務所へ向かうのは危険だ。

すると玲はどこか冷たく言う。

「もう平気ですよ」

「何で平気だって確信できるんだ」

「俺を殴った人、多分、いないので」

一ヶ月前は、由良晃が助けてくれたと言っていた。彼が何かしたのだろうか。

黙り込む一成に玲は眉間に皺を寄せた。

「一成さん、どうしちゃったんですか？」

一成はまだその借金の理由を知らない。

借金について追及するということは、玲と由良の関係に掘り下げるということ。訊ねるべきか迷う。しかし踏み込みすぎたらまた警戒されるかもしれない。一成は言いかけた言葉を飲み込んで、「どうもしてない」と答えた。

「危険な場所なんだろ。一人で向かうのは危ねぇじゃねぇか」

「大丈夫ですよ……一成さんが訪れるような場所じゃないんです」

「明日か？　やっぱり俺も行く」

「来ないでください。絶対にやめてください」

あまりにもはっきり言うものだから一成は顔を顰めた。

玲は動じずに告げる。

「一成さんが変な場所へ行って、それが話題になったら元も子もないじゃないですか。俺がここにいるのは余計な噂を避けるためなのに」

正論を突きつけられて一成は口を噤む。

玲は冷たくなったピザを掬《すく》い上げて、「大丈夫です」と言った。

「もう平気ですから」

玲は平気な顔をしてピザを食べた。もうそれはすっかり冷めて、チーズは固くなっているというのに。

その夜は結局、玲の主張が押し勝った。

――翌日は、週に三回となった店への出勤日だ。

玲曰く、出勤日数をゼロにすると店を紹介してくれた『由良晃』が訝しむらしい。

普段の玲の発言からして、由良とは距離を置きたいようだった。だから由良に食いつかれるようなことはしたくないのだと。

由良晃。一成が摑めない一番の人物。

由良を調べるのは危険だ。彼は嵐海組の若頭補佐である。大江に頼もうにも彼は世間的に身を隠している立場なので、反社会的勢力には下手に近付けない。

やはり玲本人に聞くしかないのだろう。

翌朝、一成が目を覚ますと玲は部屋にいなかった。もう昼過ぎになっている。店へ出勤したようだ。事務所へも向かったのだろうか。本当に単独で行かせてよかったのか？

煙草を吸いながら一人悶々《もんもん》としていると、チャイムが鳴った。

――「月城さん」

来客だ。

それは玲とよく似た顔で、しかし玲とは違って黒目をもつ青年。

「兄ちゃん居ませんよね？」

弟の涼だった。

開口一番に兄の不在を確かめてくる。在宅かどうかではなく、居ないことを願っている口振りを妙に思うが、ひとまず招き入れてリビングに通す。ソファに腰を下ろした涼はやたら慎重に念押ししてきた。

「兄ちゃんどこですか？」

一成も真向かいの一人掛けソファに腰掛けながら返した。

「仕事と、返済をしに行くっつってたな」

「……月城さん、兄ちゃんに金渡したんですね？」

「あぁ」

涼は「そうですか」と深く頷く。

その俯いた角度のまま告げることには。

「また振り込まれてました」

「いくらだ？」

「二百八十万円……」

昨日、玲に渡したのは三百万円だ。

残りの三百万円は来週用意することになっている。玲が一気に六百万を手にすることを『なんか怖いので、分けてください』と発言したためである。

よく分からないが怖がっているなら仕方ないので言われた通りにしている。弟に預けた額からして、玲は返済に数十万を充てるらしい。

やけに少ないな。来週用意する額を全て返済に回すのか？　いや、そうなると今日事務所へ向かう意味がない。数十万しか返さないつもりなのだろうか……。

「俺が渡したのは三百万だ」

「じゃあ、いくら返しに行ったんですか？」

「さぁ」

答えながら一成は違和感を抱いている。残りの一億という返済額は玲にとったら尋常でない規模だ。そんなに悠長にしていていいのか疑問に思う。

すると涼が、

「あの、月城さん。俺、この間から思ってたことがあるんです」

と深刻な顔をして切り出した。

それが今日ここへ訪れた本題だと言うように。

涼の喉仏が上下する。唾を飲み込んだのだ。涼は唇を開いたが、一度噛み締める。そしてまた口を開いた。

「あの、確認なんですけど、月城さんって兄ちゃんのことどれくらい見てます？」

「……どれくらいっつっても、一緒に住んでるからそれなりだろ」

涼は疑い深い目をした。

「住んでると言ってもこの部屋広いじゃないですか」

「あー」

「メールで兄ちゃんの様子確認してくれてましたけど、あれ本当のことですよね？」

「本当だ」

「嘘ついてませんね」

「はぁ？」

「ちゃんと兄ちゃんのこと見て、報告してくれてた？」

「……」

「適当言ってない？」

「見てたわ」

しつこさをうざったく感じて、一成は乱暴に言う。

「すげぇ見てるから。出勤が無い日は玲もそのソファで座ってっから、朝起きたら俺は一番に玲と話してる。玲があのちっちぇ熱帯魚に『フィッシュ』『フィッシュA』って名付けて可愛いがってんのも眺めてるし、玲が好きなテレビ番組も把握してるし、玲が今読んでる漫画も分かる。圧倒的に運動不足な玲にマシーンやらせてるくらいアイツに構ってるぞ。すっげぇキレられるけどな」

筋トレに使っているジムルームのマシーンに玲を座らせた時のことを思い出す。玲は『何でこんなことしなくちゃいけないんですか』と少しも器具を上下できないまま怒っていた。

「飯は大抵一緒に食べてるから好みも分かるぜ。つうか朝飯とか、玲が作ってるからな。俺、あいつの飯食ってから一日過ごしてんの」

得意げに鼻を鳴らしてみる。涼は無言で、呆れるように顔を歪めた。

「悪いけど夜一緒に寝ることもあるからな。はは」

「……俺は、そんなことまで聞いてないんですけど」

「あっそ。お前が疑うから事実を言ってるだけ」

「月城さんが兄ちゃんのこと監視できるか知りたかっただけで……待って」

監視？　単語に疑念を抱くが、一成の疑念よりも強い疑問を抱いたような顔をした涼が、声を低くする。

「二人は偽物の恋人じゃないんですか？」

「まぁ、そうだな」

セックスはしてるし、共に暮らしている。が、契約は半年で仮初の関係である。

しかしセックスしてるし共に暮らしているのだ。

一成は『偽物の恋人』を認めることに無性に苛立って、「一応な」と付け足す。

「一応？」

涼は顔をさらに歪めた。

「一応って何です？　本当に恋人になったんですか？」

「なってはない」

「はい？　兄ちゃんは別に、月城さんのこと好きじゃないですよね？」

一成は答えなかった。答えるのが嫌だったから。認めるのが無性に腹が立つ。

「はい？」

涼は声を大きくして繰り返した。

「ちょっと待ってください」

そして涼は、その悍ましいものを見るような顔のまま言った。

「もしかして月城さん、本当に兄ちゃんに惚れてるんですか？」

「……」

一成は答えなかった。

数秒黙り込む。

ただ単に、指摘された言葉を自分の心へ落とし込むのに時間を要したから。

俺が……玲を好き？

「……」

「……」

「まぁいいや」

涼は冷めた目をして「それでですね」と話を続けようとする。一成はすかさず止めた。

「おい待て」

「はい？　何ですか？」

「何ですかじゃねぇよ。お前が言ったんだろ」

「兄ちゃんに惚れてるんでしょう？　分かりましたよ」

「勝手に分かるな」

「違うんですか？」

一成は答えられない。しかしもう涼の言葉は理解している。

なぜなら心が拒否していなかった。その指摘に拒否反応を示さず、抵抗なく受け入れているのだ。

俺が、玲に惚れている。惚れ……。

「話続けていいですか？」

涼はあまり時間がないのか携帯の時刻を確認した。知るかそんなもの。

「よくない。おい、俺、お前の兄貴に惚れてんのか？」

「そうなんでしょう?」

「……そう、かもしれない」

指先が冷えていくのが分かる。

涼は嫌そうな顔をした。

「……無自覚とかやめてくださいよ? いい大人が見てられない」

「おい。待て。俺……どうすんだよ」

「何が?」

ど。

……どうするんだ。

俺が、惚れている……。

確かに、近頃は、玲のふとした表情や一挙手一投足が気になって仕方なかった。もうこれ以上傷付けたくなかったからセックスの頻度を減らし、衰弱してほしくなかったから金を与えて休ませた。

けれどしてきたことは変わらない。

初期の行いもあり、一成は自分を、玲が心を開く存在ではないと分かっている。分かっているが……。

こうして玲への恋情を自覚すると、話が違う。

「待てよ……」

二ヶ月前、一成は玲を無理やりこの家に連れて帰り、体の関係をもっている。

この事実は変わらないのだ。

惚れた人間にすることでは、ない。

「待つって何を？」

涼は玲とよく似た冷たい眼差しで一成を眺めた。

しかしその目の色はグレーではなく黒。より冷酷な目に見える。

「月城さん、兄ちゃんへの恋心を今、自覚したみたいですね。まぁ惚れるのも無理はありません。綺麗な人だし」

「……」

「頑張ってください」

頑張るも何も、玲に好きになってもらえるわけがない。

頑張りようがないのだ。もう経験したはずの後悔が色を変えてまた襲ってくる。それは重みを増している。

呆然とする一成に対し、涼が憐れむ顔をした。

「望み薄なんですね。月城さん、その態度で兄ちゃんに接してきたんですか？」

「……」

「あーあ……」

ぐうの音も出ない。涼は暗に『それじゃあ、無理だろうな』と言っている。

涼は息をつき、呟いた。

「月城さん。兄ちゃんのことが好きなら、あの人のことこれからもしっかり見ててくれますか？」

「……何が言いたい」

一成は青白い顔で、弟を見つめる。

彼は囁いた。

『俺は見たんだ』」

「……は？」

涼の声がより低くなる。

「昔、言ってたんです」

その不穏な声音に一成は眉を顰めた。

「事故の後に、兄ちゃんが」

「事故っつうのは、母親のことだよな」

「はい。お母さんは交差点での車両衝突事故に巻き込まれたみたいなんです。兄ちゃんはその場にいて、一部始終を見ていました。他にも車が事故ってて、悲惨だったらしく……道路を渡る時は兄ちゃんって凄く慎重なんです。記憶が体に染み付いてるみたいに」

一成はその台詞の中に引っ掛かりを覚えた。なぜなら玲は、飛び出してきたのだから。

一成の車は青信号で直進していた。そこに玲が飛び込んできたことで自分たちは出会っている。

信号を見間違うほどに、あの時、玲は追い詰められていたということなのか。

「忘れるはずない。ずっと青にならない信号を覚えてる」

涼は独り言みたいに呟き、それから俯きがちになっていた視線を上げた。

黒い瞳が一成を見据える。

「兄ちゃんはその事故で、『俺は見たんだ』って言ってました」

「何を？」

「嵐海組長です」

涼は臆することなく言い切った。

「事故の後、かなり時間が経ってから兄ちゃんが言ってたんです。俺はまだ七歳くらいで、兄ちゃんの『俺は見たんだ。あのヤクザのせいで』『ランカイだ』の意味がよく分かりませんでした。兄ちゃんが由良さんと関わるようになったのは俺が十歳くらいの時でした。それまで忘れていたんですけど、やっとあの時の言葉を思い出してゾッとしたんです。その可能性を、考えてしまったから。……兄ちゃんが由良さんと接点を持ってるのは、事故に嵐海組が関わってるからなんじゃないか？」

「って」と、涼は声を震わせた。俯きがちになり、視線を忙《せわ》しなく彷徨わせる。

「あの事故に嵐海組長がいたんですよ」

顔を上げ、一成を見つめた。

「確かに事故のことはいくら検索しても詳細が出てこない。まるで権力者に痕跡が消されてるみたいに。もし組長が関わっているなら頷けます。だってヤクザが一般人に危害を及ぼしたら破門どころか絶縁だ。組長がお母さんを殺していて、その事実を揉み消していたなら、兄ちゃんのあの言葉の意味が通ります」

──『俺は見たんだ。あのヤクザのせいで』

ランカイ組長のせいで母親が死んだ、という意味になる。

「あの言葉を思い出してからは、兄ちゃんが由良さんと関わっている意図を想像して困惑しました。だって、金を借りたって言っていたけど、どうしてわざわざあの人から？」

涼は唇を舐《な》めて、呟いた。

「自分からわざと、近づいたんじゃないか？」

──『ドライっつうか……怖い人ですよ』

先月涼は呟いていたあの言葉をふと思い出す。

この可能性を考えていたのか。

涼は軽く息を吐き出し、また語り始めた。

「俺は子供ながらに悩んで、怯えてました。けれど兄ちゃんは……前も言った通り、由良さんに大事にされてるみたいだったんです」

涼は以前言っていた。中学を卒業した玲は由良への借金を返すため由良の元で働いていたようだと。

そこで見た、まだ十代の玲と由良の関係は親密に見えた。だから涼はただ、混乱する他なかった。

「初めは、由良さんに近づいたのは兄ちゃんが嵐海組長に復讐するためだと思ったんです。だから俺を里子になるのに背を押して、俺との家族の痕跡を消し、自分は由良さんのところへ行った。でも何年経っても兄ちゃんが復讐する動きはなかった……それどころか由良さんは兄ちゃんを大事にしてるみたいだった。俺は思いました。もしかして、兄ちゃんも初めは復讐するつもりだったけれど、途中でやめたんじゃないか？」

由良はほぼ無利子で玲に金を貸している。何故かは分からない。由良は玲の魂胆を察したのか？

何にせよその金で弟は第二性診断を受けることができて、祖母の医療費も用意できた。

玲は由良に感謝の気持ちを抱いたのかもしれない。現在も返済を続けているようだが、未だに利子はほぼゼロだ。加えて事務所で襲われたところを、由良に助けられている。

しかし借金は残っている。

「でも、由良さんへの借金は残ってるんですよね？」

涼は慎重に問いかけてきた。

「そうらしい」

「だったら変です」

涼は断言した。

そして彼は息を吸い、吐いた。

話の根幹を告げるために。

「兄ちゃん、由良さんに金を返す気ないんですよ」

もうすでに一成には、涼の言いたいことが伝わっていた。

——つまり。

まだ、終わっていない。

「月城さんと兄ちゃんがどうやって出会ったのか知らないけど、月城さんのおかげでお金を作ることができた。それを俺と婆ちゃんの今後のために俺に託して、自分は復讐を再開しようとしてる。どうせ復讐するんなら由良さんに金なんか返しませんよね。兄ちゃん、由良さんや組長に何かするつもりなんじゃないですか？」

涼の語る口調に勢いが増していく。より強く、より急ぐように。

「俺は由良さんに会ったことがないんです。ヤクザだから当たり前だけど、それにしても何年もの間兄ちゃんは由良さんと親密なのに一度も会ったことがない。兄ちゃんが慎重に会わせないようにしているみたい」

一成も由良とは会ったことがない。由良に会わせないためなのかは分からないが、少なくとも事務所へ向かうのを禁じられている。

「とにかく、嫌な予感がするんです……」

「お前が先月言っていたのはこれか」

一ヶ月前、まだ玲に借金が残っていると告げると涼はかなり動揺していた。

――『とにかく今の兄ちゃんは何か変なんです……』

――『兄ちゃんのこと見ててください』

薄々玲の様子がおかしいと勘付いていた涼は、一成から玲に借金が残っていると聞いてより疑いを増したらしい。一ヶ月が経ち、またしても涼の口座に金が振り込まれた。着々と準備を進めているかのようでもある。

「月城さんは兄ちゃんを裏切りませんよね？」

ふと弟が、真剣な眼差しでこちらを見つめてくる。

「兄ちゃんが誰を恨んでるか知っても、味方になってくれますよね」

一成はその真っ黒な瞳を見つめ返した。

「兄ちゃんには危ないことはしてほしくない。兄ちゃんが嵐海組長に復讐する前に、止めてください。でももし何かするんだとしたら……何かする可能性がある兄ちゃんを、傍に置くのは不安だとしても――……」

「俺がなんとかする」

遮るように言うと、涼はどこか縋るような目で一成を見つめた。

「玲が行動を起こす前に。行動を起こしたとしても俺があいつの身を守る」

その顔に年相応の幼さが滲んでいる。

涼はまだ高校一年生だ。いくら兄が心配だとしてもこれ程の不安を背負わせるわけにはいかない。

一成はもう一度断言した。

「お前たちは大丈夫だ」

「……そうですよね」

すると涼は泣き笑いみたいな弱々しい笑みを浮かべた。

「月城さんは、兄ちゃんのことが好きなんですもんね」

「あぁ」

即答すると、弟は笑みを深めた。

束の間の安堵が彼の胸に広がったのが分かる。一成も少しでも彼の緊張を解きたくなり、軽く笑いかけてやる。玲の弟だからか、この少年が怯えている姿は見たくない。

一成との契約期間は残り四ヶ月だ。涼の推測が正しかったとしても、少なくともあと四ヶ月は大人しくしているはず。

けれどどうなのだろう。

――『もう、どうしようもないことだったんだなと、今は思えてきました』

昨晩の玲の声が耳に蘇る。脳裏を過ぎるのは、玲の諦めたような、寂しげな表情。

……嵐海組を憎んでいたとしてももう、その憎しみを復讐の刀にする気はないかもしれない。

あの時、諦めたのだろうか。

玲。

今でも尚、恨んでいる？

――『一生恨みや憎悪を受け入れるしか、ないんでしょうか』
――『もう、どうしようもないことだったんだなと、今は思えてきました』
自分で口にした言葉に、心が雁字《がんじ》がらめにされている。
どうしようか。これから。
玲は途方に暮れていた。

◇

昨晩の一成との会話を幾度も反芻《はんすう》しながら一日を過ごした。

一成の元で暮らし始めて、二ヶ月以上が経っている。渡された三百万は殆どを涼の口座に振り込んで、返済用に二十万を残している。

店での仕事を終えた玲は、金融事務所へ向かわなければならない。

だがどういうわけかやたらと足が重い。

梅雨の空は灰色の重い雲に覆われていて、少し捻《ひね》ったら雨が一気に落ちてきそうだった。同じ色に濁った頭の中を巡るのは昨晩の一成の言葉たちだ。

一成は言っていた。嵐海組に関して何も知らないと。

そして自分の生涯の一部について話をしてくれた。

玲はいつの間にか、一成の心を解き、彼の本心を打ち明けられる存在になっていたらしい。

知ったのは、一成が父親に苦しんでいたこと。やがて父親の呪縛を断ち切り、日本を出た。父親は、一成の母親や他の家族を苦しめた悪の根源そのもののような男であった。一成は彼を心底軽蔑し、もうこの世にいない今も恨んでいる。

——玲と同じだった。

どうにもならないことを憎み続けているのだ。

圧倒的な力をもつ『魔王』への無力な恨みの炎が途絶えない。恐怖と後悔と怨念は際限なく生まれて、炎のエネルギーとなっている。

その熱を糧に今日この日まで生きてきた。

怒りの炎で狼煙《のろし》を上げて、やってきたというのに。

それなのにどうしよう。

——『俺にとってアイツは父親なんかじゃない。最も卑劣な他人だ』

一成の言葉が炎に触れる。

——『アイツのせいで傷つけられた人間が大勢いる』

あの言葉は氷の刃《やいば》みたいだった。残酷なほど冷たいけれど、この滾る炎に触れると水になって、否応なしに鎮火させられてしまう。

一成は自分の怒りを自分の表現で昇華していた。それは玲には考えもつかない手法だった。

玲は違う。

玲と一成はまるで違う。

けれど根本的な部分では一緒だった。

魔王を恐れて、憎しむ、同じ国の民だったのだ。

この二ヶ月間、一成を間近で見てきた。性行為だけが彼との生活ではない。なかなか心を見せないと思っていたあの男も、次第に玲へ関心を向けるようになった。今では共に食事をして、同じソファに座りながらテレビを眺めている。セックスをせずに一つのベッドで眠ることもある。横暴なのは変わらないけれど、一成の無茶な行動にすっかり慣れてしまった。一成が好きなもの……本やゲーム、お酒。多くを知るようになって、分かった。

あの人はただの人間だった。

これからどうしたらいいのだろう。

あんまりにも考え続けていたからか、金融事務所の最寄駅に降りた時点で体力が尽きてしまう。駅前のベンチに腰掛けジッとする。

駅前は全体が灰皿みたいになっていて、そこかしこで男たちが煙草を吸っている。体に絡みつくような苦い香りが、この町の匂いだ。

一成の煙草は平気なのに、此処《ここ》は駄目だ。気持ちが悪い。今の玲には刺激が強すぎて吐き気が増してくる。これから由良の事務所へ向かうのだと考えると、より気分が悪くなった。

もう林はいないはず。だが、彼から受けた恐怖は消えない。時間が経てば経つごとに、一ヶ月前の出来事が玲の心に齎す影は、色を濃くしていく。

仕方なく暴行を受けるけれど、玲はちっとも大丈夫ではない。終わってしまったことをずっと考えて、恐怖するのだ。

玲はふぅと息を吐いた。体が熱いような気もした。昨晩から体が怠くて、唇が火照っている。

これは熱が上がる兆候だ。気が緩んだせいで、心が解けて、風邪でも引いてしまったのだろうか。ぼんやり考えながら自分の靴を眺めている。と、そこでようやっと気付く。

「……ヒート？」

玲は独り言ちた。微かな呟きは煙草の異臭に溶けていく。

ハッと我にかえり、携帯のカレンダーを確認する。最後のヒートは二ヶ月以上前。次のヒートはあと一ヶ月後のはず。

そうは言ってもストレスや環境で左右されるもの。アルファ性の一成と過ごしたことで周期が乱れた可能性もある。オメガ性の体はアルファ性に影響される。玲の初めてのヒートも、アルファ性の由良によって引き起こされている。ヒートなら最悪だ。いつもは常備している薬も、今日は朝からぼんやりしていて持っていない。

焦るな。落ち着こう。玲はすぐさま立ち上がり、駅構内へ向かった。

トイレの個室に移動して息を整える。意識すると熱が加速する。あぁこの異常な発熱はよく覚えがある。

ヒートに間違いない。

玲は息切れを抑えて、携帯を握りしめた。

ここじゃダメだ。オメガのフェロモンは、ベータには感知されないがアルファには分かる。人気のないトイレだとしても危険すぎる。玲は個室を出て、多目的トイレへ移動した。

自分のチョーカーを握りながらマップを検索する。薬……緊急抑制剤を売っている薬局はここから歩いて十分かかる。その間に何が起きるか分からない。歩けなくなったらおしまいだ。この町は治安が悪く、ただでさえ気を付けていなければならないのに。

何で薬を持っていないんだ。馬鹿野郎。自分の愚かさに泣きたくなった。後悔と不安ばかりが募っていく。

どうしよう。玲はその場で蹲《うずくま》った。助けを呼ばないと……息が熱い。心臓が痛い。皮膚がヒリヒリして、痛い。

その時、心の中で呟いていた。

……一成さん……。

指が勝手に画面をタップする。

荒い呼吸もそのままに発信ボタンを押した。

『──玲？』

「い、っせいさん……」

一成の声を聞いて、涙が滲んだ。

自分でもよく分からない。その低い声に、怯えて震えていた心がドッと安堵したのだ。

『どうした？』

体は熱い。息も燃えるよう。それでも、迷い子のように途方に暮れていた心の緊張が解けていく。

「なんか、ヒートが。ヒートなんです、多分」

『今どこにいるんだ？』

状況は変わらないのに一成の声を聞いて心が緩んでしまった。玲はまるで幼い子供に戻ったような、舌足らずな口調で答える。

「駅です。あの、南駅の多目的トイレにいるんです」

『鍵はかけてるか？』

「鍵……はい。鍵、かけてます。熱くて動けません。どうしよう」

『すぐに行くからそこから出るな』

玲は携帯を強く握りしめる。扉からできる限り離れて、しゃがみ込む。

一成はそれからずっと通話を切らなかった。時折『玲、水持ってるか？』『寝ててもいいぞ』『駅には連絡しといたから、誰も入って来ない。安心しろ』と声がかかる。

みるみる熱に侵されていく。思考能力も奪われて、呼吸することしかできない。返事の代わりに息切れをした。答えられないけれど、電話は切らなかった。

どれほど時間が経っただろう。やがて、扉が開いた。

「玲」

電話越しに聞こえていた低い声が直接降ってくる。

壁にぐったりと寄りかかっていた玲は薄目を開いた。

一成がいた。

「よく頑張ったな。帰るぞ」

その匂いに包まれてから今更、この男がアルファ性だということを思い出した。

玲のフェロモンはアルファ性に強く影響する。フェロモンの充満した部屋に入ってくるのは、一成にとって辛いはず。

だが一成は、その逞しい腕で難なく玲を抱えた。

「お前の部屋から抑制剤持ってきたから。打つか、飲むか。どっちがいい」

トイレで蹲っていたから不潔に感じるだろう体を、一成は膝の上に抱えた。玲は泣き声みたいに「一成さん」と呟いた。

「打つのは嫌か？　とりあえず飲め」

「う……っ、怖い」

荒い呼吸の中で呟く。一成が口の中に錠剤を押し込んでくる。

水を流し込まれて錠剤を飲み込む。玲は無我夢中で一成に抱きついた。一成は、薬を飲み込んだのを確認すると玲の体を軽々と持ち上げる。

両腕で横抱きにされて、体を覆うようにブランケットをかけられる。一成の自宅にあるものだ。彼の香りが滲んでる。玲は強く瞼を瞑っていた。奥歯を噛み締めて腹の奥の疼きを堪える。一成はすぐに移動し、やがて後部座席に横たえられた。窓を開けてから車を走らせる。

フェロモンに耐えられるほどのアルファ性用抑制剤は強烈な副作用が後に起こる。ヒートの玲が近くにいるのに運転ができるということは、一成はそれを打ったのだ。

自分の呼吸が煩くて聴覚が鈍る。嗅覚すら遠くなって、あまりの熱に五感が麻痺《まひ》したように思える。

玲は瞼を閉じて、曖昧になった頭の中で考える。

一成は大丈夫なのだろうか。

「寝てろ」

曖昧になった世界から一成の声が耳に届く。

それから玲は、まるで魔法にかかったように意識を失っていった。

◇

ヒートは嫌いだ。

怖いから。

ヒートの最中は理性を失って記憶が混濁する。体のコントロールを失って、アルファを求める欲求に突き動かされる。

勝手に湿るアナルと、腹の奥を求めて内壁を弄る自分の指。何度も硬くなる気持ち悪いペニス。もうやめたいと思っても体は求め続けている。

自分という意識は深い沼に沈み、いくらもがいても地上に上がることができない。どろっとした汚いヘドロが己にへばりついているみたいだ。とにかく怖くて仕方がない。無防備な体を傷つけられたら、とか、うなじを噛まれたら、とか……。

制御の利かなくなった状況で他者に触れるのが怖かった。

だから、何度も何度も譫言《うわごと》のように、

「こわい」

と呟いていたのだと思う。

うなじを噛まれるのが怖い。挿れられて、妊娠したらどうしよう。番も運命も大嫌いだ。理性を失った玲は恐怖ばかりを口にしていた。

その五日間、アルファ性の一成は献身的に世話をしてくれた。

平常時にはあれだけセックスしていたのに、ヒート期間の玲には触れないでくれたのだ。最初の二日間は殆ど記憶がない。だが残りの三日間は鮮明に覚えていて、最後の一日は殆ど熱程度だった。

フェロモンも薄くなった最後の一日。意識もはっきりした玲はベッドの中で一成の話を聞いていた。

「ゴスケが新しく作ったゲームが物凄いバズってんだよ。ネタにされてんなこりゃ。ネタにされんのが強いよな」

「……」

「何でもいいから広まるのがいいもんな。そもそも面白いしな、これ」

「……一成さんって」

「何だよ」

「小説書くよりゲームする方が好きなんですか」

「そりゃそうだろ」

一成は喋り続けている。

出会った時からそうだった。

「お前な、小説なめてんだろ。苦行だぞ」

「……じゃあ何で書くんですか」

「面白すぎるから」

「？」

「ゲームは別に苦行じゃねぇじゃん。やめたきゃやめりゃあ、いい。だが小説は仕事だから。仕方なく書いてる節はあっけど」

「……」

「これが何か面白いんだよな。苦行を終えた後に脳汁が出んだよ。気持ちいいぞ。ドラッグだな。小説はドラッグだ」

「……」

眠くなったら寝る。玲は瞼を閉じた。

また目を覚ますと、部屋には一人だった。ぼうっとしていると暫くしてから一成が現れて、

「玲、テメェ俺が話してる最中に寝るな」

と苦言を呈し、またしても喋り始める。

「時間の区切りがあると集中できるよな」

「集中……」

「お前が寝てる間に仕事進めてたんだけどさ、やっぱり玲は発熱してんだから汗かくだろ」

「はい」

「だから定期的に汗拭いてやったり、水飲ませてやったり、飯食わせたりしてやったわけじゃん」

「……」

「着替えもさせてやった」

「……」

「お前今、恩着せがましいなって思っただろ」

「思ってません」

「俺に感謝しろよ」

「してます」

「一時間仕事してお前見にきて、また一時間仕事してお前見にくる。そうなるとこの一時間。時間制限かかってるからか、妙に集中する」

「仕事、進捗……大変なんですか？」

「これが割と進んだんだよ」

玲はゆっくり瞬きした。一成は喋り続けている。

「時間の制限があるからかもな。恋人のヒート期間だけで書いた小説、を出してやろうかな」

「書き切れたんですか？」

「書き切れなかったんだよ」

一成は喋り続けた。出会ったばかりの春のように。

けれど春と違うのは、それに玲が自然に言葉を返せることだ。

「全然無理だな。やっぱり小説って、甘くねぇわ」

「お腹空いた」

「チッ。この自由人が。玲、お前やっぱ話聞いてねぇだろ」

「聞いてます。一成さんが仕事終わらなかったって」

「その通りだ」

あまりにも一成の話がくだらないから、何を怖がっていたか分からなくなる。

ヒートは宇宙に放り出されたように心許《こころもと》なくて、終わってからもまだ恐怖が疼いている。体が怠くて仕方なくて、何もする気が起きなくなる。

けれど一成がいると玲は普通になって、彼の話を聞いていると心も体もほぐれる。

突発的なヒートで理性を失った姿を見せてしまった。それに一成を巻き込んでしまった。五日間も迷惑をかけてしまった。罪悪感と羞恥《しゅうち》を抱くべきなのに、でも、一成があまりにも一成だから。

だから玲も普通の玲になってしまう。

まだベッドから起き上がる気にはならなかった。横になっていても口にできるように、一成がバナナを持ってきてくれた。バナナを齧《かじ》ってちまちまと食べる玲に、一成は話を続けた。

「お前のヒートは五日で落ち着くんだな」

「はい。他の人は違うんですか？」

「さぁ。オメガの奴とか周りにいねぇから分からねぇ」

一成はあっさりと告げる。それは以前に『オメガ性の人と交際したことはあるんですか?』の質問に対する回答と同じようなものだった。

あの時も『ないし、身近にもいねぇ』と答えていた。

それを聞いて玲は、

――あぁ、なんだ。

と胸のうちで呟いたのだった。

「調べたらヒートは七日続く奴もいるって書いてあった」

「そうなんですね」

「お前、他のオメガ性の事情には興味がねぇのか」

興味がないのではない。『オメガ性』に対しては常に意識していて、考えすぎると鬱々としてくるから、目を背けているのだ。

昔はもっと酷かった。自分がオメガ性であることが嫌で嫌で仕方なくて、必死に考えないようにしていた。番は嫌いだし、運命なんてもっと嫌だ。そんなもの絶対に出会いたくない。ヒートの起こるこの体は不都合で、良いことなんか一つもない。

そう思っていた。

けれど……。

一成はアルファ性だ。

……それを知って初めて、オメガ性でよかったと思った。

「他の人のこと考えている暇がなかったので」

「まぁ、知ったところで、って感じだよな」

「……わざわざ調べたんですか？」

「だってお前が苦しそうだから」

ヒートに入ったオメガ性を見るのは初めてだったのだろう。今になって思い出す。確かに一成はしきりに『大丈夫なのか？』『やっぱり病院……』と呟いていた。

「あれくらい普通ですよ」

「ならいいんだけどよ。よくはないが」

「いつもより」

と言いかけてやめる。『楽だった』と続けようとしたけれど、よくよく考えてみるといつもどおりで、大して楽でもなかったからだ。

だがヒート後にこれほど気持ちが軽いのは初めてだ。ヒートの最中も定期的に一成が話しかけてくるので落ち込んでいる暇はなく、いつも以上に辛い気持ちにはならなかった。

これまでと同じように欲に溺れて、体の制御は利かなかったが、沼の底に閉じ込められたような恐怖は抱かない。心に纏わりつくヘドロもなかった。

玲の心は一度も沈まず、ただ、ここにいる。

「いつもより、なんだよ？」

一成が怪訝にする。玲はベッドに横たわったまま、椅子に座って長い足を組んでいる一成を見上げている。

一成が定期的に拭いてくれたから、玲の体は清潔だった。ヒートで異常なフェロモンを放つ玲を、アルファ性の一成が面倒を見てくれた。

一成だって辛かったはずなのに。

「おい、目開けたまま寝てんのか？」

「……言いたかったこと忘れました」

「あっそ」

「一成さんは大丈夫でしたか？」

「何が？」

玲は小さく息をついてから、小さな声で呟く。

「薬とか、飲んでたでしょ。俺がヒートしてるから。副作用大丈夫ですか？」

「ヒートする、って動詞があるとは。勉強になるわ」

「ないかもしれません」

「造語かよ。文豪みたいでいいな」

「あの……」

「確かに抑制剤は飲んでたけど、薬飲んでもヒートが終わるわけじゃないお前らよりは断然楽だろ」

玲はぼんやり一成を眺めている。

不思議と目を逸らす気持ちにならない。

ヒート中はとにかく体が疼く。覚えていないけれど、一成をねだるような言葉も口にしてしまったのだろう。

それでも彼は玲を看護してくれた。

欲に溺れる情けない姿を晒してしまったのに、玲は一成とこうして目を合わせることが怖くない。

元々幾度も性行為をしていたせいか、もしくは、一成がひたすら気遣ってくれたから恥じらう心も失せて素直に甘えてしまって、いるような。

自分の気持ちが分からなくなる。

観察していると一成がやつれているのも分かった。水分をしきりにとらせてきたくせに自分は充分でなかったらしい。たった五日で痩せてしまったのかもしれない。

アルファ性の抑制剤だって楽ではない。でも一成は、それを服用し続けてくれた。

「……」

「体が疼くのも大変そうだけど、普通に五日間も発熱してんのが、とんでもねぇよな。オメガ性は体が弱いっつうのはヒートのせいで弱くなっていってるってことなんだろ」

「……一成さんはお腹空いてませんか」

「お前が俺を気遣うとは意外だ」

バナナを食べ終えた玲は両手で皮を持ったまま一成を見上げる。

一成が玲から皮を取り上げて、ゴミ箱に捨てた。

「まだ腹減ってんなら夕食にするか。もう七時だし」

「……」

「起き上がれる?」

「一成さんは最近ずっと優しいですね」

立ち上がりかけた一成が、数秒固まり、今一度椅子に腰掛ける。肘掛けに頬杖をつき、少し目を細めて玲を見下ろしてきた。

「そうか?」

「そうですよ」

一成の瞳は青い。目元のほくろは色っぽい。銀色の前髪は少し伸びて、目にかかっている。

やつれていても綺麗な人だった。

「誰にでもそうなんですか？　一成さんって、友達多いですもんね」

「友達多いか？」

「俺は一人もいないので」

「……」

「動画とか雑誌で見てた一成さんは、クールで厳しい印象だったから。身内には優しいのかな」

「俺のこと見てたのか」

一成がおかしそうに唇の端を吊り上げる。意地悪な笑い方だった。

「だって、どこにでもいるので」

「俺はいつから優しかったんだ」

玲は瞬きをした。

一成は真顔に戻って繰り返す。

「俺が優しかったのはいつからだよ」

「……多分、一ヶ月くらい前から」

「お前がぶっ倒れてからか」

一成は意外そうに、けれど納得するように頷く。

「そうか。俺はそん時から玲に優しかったか」

「無意識だったんですか？」

「いや、むしろ意識しすぎてたな」

「え？」

一成はまた無表情で玲を見下ろしてきた。発言と一致できない何でもないような顔をしている。

「お前がいつ倒れるか分からねぇから。玲のことが気になって気になって仕方なかった」

玲もきっと一成から見れば、何も感じていないような無表情に見えているはずだ。

「それが優しさと言うなら、俺は優しさとは思ってなかったんだから確かに無意識だったのかもしれない」

玲の内心とは裏腹の無表情だった。

必死になって表情を崩さないように奥歯を嚙み締める。その頬の細かな微動に一成が気付いたかは分からない。一成は玲の無表情に構わず続けた。

「でもここ数日のは無意識じゃない」

追撃のように言葉を放ってくるから逃げられない。

「お前が苦しんでたら助けたいって思うだろ」

玲は、瞬きを堪えているから、睨みつけるように一成を見つめた。

目元に力が入り皮膚が痙攣する。目と鼻の奥が熱くなり、痛みすら走る。一成の言葉に酷く心を揺さぶられているのが分かる。

「誰かを大切にしようなんて思ったのは初めてだからな」

一成は当然のように告げた。

「加減が分かんねぇわ」

玲はとうとう耐えきれなくなって俯いた。下唇を丸めて嚙み締めるが、心臓が信じられないほど激しく音を立てている。聞こえていたらどうしよう。

どうしよう……。

このままだと言葉の意味を理解してしまう。

それは、ダメだ。ブランケットを頭まで被って一成から逃れたい。しかしあからさますぎる。せめてもの抵抗で目を逸らすが、彼は何も言わなかった。

そうして逸らした玲の視線の先にはベッドの下に数冊本が積み上がっていた。二週間ほど前に、一成の本棚から選んだものだ。最近の作品だったり、教科書で読んだことのある物語だったり、系統はバラバラである。

玲は月城一成の作品を選ばない。

手に取る必要がないから。

ちょうど読み終わったばかりの本の表紙が見えた。死者をあの世へ運ぶ電車の物語で、作中では黄《よ》泉《み》の国へ向かうまでの美しい魔法の光景が描写されている。

その電車で最終駅まで向かうことができるのは、亡くなってしまった人たちだけだった。

一成が玲の視線を辿り、その一冊を目にして「あぁ」と言った。彼は小説を手に取った。

「善良な者たちだけがこの電車に乗ることができる」

表紙には深海を駆ける電車の絵が描かれていた。

玲は黙り込んでいる。玲が返事を寄越さないことに、一成は言及しなかった。あれだけ自分の話を聞いているのか確認する男なのに。

一成は表紙を軽く撫でた。

「お前の母親もこれに乗れるんだろうな」

「……そうですね」

玲は頷いた。やっとのこと声を出した玲に、彼が軽く微笑む。

死者を運ぶ電車……母はこれに乗車することのできる女性だった。何の罪もなかったのだから。

玲はそう思っている。

「俺の親父とは違うな」

「心臓発作、でしたっけ」

「俺はそう教えられた」

一成は本の中身をパラパラと捲った。

「運転中に心臓発作を起こして、そのまま事故を起こして炎上しただとさ。だから玲の母親と同じように事故死っちゃあ事故死だ。けどまぁ、実際はどうか分からねぇ。親父に関することは全部が曖昧だから」

「そうですか」

玲はたまらなく切ない気持ちになった。遣る瀬なさに襲われて息が苦しくなる。玲は息をついて、上半身を起こした。水を飲もうとベッドの下に手を逃すと、察した一成がペットボトルを手渡してくれる。

「もう、体調は大丈夫なのか？」

「あ……はい。そうですね。そういえば」

玲は唇を触ってみた。熱もないし、腫れぼったくもない。ヒートは完全に終わったようだ。

安心すると、何だかより腹が減ってくる。水を飲んでペットボトルの蓋を閉める。軽く俯いて瞼を親指で擦る。一成がいきなり言う。

「なら一つ話したいことがある」

玲は顔を上げた。彼は告げた。

「お前の残りの借金を返すことにした」

「……はい？」

玲は唖然と唇を開いた。

一成は、玲の返事を待っている。今度は自分で会話を進めない。玲は一度唾を飲み込んでから、疑問符もつかない低い声で呟いた。

「どうして」

「玲が借金を返済するためにここにいるからだ」

玲は唇を噛み締めた。

一成は、力強い声で、

「契約しないなら修理費用を払え、って話は無効にする。初めから効力なんかねぇけどな。玲だって分かってただろ。お前がそれでも契約したのは借金を返すためだ」

一瞬閉じた瞼の裏が熱かった。

目を開くと、青い瞳がそこに在る。

「どうしてっつうのは、この契約を一度ゼロにしたいから。週刊誌の件はもう話題になってない。二ヶ月も経ったからな。信ぴょう性をもたせるための保険として半年間にしたが、既に充分だ。だが俺がよくてもお前はダメだろ。玲は借金を返すために俺といるんだから」

その通りだった。いくら高額の報酬が払われるとは言え無茶苦茶な契約を結んだのは、『借金を返すため』だ。一成がそう結論付けて語っているのは正しい。

でも、まさかそんなことを言い出すなんて。

「俺が返済する。俺は」

一瞬、一成の言葉が詰まった。その僅かなリズムの崩れが彼の心を表しているようで、胸が途端に強く締め付けられる。一成はそれでもはっきりと告げた。

「玲と契約のない立場になりたい。そのために借金を返すことにした」

玲は、絞り出すみたいに、苦し紛れみたいに、囁いた。

「でも、俺が作った金ですよ」

「何か理由があったんだろ」

けれど一成は迷わず断言する。

こっそりと深呼吸した吐息が熱かった。……この人は初めからそうだったんだ。思い出すのは出会ってすぐの二人の会話。

――『誰の借金』

――『え』

――『保証人にでもされたんじゃねぇの』

借金があると知った一成は、玲を軽蔑しなかった。

それどころか一番に、玲が巻き込まれた被害者であると想像してくれた。

――『まぁ、色々あるよな……』

玲は自分で作った借金だと言ったのに、一成は呆れることもしないでそう返して、内情に触れなかった。だから玲はあの時もこっそり熱い吐息を吐いていたのだ。

……どうしよう。

玲はまた分からなくなった。自分は、この申し出を手放しで受け入れるような存在ではない。

その時、一成が言った、

「由良晃の金融事務所に俺から連絡を入れた」

の言葉に、玲は目を見開いた。

「……え？」

……由良に？

「由良本人には繋がらなかったけどな」

「あ……え、事務所に？」

自分自身の声が遠くに聞こえる。思考停止しているのに会話している。そんな気分に陥る。

「そうだ」

「それ……い、いつのことですか？」

「今日だな」

会話が遠い。

自分でしていることなのに。

ずっと感情が表に出ないように生きてきたからきっと玲の動揺は完全には伝わっていなかったのだと思う。

それが良いのか悪いのかは、判別できない。

「電話、したんですか」

「あぁ」

「な、るほど……」

玲は呆然としていた。

一成が「玲」と声を強くする。

「どれだけの金額だろうと俺が払う」

玲の頭は真っ白になっている。辛うじて言葉を絞り出しているだけ。それでも、一成があまりに真剣に向き合ってくれるから心が震えてしまう。

由良に連絡してしまったという事実で既に揺さぶられている心臓が、一成の真っ直ぐな瞳でまた揺るがされる。その瞳の青さに心が引き裂かれていく。

玲の中は、めちゃくちゃだった。

「……一成さん、自分の名前を名乗りましたか」

「あぁ」

「相手はヤクザですよ？」

玲は消え入りそうな声で呟いた。

一成は輪郭のくっきりした声で難なく返した。

「ヤクザでも何でも、構うかよ」

玲は、ベッドに座り込んでいる。一成が椅子から立ち上がり、玲の視線に合わせるよう床に膝立ちになった。

「如月一成から連絡した。お前の借金はすぐに無くなる」

それは一成の本名だ。

玲は唇の隙間から吐息を吐く。

そうか……。

――本当に、もう終わるんだ。

玲の目尻はきっと赤くなっている。これまで長い間これに捉われていたけれど、遂に終わりがやってきたのか。

なぜか涙が溢れそうになった。感情はまだ整理がつかない。いつか終わるとは思っていたけれどこうも突然だと思わなかったから。

決して『ありがとう』を言える立場ではなかった。どう返そうか迷って、でも言葉が出てこなくて、代わりに一成が言った。

「腹減っただろ。飯食おう」

「……俺が作ります」

玲は気弱に微笑んだ。一成はそれを目を丸くして見つめた後、「ありがとう」と笑い返してくれた。

――どうしようかな。

沢山悩んで、品目はパスタにした。子供の頃は料理もしていたけれど、施設を出てからはあまり自炊をしてこなかった。だから簡単なものかパスタしか作れないのだ。

カルボナーラが唯一得意だったのでそれを振る舞う。一成は何でも美味しそうに食べるからいつもと同じ反応ではあったけれど、玲の目には、

「うめぇ。天才だな」

それがいつもより嬉しそうに見えた。

食事中も、食後も、一成と話し続けた。これまでと同じようにどうでもいいことを延々と。

一成は、借金のことにも、『優しさ』や『契約破棄』についても触れないでくれた。玲の困惑を考慮してくれたのだろう。情けないけれど今の玲には有難かった。

それから、まだヒート明けだからと、早めに就寝することにした。

玲は一成が眠る前に飲む酒を作ってから、先に自室へと向かう。

扉の近くまで来てくれた一成へ最後に告げた。

「おやすみなさい」

「あぁ、おやすみ」

玲はその大きな体と青い瞳を見つめる。それから背を向けて、自室へ入っていく。

ベッドへ潜り込んでからは、ただジッと夜が深まるのを待った。

一成は由良に連絡してしまったみたいだ。由良が一成の存在を把握している。あまり時間はない。

やけに頭は冴えていて、ヒート明けなのが嘘のように思考がはっきりとしていた。

時刻が深夜0時を回った。玲は不意に起き上がり、部屋を出る。

リビングに一成の姿はない。玲の用意した酒のグラスは空になっている。

こっそり一成の寝室を覗き込んだ。いつもはこの時間なら起きているはずの一成が、ベッドで深い眠りについているのが寝息で分かった。

寝室の扉を閉める。ポケットから、粉薬の睡眠薬を取り出して見下ろす。薬を溶かした酒は全て飲んでくれたみたいだ。どれだけ持続効果があるかは分からない。

まさかこれを、こんな風に一成に使うなんて考えもしなかった。


――ずっと考えていた。

これからどうなるのだろう、と。

玲は自分の心が一成を理解し始めているのを分かっている。

予感がするのだ。

彼のしたことの全てを受け入れてしまいそうだと。

一成の優しさが心に染みる。彼の優しさを拒否できない。

あの人を、好きになってしまうかもしれない。

できる限り淡々とした気持ちで一成と過ごしてきたつもりだった。一成と打ち解けるために努力しながらも、決して自分の心は開かないように気を張っていた。

しかし過ごせば過ごすほど焦りが湧き起こった。一成が、遠くから眺めていた頃に想像した人物とは違ったからだ。

魔王の城で過ごしたはずの一成は、お喋りが大好きだった。口は悪いし態度もデカいけれど玲を無視せず、語りかけてくる。セックスは絶倫でしつこい。こちらの体力を考えないから付き合うのは本当に大変だった。けれど、途中からは玲をひどく気遣うようになってしまった。

仕事に文句を言うが、仕事が大好きな人。孤高の存在ではなく大江など仲間がいて、友達も多い。お気に入りのレストランに沢山連れて行ってくれた。玲が作った料理を美味しそうに食べて、不器用ながらに玲へ料理を振る舞ってくれたこともある。

玲の。

人生を助けようとしてくれた。

如月一成なのに。アルファ性なのに。玲とは違って、ずっと明るい場所で生きてきた人なのに。

ずっと自分勝手に生きてきた人なのに。

……その行動に理解を示してしまう自分がいる。

——どうしよう。

一成は、玲と同じで玲とは違う。一成の傍にいると苦しい。

でも、傍にいるのが心地よい。

こんな気持ちになるなんて考えもしなかった。

◇

玲は最低限の荷物だけ持って、夢みたいに豪華な部屋から出た。

高層ビルだらけの街を歩いていく。ここは深夜でも明るくて、安全で、最初から、玲の居場所ではなかった。

……なぁ、これからどうする?

自分の心に問いかけてみても何も答えが得られない。

玲は朝が来る前にその街を去った。行く宛もなく。目的も見失ったまま。

【第四章　如月一成《きさらぎいっせい》】

それは夢すら見ない深い眠りだった。

目覚めてからも覚醒しきらない。一成はベッドから起き上がり、数十秒俯《うつむ》いていた。

元々寝起きは頭が回らない方だ。それにしたって、眠気が酷《ひど》すぎる。一成は自然と横たわった。それからまた瞼《まぶた》を閉じる。

数分後……無言で起き上がった。

既視感があったからだ。同じ行動を既に一度したはず。

「……十時？」

一成は枕元のデジタル時計に視線を遣《や》り眉間の皺《しわ》を深めた。

画面は十時を表示している。午前？　午後？　目を眇《すが》めると、数字の横に《ＰＭ》と浮き出ているのが見える。午後十時……夜。

一成は唖然《あぜん》とした。不意に思い出すのは、同じように横になった記憶だ。

確か数時間前にも一度目が覚めた。しかし異常な眠気に逆らえず、また眠ってしまったのだ。

思い出しながらも、いつの午後十時なのか判断できずに困惑する。一成はベッドの下に落ちていた携帯を手に取った。

「一日中寝てたのか？」

信じられないことに一成が就寝してからほぼ一日が経過している。途中で目が覚めていたにせよ、徹夜明け並みに眠っていたのだ。……なぜ？　疑念に侵されながらも立ち上がり、寝室を出た。

「玲《れい》？」

一成は呟《つぶや》く。

返事がない。

リビングに玲はいなかった。

時刻は午後十時だ。いつもなら必ずこの時間、玲はいる。しかし彼の部屋にも、洗面台や書斎、他の部屋のどこにも姿はない。玲の部屋から一部荷物が消えている。

いつも履いているスニーカーも、なかった。

いない。

玲がいない。

◇

『こんな夜中にどうしたんですか？』

「玲がいなくなった」

一瞬頭が真っ白になったが、一成はすぐに携帯を手に取り、以前交換した連絡先へ電話をかける。

電話口の向こうで、玲の弟の涼《りょう》が不安そうに言った。

『いないって……どこかへ出かけてるとかでもなく？』

「ああ、何か嫌な予感がする」

考えれば考えるほど妙だ。一成は昨日の晩から今夜まで眠りを繰り返している。その間、玲は一成を起こさなかった。

つまり玲はとっくに部屋から消えていたのだ。

『何で……兄ちゃんのこと見てて言ったじゃないですか！』

返す言葉もなかった。しかし涼の警告を侮っていたわけではない。むしろ、これ以上玲が嵐海組《らんかいぐみ》と関わるのを警戒していた。それも玲の借金を無くしたい理由の一つだから。

通話をスピーカーに変えて着信履歴を見返す。玲からは連絡はない。

一件だけ見知らぬ番号から着信が入っている。

思い出した。由良《ゆら》の金融事務所の番号だ。

『いつからいないんですか？』

一成は携帯を操作しながら会話を続けた。

「おそらく、昨夜か今朝」

『おそらくってどういうこと？』

「……お前のとこには行ってねぇんだよな」

『きてないですよ』

メッセージアプリを開くが音沙汰はない。一成は大江《おおえ》に《玲と連絡繋《つな》がるか？》とメッセージを打った。

『月城さん、今から会えますか？』

涼が不安に満ち満ちた声で言った。

『どういうことなのか詳しく教えてください』

「分かった」

もし玲が連絡を取るならまず弟だろう。病院には祖母がいるが、夜中に過ごせる場所ではない。なぜ消えたのかは分からないが、どちらにせよ入院している祖母の元へは向かわないはず。とにかく状況が不可解すぎる。直接涼と会って話した方がいい。

『俺の家の住所送りますんで』

「あぁ」

通話を切ってすぐに家を出た。

五十五階から地下へ向かうエレベーターが信じられないほど長く感じる。駐車場を駆け足で抜けて、車に乗り込む。

一体、何が起きている？　玲に電話をかけるがやはり繋がらない。大江からも《連絡取れないですね》と返事がきた。

一成の焦燥感を掻《か》き立《た》てるのは、つい先ほどまでのあの病的な睡魔だ。

なぜ一日も眠ってしまったのか。あの争《あらが》えないほどの眠気は何だったのか。どうして、昨晩の、眠る前の記憶が思い出せないのか。

ヒートを終えた玲と食事をしたのは覚えている。だがその後のことが曖昧だ。思い出そうと思えば記憶を掬《すく》い上げられそうだけれど、思い起こすのにかなりの時間がかかる。まるで強い睡眠薬を飲んだ後のような記憶障害である。

飲む……そうだ。

酒を飲んでから、倒れ込むようにベッドで眠っていた気がする。

……なぜ？

一成の背に汗が滲《にじ》んだ。頭のてっぺんからつま先までカッと炎が貫いたように熱くなる。

思い出せ。あの時、自分が何を告げたのかを。

玲と話したこと。それは借金を一成が返済する旨。玲は驚いて、返す言葉に迷っていた。

あの時、他に妙なところがなかったか？

思い出せ。あの夜、一成が話したこと……。

それは。

「……由良晃《あきら》」

に一成が連絡したことだ。

――指定された住所は立派な一軒家だった。

その前に車が止まっている。黒塗りの高級車だ。車を背にして煙草《たばこ》を吸う高身長の男の姿が見えた。

時刻は午後十一時。この夜更けに佇《たたず》む男の雰囲気は異様だった。

黒いシャツに黒いスラックスを穿《は》いていた。腰の位置が高く、上半身は筋肉質だ。初めて見るはずの男だが、一成はその正体になぜかすぐ気付いた。

由良晃だ。

確信したのは、その匂いを感知したからだった。

一成は車を停車させ、その男の元へ向かった。煙草を吸う男は視線だけで一成を捉え続けている。

近付いてくる一成に全く動揺していない。

年は三十代半ばだろうか。首元とシャツをたくし上げた腕から刺青《いれずみ》が見えていた。咥《くわ》え煙草をして、黒髪を片手でかき上げる。その手で煙草を摘《つま》むと、俯きがちに煙を吐いてからこちらに体を向けた。

アルファの匂いがする。以前、玲が着ていたハイネックから香ったものと同じモノだ。

成熟して、草臥《くたび》れたようなアルファの匂い。

「如月一成」

煙を吐き終えた由良が言った。

その声は轟《とどろ》くように低い。

突如として現れた一成に、由良は全く動じていない。それどころか、揶揄《からか》うように奥二重の目を細めた。

「奇遇だな。こんなところで会うとは」

「……どうしてここに」

「たまたまだ」

「俺のことを知ってるのか」

「いや、つい最近知った。おかげさまで」

気怠《けだる》い口調で告げて一成を眺めてくる。

彼は微《かす》かに唇に笑みを引いた。

「なるほどな」

アルファのオーラとはまた違う重たい雰囲気を纏《まと》う男だった。

「玲の借金を返すとほざいたらしい、如月一成。月城先生ってのは、お前のことだったのか。……ふっ、ははは」

場所は高級住宅街の道路だった。街灯があるとは言え、ここは暗い。

由良は軽く俯き、なぜか乾いた笑い声を漏らした。高い鼻が影を作って、由良の顔半分が真っ暗になる。

由良は独り言みたいに唸《うな》る。

「玲、お前……」

その男は唇の端を上げていた。

「やりやがったな」

「――ど、どうして」

一成が由良の意味深な台詞《せりふ》を言及する前に、背後から若い声がした。

振り向くとスウェット姿でスニーカーを履いた涼が慌てた様子でこちらへ駆け寄ってくる。

「どうして由良さんがここに？」

涼は心底驚いたように目を見開いていた。

一成もまた、涼を見て硬直する。

――そんな。

まさか。

「弟。俺のこと知ってんのか」

由良がゆらりと体を揺らした。煙草を地面に捨てて靴の先で踏み潰す。

一成はまだ固まっていた。

言葉が出てこない。

ここは夜の隅だった。辺りは暗い。由良が暗い声で囁《ささや》いた。

「まぁ、知ってるよな。さすがに」

それから涼の元へ歩いていく。

「お前に玲の居場所を聞き出そうと思ってきたんだよ」

「由良さんも兄ちゃんを探してるんですか？」

「あぁ」

一成はその場から微動だに出来なかった。

涼を見つめたまま。

「まさか如月一成がここに来るとは思わなかったがな……玲はどこだ？」

「お、俺も分からないんです」

青年は由良の存在に驚きつつも必死に会話に応じている。

一成はその時になってようやく、

「おい」

と呟いた。

「涼、お前……」

涼に対してだ。

「な、何ですか」

由良の存在に気を取られていた涼が一成へ怪訝《けげん》な目を向ける。

一成はその目を見つめたまま、次の言葉が出てこない。

由良が視線だけを一成に寄越した。一成と涼のやりとりを静かに眺めている。涼が由良の視線に気付き、ハッとして言った。

「でも、あの、由良さんまで家に入れないです。ごめんなさい。お母さんたちに迷惑かけられないから」

「……」

由良は無言でまた髪をかきあげる。それから目元を歪《ゆが》めて、何とも形容し難い厳しい目つきで一成

を見た。するとその時、

「涼」

と女性の声が割り入ってきた。

玄関の方からやってきた女性に涼が勢いよく振り返り、「お母さん」と声を漏らした。女性のすぐ横には《永井《ながい》》の表札がある。永井家の夫人である彼女は、仕方なさそうに眉を下げた。

「近所迷惑でしょう。お二人とも中に入れなさい」

「えっ、でも」

動揺する涼に対して、養母である永井夫人は静かな視線を一成、そして由良へ向けた。

由良と夫人の視線が交わる。夫人は一度ゆっくりと瞬《まばた》きし、涼へ顔を戻した。

「いいから早く」

「いいの？」

「ええ。さっさと中に入りなさい」

なぜか永井夫人はあっさり了承し、すぐさま踵《きびす》を返して歩き出した。

涼は戸惑いつつもその背を追う。二人は玄関扉へ続く数段の階段を上っていく。

「行くぞ」

由良は一成へ耳打ちするように囁いた。

一成はあまりの衝撃でその場から微動だにできない。その横を由良が通り過ぎていった。

よろめくようにして、やっとのことで歩き出す。心臓が激しく音を立てていた。既に永井夫人と涼は家の中にいる。開け放たれた玄関扉の前に由良が立っている。

「来いよ、如月一成」

由良は三白眼の視線で一成を眺め下ろしていた。

「こっちの方がよく見えるだろ」

……まさか。

そんなはずが。

一成は時間をかけて永井家の玄関へ踏み入れ、背後で扉が閉まる。広々とした玄関ホールだった。先に靴を脱いで廊下に上がった涼が、養母の去ったであろう部屋の方を眺めた。

「なんで、お母さん……」

「涼、それ、どういうことだよ」

玄関ホールはとても明るい。

だからその色がよく見えるのだ。

「え？」

涼は一成に顔を向けると首を傾《かし》げた。

一成は息を止めてから、吐くと同時に問いかけた。

「お前の瞳は、青色だったのか？」

「え……はい」

驚愕《きょうがく》する一成に対し、涼はあっさりと認めた。不思議そうな顔で続ける。

「そうです……何でそんなに驚いて……あ、そっか。前に会った時の俺、黒のカラコンしてましたもんね」

一成は息をドッと吐き出した。

呆然《ぼうぜん》としながら鸚鵡《おうむ》返しに呟く。

「カラコン？」

「はい。普段青だと目立つので」

涼はゆっくりと頷《うなず》き、一成の顔を窺《うかが》うように上目遣いをした。

一成の方が背が高いからだ。しかし涼も高校一年生にしては高身長だった。細身な印象を抱かせる兄とは骨格が違う。

「兄ちゃんが言うには、俺の父親が外人とかで何とかで目が青かったらしいんです。で、青だと目立って虐《いじ》められるって兄ちゃんが心配するから、黒のカラコンするようになったんです。施設にいたからかな。虐めの理由に敏感なんです。出る杭《くい》は打たれることを警戒してるんでしょうね」

語尾が尻すぼみになっていくが、一成の目を見て、そういえばと言った風に呟いた。

「月城さんも青いですよね。初めて会った時、俺も月城さんの目に驚いたんですけど、あの時は兄ちゃん背負ってて目なんかの話してる場合じゃなかったんで」

由良は首に手のひらを当てて軽く俯いていた。唇が弧を描いているのが見えた。

「……そうか」

「あの、とにかく上がってください」

促されて玄関から移動する。父親の姿はない。仕事で出張中だと言われるが、どうでもいい。リビングに通されて、それぞれソファに腰掛ける。テーブルの上には灰皿が用意されていた。涼が微かな声で独り言のように呟いた。

「あれ。ウチに灰皿なんてあったんだ」

永井夫人がやってきて、茶の注がれたグラスを差し出してきた。涼が「あ」と言って立ち上がり、少し離れたところにあるダイニングテーブルの上にあった眼鏡《めがね》を取りに行く。

夫人は去り際、由良に会釈をした。

由良はゆっくり瞬きをした。まるで頷くように。

涼が眼鏡をかけて「すみません」と急いで戻ってくる。

「寝るところだったんです。なのでスウェットのままだし……でも、そうですね。俺も目が青い日本人は初めて会ったかも。月城さんもミックスなんですか？」

涼は純真そうに問いかける。由良が足を組んで、煙草を取り出しながら視線をこちらに遣った。

由良は憐《あわ》れむような目つきをしながら煙草に火をつけて深く吸いつけた。思考がありえない速さで巡る。思い出すのは、一成と涼が初めて二人で話していた時にやってきた玲の表情だ。

――『ここで、何してんの』

弟と一成が会しているのを、信じられない目つきで見ていた。

一成は言った。

「ああ……お前と同じだよ」

「そうなんですね」

一成は深い息を吐いた。一人掛けのソファに座った由良が深く紫煙を吐き出す。そうして由良は一度瞼を閉じて、次に開けた時は鋭い目を一成へ寄越し、

「玲がお前の元からいなくなったそうだな」

一成が「あぁ」と頷くと、由良は軽く目を伏せた。

「まぁ……アイツが考えていることは分かる」

「兄ちゃんの居場所が分かるんですか？」

涼は前のめりの姿勢になり困惑で顔を歪めた。

「じゃあ、何のためにウチに」

「焦るなよ……焦ったってどうせ、何も起きないんだ」

由良が煙草を燻《くゆ》らしながら言った。

何も起きない？　一成はその言葉の意味が分からず由良を凝視する。先ほどの永井夫人の態度といい、奇妙な点が多すぎる。

何よりも一成を混乱させているのは涼の正体だ。

玲は、知っていたのか……？

「如月の坊ちゃんは困惑してるようだな」

由良が足を組み替えながら言った。

「先に俺について話してやろうか」

膝《ひざ》に腕を置き、もう片方の手でかったるそうに黒髪をかきあげる。

『何のためにウチに』の回答だ。

「如月一成と名乗る男が俺の金融事務所の一つに関わってきた。その連絡に気付いたのが今朝《けさ》だった」

一成が連絡を入れたのは昨日だ。少しタイムラグがあったらしい。由良はくっとおかしそうに低く笑った。

「驚いたよ。あの如月の人間が俺たちに今更何のようだ？　ってな。しかもそいつが、玲の借金を返したいとほざいてるじゃねぇか」

「……如月って、何なんですか？」

すかさず涼が食いつく。先ほどから『如月一成』と呼ばれる一成に対し、不思議そうな目を向けていた。

「面倒だな」

由良はそう吐き捨てて、数秒考え込む。結局どうでもよくなったのか雑な言い方をした。

「とにかく厄介なお貴族様だよ。権力があって、悪趣味で……。今はどうか知らねぇけど。何にせよ俺は如月の名にはよく、覚えがあった」

由良が微かに目を細めた。痺《しび》れるほどに鋭い眼光が一成に向けられる。

「どういうことか聞き出すために玲に連絡したが繋がらねぇ。仕方なく玲のアパートに行くと、大家の爺《じい》さんは玲はとっくに引っ越したとかふざけたことを抜かしやがる」

チッ。だからあいつあん時、アパートじゃなくて駅に……。

由良はボソッと呟いた。そしてため息の代わりに一服し、長い煙を吐く。

……由良は如月家を知っている。

なぜかは分からないし、今の由良がそれを説明する気はないようだ。一成は必死に記憶を漁《あさ》った。

由良や嵐海組が如月家に関わったことがあるか？　いや、その名を聞いたことは一度もない。しかし如月家には暗部がある。

父だ。

「仕方なくお前のとこに来たんだよ。兄貴の居場所を聞き出すために」

由良は横顔だけで涼を見た。涼は未《いま》だに狼狽《ろうばい》した様子で呟く。

「こんな夜中にですか」

「時間なんて関係ねぇだろ」

由良が一瞬、視線を永井夫人の消えていった方角へ向ける。まるで彼女へ告げるように。

涼は恐る恐ると言った様子で勇敢にも意見した。

「……今朝聞いて、今？　随分悠長ですね」

「テメェも生意気なガキだな」

だが由良は「まぁ、いいよ」と軽く流した。

「俺も忙しくて玲一人に構ってる暇ねぇんだ。どうせアイツには何もできねぇ。なんせ如月一成は、玲の借金を返したいと言い出すほどにアイツにハマってる。玲はそれでビビって、逃げたんだろ」

「……どういうこと？　月城さんが、借金を返すと兄ちゃんは困るの？　というかお金が返ってくるなら、由良さんも嬉《うれ》しいんじゃないんですか？」

由良は涼の純粋な質問を無視した。些事《さじ》だと言わんばかりに。

借金など、どうでもいいとばかりに。

「家の前で一服してたらコイツが来やがった。笑っちまったな」

玲一人に構ってる暇はないと言いつつも、それでも由良は玲のためにここまでやってきている。

一体二人はどういった関係なのか。想像しても頭が加熱しない程度には一成も冷静になっていた。

それを察した由良が、こちらにバトンを渡すように煙草の箱を投げ寄越してくる。

「で、どうだ。少しは落ち着いたか？」

「……玲と最後に会話を交わしたのは昨晩だ」

一成は箱を手にしながら言った。

「酒を飲んでから記憶がねぇ。丸一日寝ていたらしい」

「その酒はお前が用意したのか？」

由良は目を眇めた。一成は「いや、玲だ」と答える。

そう、昨日は玲が酒を用意してくれた。

瞬間、由良がおかしそうに笑い声を立てた。

「そりゃ坊主、酒にクスリ入れられてたんだよ。ははは っ。玲を相手に随分無防備だな」

「なんで兄ちゃんがそんなこと……」

涼は動揺を見せた。しかし口に出してから、何か思い出したように深刻な顔をして黙り込む。

由良が笑いを堪《こら》えるみたいに目を細めた。

「お前幾つだ」

「じゅ、十六になります」

「なら大人だな」

「大人？」

涼は咄嗟《とっさ》には理解できなさそうに目を見開く。やがて、納得を度外視して「……まぁ別にいいですけど」と返した。

由良は腕時計を確認しながら言った。

「そろそろ本当のことを知るべきだろ。こんなことになっちまったんだから」

もうすぐ日付が変わる。

由良が目を伏せている。長い睫毛がくっきりと際立った。極道にしては端正な顔つきをしている男だった。

「にしても」

ふと睫毛が上がって、三白眼が一成、そして涼に向けられる。

「お前ら、知り合いだったのか？」

片頬《かたほお》を歪めるようにして、笑っているのか蔑んでいるのか区別つかない表情を見せた。

由良は目尻に皺を寄せる。

「何つうことだよ。玲が会わせたのか？」

「え、違います」

涼は首を横に一度だけ振って、「たまたま、ですよね？」と一成へ青い瞳を向けてくる。

そう、偶然だった。大江から電話が来なければ涼と一成は出会っていない。体調を崩した玲を、涼はまさに病院へ連れていく直前だったのだ。

それまで一成は涼の存在を知らなかった。あの大江でさえ把握していなかったのだ。

由良は煙草を咥えて、見下すようにこちらを眺めている。

「あーあ……可哀想《かわいそう》に」

と、煙を吐き出してから告げる。

心の底から同情するような声だった。

「コイツらだけは会わせたくなかったよなァ、玲」

「アンタは知ってたのか？」

問いかける一成を、由良は煙草を吸い付けながら眺めた。おかしな沈黙が流れて、涼は何のことか分からなそうに小首を傾げる。

すると廊下の方から「涼」と声が届く。涼は立ち上がり「何」と養母の元へ向かった。彼が居なくなると由良が口を開く。

「知ってたって、何を？　お前は何を知っていて、何を知らないんだ。俺から見るとお前は何も知らないように見える」

あまりにも図星だった。ここに来てから理解したことも、理解できないでいることも、全部を一成は把握していなかった。

何も知らない。

「お前が知りたいことは、玲の居場所だろ」

今一番知りたいことは、まさしく玲の行く先である。

由良は肘掛《ひじか》けに頬杖《ほおづえ》をついた。

「だがそれは俺も把握していない」

「……さっき、『どうせアイツには何もできない』と言ったよな」

「……」

由良は無表情で口を閉ざした。一成は煙草の箱を握り続けている。

「それはどういう意味だ？」

玲は姿を消してしまった。逃げるためなのか、目的があって姿を消したのか、皆目見当がつかない。

すると由良が、囁くような声を出す。

「何もできねぇと思ってたけど、もう何もしたくないのかもな」

由良はなぜか、一成を食い入るように見ている。奇妙な眼差《まなざ》しだった。魂まで見つめてくるような強い視線に違和感を覚えると、突然、

「煙草。吸わねぇのか」

と問いかけてくる。

「煙草？」

「あぁ。喫煙者だろ？」

「いや、いい」

「なぜ」

「ガキがいるだろ」

廊下から涼が戻ってくる足音がした。由良がゆっくりと目を細める。まるで微笑《ほほえ》んでいるみたいだ。

由良は濃い煙を吐いた。

一成だって無性に煙草を吸いたくて堪らない。しかしここには、玲の弟がいる。

弟が……、いるのだ。

「え、何ですか……」

再度現れた涼を二人とも無言で見遣るから涼はまた狼狽《うろた》えた。

一成は煙草を由良に返す。一成はそれを手放し、由良は吸い続けることを選んだ。

不意に、過去の記憶が蘇《よみがえ》った。

――『探してるの』

その女性の声は、一成の母のものだ。

まだ母が生きていた頃、彼女は呟いていた。

項垂《うなだ》れながら。悲しげに。見つからないことをどこかで確信しているように。何を、と聞いても困ったように微笑むだけだった。

あの時項垂れていたのは……、手元を眺めていたからだった。

握りしめた携帯を。

……つい最近の声を思い出す。古い記憶に重なって、頭の中で反響した。

――『お婆《ばあ》ちゃんの苗字《みょうじ》です』

大江は不可解そうに調査を報告する。眉間に皺を寄せながら、訝《いぶか》しげに告げた。

――『大倉じゃないんですよ。確か……深山《みやま》です』

どうしてその名を聞いた時に思い出せなかったのだろう。

瞼を閉じると、項垂れた母の幻影が浮かぶ。あの時彼女が握りしめていた古い携帯は母の遺品の一つとして一成が保管している。一度だけ、中身を確認したことがあった。

《深山君？》《あなたはどこにいるの？》

その携帯の送信済みフォルダには母が『深山』に宛てたメールがあった。

携帯の持ち主は実は、一成の母ではない。だから印象に残っていたのだ。母の携帯でもないそれをどこで手にしたのか。

持ち主は誰なのか。どこにいるのか。疑問に思ったけれど一成は聞けなかった。薄々勘付いていたからだ。

その携帯は、父が執着していた『運命』のオメガ女性のもの。なぜか携帯だけが残されていて、本人の居場所は摑《つか》めなかった。

父の運命の番《つがい》が持っていた携帯を捨てないでいるから、一成は当時、母がまだ父に執着しているのだと思っていた。

けれどそうではない。

母はその携帯を使って探していただけなのだ。

『深山君』を探して、だが、見つけられなかった。

「涼、お前、昔の名前は」

一成は高校一年生になった涼へ問いかける。

「……名前？」

涼は眉の間に小さく皺を寄せた。凛々《りり》しくもあどけない表情に、一成は軽く微笑む。

「永井になる前の苗字だ」

「深山ですけど……」

一成は静かに息を吐いた。胸が焼け焦げそうなほど熱くなり、熱を逃すために息を吐く。由良は口を閉ざしている。一成は「なら」と更に続ける。

「どうして玲は、大倉《おおくら》玲と名乗ってるんだ」

「……月城さんはどうして月城なんですか？」

逆に問い返してきた涼は、やけに静かな表情をした。一成が答える前に彼が言う。

「本当は如月一成なのに、月城一成のペンネームを使っていますよね。それって人によって理由は違うと思うけれど、現実世界の自分と乖離《かいり》させるか、本当の名を隠すためですよね」

その口調は、涼が導き出した考えを述べるようでもあり、こちらに問うてるようでもあった。

次に涼の視線が由良に移る。一成を相手にしていた時と違って、鋭さの孕《はら》んだ目つきをした。

「兄ちゃんも同じです。お母さんが死んでから、何か恐れているみたいで……お母さんが死んで、暫《しばら》く経ってから俺たちは『大倉』になったんです。名前を、変えたんですよ。それまでは隠れるようにして暮らしてたけど、名前を変えてからは学校にも通えるようになりました。俺は子供すぎてよく分からなかった。どうして名前を変えなくちゃならないのか……あの時兄ちゃんが、深山のままでいたら危険だって考えた理由が当時の俺には理解できませんでした。でもきっと、凄《すご》く暴力的な何かを恐れていたんでしょう」

涼は由良を睨《にら》みつけ続けている。

一成は呟いた。

「お前の母さんは事故で、車に轢《ひ》かれたんだよな」

「えっと」

すると、取《と》り憑《つ》かれたように恨みのこもった目をしていた涼が、その暗さを和らげて一成を見る。

「事故は、事故です。でもお母さんは轢かれたんじゃなくて、車に乗っていたみたいです」

「……そうだったのか？」

一成は荒げそうになった声を抑えた。

頭の中で煩雑に散らばっていた記憶や伝聞で聞いた出来事が、奇妙な動きを伴って繋がっていく。

「衝突事故だったような、気がします」

一成は数秒黙り込んだ。

この、問いかけをするか、少しだけ躊躇《ためら》った。

だが聞かなければならない。

「それはいつの話だ」

「六月六日です」

思わず唇を嚙《か》み締める。涼は由良を気にしていて、一成が顔を歪めたことに気付いていない。

「何年前か、覚えているか」

「九年前です」

一成は、額に手のひらを当てて、項垂れた。

するといきなり涼が声を張る。

「組長の車だったんじゃないですか？」

由良を睨みつける目が更に鋭くなった。青い瞳に翳《かげ》がかかる。

「その事故に嵐海組長もいたんでしょう？」

涼は堰《せき》を切ったように吠えた。

「俺たちが名前を変えたのは、ヤクザのせいだったんじゃないですか？　由良さん知ってます？　兄ちゃんは言ってました。あの事故で組長を見たんだって。その後暫くして兄ちゃん、大怪我《けが》して帰ってきた。ヤクザが、兄ちゃんに何かしたんじゃないですか？　だから兄ちゃんは本当の名前まで消して隠れてることにしたんです。まだ子供だったのに！　兄ちゃんはアンタたちを恨んでる」

「まぁ、アイツは、初めから恐ろしい男だった」

沈黙していた由良が呟く。涼が目を瞠《みは》った。

「何言ってるんです？　兄ちゃんじゃなくて、あなたたちの方が恐ろしくて、最悪だ。謝ってください。あの事故で何をしたのか分からないけど、兄ちゃんは由良さんに復讐しようと思うくらい恨んでいて――……」

「違う」

その声が落ちると、場が水を打ったように静まった。

静寂する空間で一成は続けた。

「その男じゃない……」

一成は震える吐息を吐いてから、顔を上げた。

由良は懐かしいものを見るような目つきで一成を眺めている。一成は乾いた声で、

「由良晃」

と呟いた。

「玲の残りの借金はいくらなんだ」

「一億だと思うか？」

由良が唇に親指を当てた。軽く目を細め、一成から目を逸《そ》らさない。

「俺たちと玲には色々と因縁があってな。外へ示しをつけるため多額ってことになってるが、実際はほぼ残ってねぇ。だから少しずつ返せっつってんだよ。なのに一気に持ってきやがって、あのガキは……」

涼は困惑に満ち満ちた顔をしている。一成は「そうか」と諦めたように呟いた。

玲は一成から渡された金の殆《ほとん》どを涼に送っている。大金を返済に回す必要が、ないからだ。

九年前の六月六日。

それは父の命日だった。

一成は項垂れる。口元に手を当てて、目は見開き、自分の膝を凝視していた。

六月六日の自動車事故。父の死の真相は一成には隠されている。あまりにも外聞が悪かったから秘密裏にされているのだ。

しかしその日、確かに父は死んでいる。

……父は。

運命を我が物にしようとしていた。そして、手に入れる前に死んだ。

父が。

運命を手に入れるため動き出したのは、一成が母と共に日本を出て、奴《やつ》が自由の身になったからだ。

父は母がいるせいで運命を迎え入れられないと怒鳴っていた。母がいないから、運命を捉えに行った。

六月六日。

一成の父と、玲と涼の母親が自動車事故で死んだ。

涼の瞳。

父や一成と同じ青い目。なぜか父と血の繋がった異母兄弟たちは青の瞳を継ぎ、父と同じようながっしりとした骨格をもち、アルファ性が多い。

玲は。

その事故を見ていた。

何が起きていたのか知っている。

そうして、何も知らない愚かな一成の元へやってきた。

借金を理由にして一成の傍《そば》にいた。無茶苦茶な契約を提示されたにも関わらず玲が応じたのは金のためだ。金を返すために四苦八苦している状況なら一成に従うのも不自然ではないし、実際初めは訝しんでいた大江も納得していた。

だがその借金も多額ではない。それなのに契約を結んだのは、目的が金ではなく。

「俺だろ」

横断歩道を警戒するくせに交差点へ飛び出してきた玲。

――『必死こいてる理由を突き止められたら、一成さんにプレゼントでもあげますよ』

何を寄越すつもりだった？

玲。

「玲」

魔王が玲の母……運命を殺すきっかけを作ったのは如月一成だ。

一成が母を連れて日本から離れなければこうはならなかった。

魔王に親を殺された玲は、その恨みを晴らすため、魔王の子の元にやってきた。

「俺に復讐しようとしてたのか」

【第五章　レイ】

（九年前）

土砂降りの雨の中、信号が青にならない。

礼矢《れいや》は涼介《りょうすけ》の目を両手で塞いでいる。

背後では踏切の警報音が鳴っていた。雨の音が煩《うるさ》い。自分の荒い呼吸音が、やけにはっきり聴こえる。

信号が青にならない。

◇

その日、午後五時半。雨が降りそうで走って帰ってきた礼矢は、いつもはハウスの共有リビングで遊んでいる涼介がいないことに違和感を覚えた。

二ヶ月前に五年生になった礼矢は、徒歩四十分かかる小学校に通っている。クラスメイトたちはもっと学校の近くに住んでいるが、礼矢だけが、学区外からやって来ていた。

このハウスに住んでいる子供たちは大体そうだ。皆バラバラの学校に通っていて、できる限り、ハウスが特定されないように暮らしている。学区内の小学校に通っていると、もし小学校にいるところを『見つかってしまった』時に、このハウスの場所がバレてしまう危険性があるからだ。

『ハウス』と呼ばれるアパートには、オメガ性の大人の女の人たち、そしてそれぞれの子供たちが暮らしている。全部で五つの母子が暮らしていた。そのうちの一つが礼矢と、五つ下の弟である涼介、そして母だった。

礼矢たちがここで暮らし始めたのは六年ほど前だ。涼介を妊娠した母が、礼矢を連れてここへやってきてから。

ハウスに来る前は普通のアパートの一室で暮らしていた。母は夜のお店で働いていて、礼矢が眠っている間に仕事へ向かう。いつも忙しそうにしていたけれど、礼矢にはとびきり優しいから、お母さんのことが大好きだった。

ベータ性の父は礼矢が生まれてすぐに亡くなってしまったらしい。それからは母と二人で暮らしていて、だがどういうわけか、六年前に突然弟ができた。

弟は綺麗《きれい》な目をした男の子だった。礼矢や母と違って青い目をもっている。

今でも覚えている。

昔、礼矢は涼介を抱っこする母に『目、なんで青いの？』と問いかけた。

母は真っ暗な目をしていた。微笑むために唇の端を上げかけて、しかしどうしても出来ないみたいに頬を痙攣《けいれん》させると真顔になり、礼矢から目を逸らした。

あれから礼矢は何も聞いていない。

涼介の目が青い理由も、いつの間にか刻まれていた母のうなじの噛み跡も、なぜここにやってきたのかも、なんにも、触れないようにしている。

ハウスには制約が多かった。まず写真を撮らないこと。

修学旅行や、校内行事。事あるごとにやってくるカメラマンの写真に写ってはならない。普段の生活だってそうだ。居場所が分かるような写真は撮ってはいけない。まるでいちいち自分たちの痕跡を残さないように生きているみたい。

夕方七時以降の外出は基本的に禁止だ。礼矢は友達とお泊まり会をしたいけれど、なかなか言い出せない。頑張ればハウスの管理人であるおばさんも了承してくれるのかも知れないが、あまり迷惑をかけたくなかった。

何とは言われていないが、目立つことをしてもダメだ。例えば皆の前で表彰されること。印象に残る真似《まね》をしてはいけないので非行など以《もっ》ての外。

絵を描いて賞を狙ったり、運動クラブに入って活躍したり。皆の前で褒められている同級生を見ているとちょっとだけ羨ましく思う。

別に、誰でも一位になれるわけじゃない。努力が必ず実るとは思わない。けれど、目指すことすら不相応な身は、少しつまらないと礼矢は不貞腐《ふてくさ》れたりする。

一方で、母と弟と三人で平和に暮らしている日常は幸せで、安心していた。

ハウスには、地獄みたいな環境から抜け出して命からがらやってきた親子たちもいた。

礼矢は恐ろしい目に遭ったことなどない。お腹の大きくなった母と二人でこの施設にやって来ただけだから。

でもここは『逃げ続ける』ための場所らしい。

礼矢はこの場所以外で平和に暮らしている毎日がどれだけ貴重なのか、地獄を知らずとも理解できていた。

ハウスに住む他の親子たちが皆優しくて、無実だったからだ。

どれだけ善良に生きていても突然地獄に突き落とされることがあるらしい。いい子にしていたらいい人生が待っているわけではない。とにかく毎日コツコツ、慎重に生きていくしかないのだ。

「涼介？　お母さん？」

共有リビングを過ぎて、礼矢たちが暮らしている深山家の部屋へ向かう。誰もいない。変だな。もう五時半なのに。

午後七時には入り口のロックが閉まる。いつも母は仕事を午後四時に終わらせて保育園に涼介を迎えに行き、五時には帰ってくる。

この時間の涼介は基本的に共有リビングで他の子たちと遊んでいて、母は掃除だったり家事だったり、様々している。親子で過ごす時間は多い。ここでの暮らしは昔アパートで母と二人でいた時よりも裕福な気がした。

礼矢はひとまず明日の学校の準備をする。明日は、六月七日の金曜日。

土曜は涼介と母と三人で映画を見に行く予定。ここ最近雨が続いているけれど映画館なら大丈夫。選んだのは涼介が見たがっているアニメ映画だ。涼介は可愛《かわい》いか可愛くないかで言ったら、ちょっと可愛い程度。普段は可愛くない。すぐ不貞腐れるし、いきなり喚《わめ》くから煩いし、力が無駄に強くて嫌になる。

けれど煩い涼介がいないのもいないで寂しかった。二人はどこにいるのだろう？

待っていると、携帯が鳴った。

「お母さん？」

『レイ？』

母は息切れした声で『今、家にいる？』と問いかけてくる。

「うん。お母さんは？　いつ帰ってくる？　涼介は？」

『レイ、アジサイレストラン分かる?』

「あー、うん。分かるよ。何で?」

『今日は三人でご飯食べようか』

「えっアジサイで?」

『うん。早めの夜ご飯ね。リョウもこっちにいるから』

礼矢は電話を切ると、傘を持ってハウスを出た。アジサイレストランは歩いて十分ほどで、踏切を越えた向こう側にある。

母はいつも『レイ』『リョウ』と短縮して自分たちを呼んだ。だから礼矢は自分の名前が『レイ』に思えてくる。ハウスを出てすぐに雨が降り始めた。アジサイに着く頃には土砂降りに変わっている。

母は涼介と共に店の一番奥の席にいた。

「レイ」

「お母さん」

呼びかけられて早足で二人の元へ向かう。涼介はソファに横たわり、母の膝を枕にして眠っていた。

「あれ、涼介、寝てるの?」

なぜだろう。

涼介の目元が泣き疲れたように赤くなっていた。

「うん」

母もいつもより、疲れているようだった。

心配になったけれど玲は席に着く。

雨に濡《ぬ》れた、透明で綺麗な傘は、床に置いた。

合流してすぐにオレンジジュースを頼んだ。礼矢はやっと母たちに会えて、嬉しくなり、途端に喋《しゃべ》り始めた。

「――でさぁ、結局昼休みはユノしたんだ。ユノ知ってる？　カードゲーム」

「うん、知ってるよ」

「上がる時にユノ！　って言うだろ？　でも皆バカだから、うんこ！　とかアホ！　とか、悪口で抜けてくルールになっちゃった」

「うん」

メニューを広げながら早速今日の学校について語る。

目の前の母は、涼介の頭を撫《な》でながら耳を傾けてくれる。母越しに窓が見えた。雨脚が強まっているのが分かる。雷鳴さえ、届いてきた。

礼矢はとにかく話し続けた。

「レイ、学校楽しいね」

母はそう言って微笑んでくれるけど、礼矢の胸には言いようのない不安が広がっていく。

何だろう。これは。雨のせいだろうか。

「楽しいっつうか、なんかクラス変わってから騒がしくて大変だよ」

「そっか」

「あっ先生がさ、今度の移動教室でパントマイムやるんだって。なんで？　って思うけど楽しみ」

メニューを眺めながらも喋り続ける。

心に浸食する不吉な気配を誤魔化《ごまか》すかのように。

雷鳴が聞こえる。

「もうクラスで映画見に行ってる奴多くてさ、俺が土曜見に行くって言ったらすげぇ犯人教えてくんの」

「……」

「最悪だよ。俺、もう知ってるんだ、犯人」

「レイ、あのね。転校しなきゃいけないかも」

するとと突然、母が言った。

「え？」

礼矢は顔をあげて啞然とする。

母はゆっくりと瞬きした。テレビの中の誰よりも綺麗な顔をしているその人が、礼矢を見つめている。

黙り込む礼矢に彼女は言った。

「このレストラン、朝まで開いてるの。今日はここで夜を過ごして、朝になったら出なくちゃならない」

「出るって……どこを？」

「町を」

礼矢は唇を開いたまま何も言えなくなった。

カラン、と扉の音が鳴った。母が怯《おび》えた視線を入り口へ向ける。年配の男性が入って来たのを見ると、緊張が解けたように息を吐き、どこか泣きそうな顔で礼矢を見た。

「お婆ちゃんとも会いにくくなる。ハウスにある荷物は暫く経《た》ったら送ってもらえるよ。でもレイ」

そこで一度言葉に詰まる。

下唇を噛み締めてから不器用な笑みを浮かべて、

「レイだけハウスに残ることもできるよ」

と告げた。

礼矢は母を見つめている。

「そうしたらこのまま学校に通えるし、移動教室に行くお金もハウスから出るから――……」

「出るよ」

ただ真《ま》っ直《す》ぐに見ている。

言葉を遮られて母は少しだけ目を見開いた。礼矢は澱《よど》みなく答えた。

「お母さんと行くよ。学校なんて行かなくてもいい。涼介だってまだ小さいし煩いし、お母さんだけじゃ大変だろ」

町には日暮れが降りてきた。けれど分厚い雨雲のせいで夜がやってきたことに、誰も気付いていない。

誰も知らないうちに町を出る。それは礼矢と母がハウスに来た時と同じだ。

「学校なんか、別に楽しくない。お婆ちゃんにもいつかまた会えるだろ？　だからお母さんと涼介と町を出るよ」

母は目を少しだけ細めた。堪えるような顔をして、でも、礼矢から目を逸らさないでくれた。

礼矢は母そっくりの不器用な笑い方をした。

「俺だけ置いていくなんて変だろ」

「……そうだね」

彼女は言った。礼矢を安心させるように笑い返しながら。

それから微かな声で付け足した。

「ごめんね」

雷が鳴っている。嵐がこの町にもやってきたのだ。

まるでずっと昔から礼矢たちを追いかけていたように。

あっという間にこの町は覆われてしまう。

礼矢は何も聞かない。どうしてハウスにやって来たのか。昔、何があったのか。それを聞くと母が悲しむような気がしたから。

だから口を閉ざしている。

礼矢はただ、何も聞かずに暮らしていくだけだ。

「何でも食べていいよ」と母が明るい声で言った。だから礼矢はいつも通りの口調で「じゃあ」と答える。

「ミートソーススパゲティ」

「うん」

「カルボナーラはお母さんが作ったやつが一番美味《おい》しい」

「ありがとう」

母はまた涼介の頭を撫で始めた。店内には礼矢たちの他に三組ほどの客がいる。お母さんは何も食べないのかな？　疑問に思うが口にしない礼矢に母は言う。

「ミートソーススパゲティ好きならボロネーゼも好きそう」

「ぽろねーぜ」

「知らない？　なら今度……」

その時、母が何か見た。

ソファに置いた携帯だ。言葉も忘れたみたいに無言で携帯を見下ろしている。

それを手に取ると何回か操作した。ハッとした母が勢いよく振り返り、店内の窓の外へ視線を遣る。

礼矢も驚いて彼女の視線の先を見た。しかし何もない。ただ豪雨に襲われる道路があるだけだ。

母はもう一度携帯を凝視した。みるみる表情に恐怖が滲んでいくのが分かる。

彼女は震える手で首の裏を触った。

礼矢は途端に不安に陥った。

「……お母さん？」

「レイ、ここにいて」

するといきなり、母が自分の膝で眠る涼介をソファに横たえた。

席から立ち上がったのだ。

「え？」

「何が起きても外に出ちゃだめ」

赤い傘が壁に立てかけられている。でも母はそれを手に取らなかった。

「リョウとここにいるんだよ」

どこへ行くの。

礼矢は問いかけたかった。

でも礼矢は、何も聞かない。

聞かないんじゃない。聞けなかったのだ。

いつだって、大切なことは何も。

「……はぁ」

母が震えるため息を吐いてしゃがみ込み、涼介の頭をもう一度撫でた。

そうして独り言みたいに「もう、これしかないか」と囁く。

礼矢には全く意味が分からなかった。どうしよう。不安で鼓動が速くなる。今すぐ泣き喚いて、どこかへ向かおうとする母を引き留めたい。

すると母が立ち上がり、「レイ」と玲を見下ろした。

「大好き」

「……お母さん？」

呟くと同時、母が躊躇いなく歩き始めた。

携帯を握りしめて、傘も持たずに去っていく。……大好き。初めて言われたような気がする。

礼矢だって言ったことがない。意識なんてしていなかった。好きなのは当たり前だったから。

まるで魔法みたいに母はあっという間に過ぎ去り、店を出て行った。

入れ替わりみたいに親子連れが入ってくる。

礼矢と同じくらいの年の女の子と、中年の女性。いかにも母親らしいその女性は礼矢の母よりもずっと年上に見える。そういえばお母さんは幾つなのだろう。前にテレビを見ていた時、二十代の俳優を見ながら「この人同い年なんだよね」と呟いていた。

礼矢は立ち上がった。ここにいて、と言われたから言いつけ通り店から出ずに、窓まで向かう。

母の白い車が見えた。店の前に停めていたらしい。雨に打たれながら歩く母が、車に乗り込んだ。

運転席に座り込んでいる。両手で顔を覆った姿を、礼矢は認めた。

泣いているの？

すぐに車が走り出した。

大雨の夜だった。不気味なほど人通りも車も少ない。

その時、背後から、

「おかあさんは？」

と涼介の声がした。

礼矢はハッと夢から醒《さ》めたような思いになる。振り向くとなぜか強張《こわば》った顔をした涼介がすぐ近くに立っている。

「あ、起きたんだ……」

「おかあさん、どこ？」

涼介は寝起きの舌足らずな口調で呟いた。

やはり目元が赤い。でも顔は真っ白だ。礼矢は驚いて、涼介の視線に合わせるように屈《かが》んだ。

「……涼介？」

「おかあさんっ」

だが涼介は叫び、店内へ見回し始める。

礼矢は驚いて咄嗟に腕を摑んだ。

「ど、どうしたんだよ」

「変なやつがいた！　でかいおっさんがッ、俺を知らない場所に連れてった！」

「え？」

一体涼介は何を言っているんだ？　怖い夢でも見ていたのだろうか。

保育園から母と共に帰宅しただけだろう。雨が……降りそうだったから、いつもは自転車で迎えにいく母も、車に乗っていただけ。

……そうだろ？

「あっ」

「おかあさぁん！」

物凄い力で抵抗した涼介が外に出ようとする。涼介はまだ子供のくせに力が強いのだ。

礼矢は慌てて涼介を引き戻した。あの母娘が不思議そうにこちらを眺めている。

礼矢は声を潜めて叱った。

「涼介、ダメだって！　外に出たらダメ！」

「なんでっ⁉」

「……っ」

礼矢は言葉に詰まった。理由なんか知らないから。

その一瞬の隙で涼介が店の外に出てしまう。

「涼介！」

土砂降りの雨の中を涼介が走っていく。礼矢はすぐに追いついて、弟の腕を摑んだ。

背後で踏切が鳴っている。カンカンカンとただの人間に警告する甲高い音は、大きな魔物みたいに町を襲う大雨を貫いた。

「どこ？　おかあさんどこにいる？」

「え？　……あっ」

礼矢と涼介は横断歩道にやってきていた。信号は赤。二人は進むことはできない。立ち止まっている。

その時、けたたましい音が豪雨を破った。

――ドンッ
雷が落ちたみたいだった。礼矢はそして、その瞬間を見ていた。

あの車が、もう一つの車に特攻するみたいに激突したのだ。衝突された車の破片が別の黒い車に当たり、ガードレールにぶつかる。全てはスローモーションのようで、でも、一瞬だった。

「……えっ？」

礼矢は呟いた。自分の出した声は雨に掻き消されて聞こえない。

「え？　あれ……？」

白い車と赤い車が潰れている。

二つは絡みつくように重なって、一つの厳かな化け物みたいになっていた。

「……見るな！」

礼矢は咄嗟に涼介の両目を手で覆った。涼介を強く抱きしめる。礼矢の頭の中は真っ白になっている。

「なんで？　兄ちゃん？　なんで？」

「あれ……え？」

涼介が喚いている。礼矢も呟いた。何が起きているのか、全く分からない。

土砂降りの雨の中、信号が青にならない。背後では踏切の警報音が鳴っていた。雨の音が煩い。自分の荒い呼吸音が、やけにはっきり聴こえる。

青に、ならない。

「……ッ」

礼矢は涼介を抱えて踵を返し、走り出した。アジサイレストランの前まで戻り涼介を軒下に下ろす。

この子を抱きかかえて走ることのできる力が自分にあるなんて知らなかった。礼矢は涼介に強く言いつけた。

「涼介、絶対ここから出るな。分かった？」

「おかあさんは!?」

涼介は泣き叫ぶように言った。

礼矢は泣きそうに顔を歪めながら、

「頼むから」

と彼を見つめる。

「ここにいてくれ」

「……うん」

数秒の沈黙の後に彼が頷いた。礼矢の渾身《こんしん》の想いが伝わったようだった。

「席に戻って、座ってろ」

「う、ん」

「絶対に外に出るなよ」

母と同じ台詞を口にしていることに気付いた。

同じ言いつけに涼介は頷き、静かにレストランに戻っていく。カランと音が響いたその瞬間、礼矢の意識がふわっとして、悪夢が始まったように思えた。

礼矢は走り出した。

早く、早く。信号が青にならない。

でも礼矢一人だから、あの光は赤から青にパッと変わった。

青い光が礼矢を連れていく。

ハウスの皆が恐れていた『本当の地獄』へと。

男の人が怒鳴っている。

「──親父！　親父！」

ガードレールにぶつかった黒い車を運転していたらしい若い男が、後部座席の中へ、幾度も「親父！」と悲痛に叫んでいる。

中には男性がぐったりとしていた。初老の、厳かな男性だ。懸命に呼びかける若い男の首元や腕には刺青が描かれている。

すると初老の男性がゆっくりと顔を若い男へ向けた。

「晃……」

「親父！」

アキラと呼ばれた若い男は安堵《あんど》の混じった声を出し、一度息を吐き、すぐに告げる。

「今すぐ芦屋《あしや》の医者んとこへ向かいます」

「……襲撃か……？」

「まだ分かりませんが恐らく事故です。就任前の今は表沙汰にはなってはいけない。とにかく芦屋んとこ行きますんで──……」

「お母さん……」

礼矢は呟いた。

礼矢はもう彼らを見ていない。

ひしゃげた白い車の、運転席を見つめている。

強い雨に打たれている。見開いた目の中に雨が入ってくる。全部が汚れた世界になっていった。礼矢は繰り返した。

「お母さん？　お母さん……」

「助からねぇよ」

不意に声がして見上げると、アキラと呼ばれた男の人が隣にいる。

一緒になって運転席を見ていた。母を見下ろす三白眼の男は表情一つ変えずに言った。

「もう死んでる」

「……きゅ、救急車を呼んでください」

礼矢は我に返った思いでアキラへ言った。礼矢は今携帯を持っていない。辺りに人もいない。

「助けて」

すると、アキラが苦しげに顔を顰《しか》めた。

何か不都合があるようだった。すぐに身を隠さねばならないといったように辺りを見渡し、玲を見下ろすと、

「……待って」

こちらへ返事をせずに踵を返し、無言で運転席に乗り込んでいく。

礼矢は唖然とした。車が動き出してしまう。愕然《がくぜん》として、走り出す黒い車へ呟く。

「待って……」

走り去ってしまう。道路はまるで魔の世界みたいに誰もいない。信号がまた変わる。土砂降りの中に礼矢は佇んでいる。

残されたのは礼矢と、沈黙した赤と白の怪物だけだ。

「な、なんで？」

黒い車はいち早く逃げていった。礼矢は喉も裂けるくらいに叫んだ。

「待って！　待って！　何で!?」

礼矢はくるっとその場を回転し、「誰か」と見渡しながら呟いて、あの黒い車が走り去っていった方角へ怒鳴る。

「なんでだよッ」

どうして。

「ふざけんな。お前……っ、どこ行くんだよ！　何で」

またハッとして運転席を覗き込む。お母さんが動かない。

「救急車……」

どうやって呼ぶんだろう。携帯があれば呼べるのだろうか。今まで隠れて暮らしていて、公の何かに頼ることなど考えもしなかった。

どうしたらいいか分からない。

「助けてっ。誰か……助けてください！」

もう一つの車に乗っていた男の体も動かない。礼矢は一度歩道へやってきた。元々人通りの少ない場所だ。数歩走ってから、また戻り、うろうろとする。

レストランには戻れない。まだ何も知らない涼介がいる。

どうしよう。

なんで？

礼矢は走り回った。この町は亡霊の町みたいだ。もしくは魔界のような。

瘴気《しょうき》を伴う嵐に襲われて魔王の配下に成り下がってしまった。だから誰も助けてくれない。礼矢はまた運転席を覗《のぞ》き込み、「なんで」と呟き、走り出す。

どうして？


——その雨の夜から、玲はずっと理由を、探している。

どうしてなのか。


理由を探し続けている。


母の遺骨は祖母のところへ送った。礼矢と涼介はその町から遠く離れた施設に移らなければならなかったから。

ハウスは無くなった。なぜかは教えられていない。でも礼矢には分かる。きっと場所がバレたのだ。母は何かに見つかってしまったから。

他の人たちもまた、逃げなければならない。

でもあの時、お母さんはレストランに礼矢たちを置いて、どこへ行こうとしていたのだろう。

……分からないけど、どこにも行けなかったようだ。

結局事故で死んでしまったのだから……。

あの、男たち。

ふとした瞬間に鮮明に頭に浮かぶ。初老の男性と若い男。

普通の奴らではなかった。きっとヤクザだ。『アキラ』の腕に刺青が見えていたし、車も雰囲気が妙だった。何よりも初老の男は明らかに一般人ではなく、暴力と権力に満ちた気配がした。

けれどどこの組にいて、どういった人物なのかは分からない。『アキラ』という名前しか情報がないのだ。

その名前だけは忘れなかった。礼矢は彼らのことを考え続けている。

土曜日に見るはずだった映画も見ていない。犯人は知っているからどうでもいい。移動教室にも行けなかったし、学校の皆には別れの言葉もなく去った。

礼矢はだけど、学校や町、ハウスの皆のことよりもあの男たちについてだけ考え続けている。

もしあの時、アキラが救急車を呼んでくれれば、母は助かったかもしれない。

また脳裏を雨の夜が過ぎる。白い車体が血で濡れていた。脳裏に夥《おびただ》しい量の血の海が浮かぶ。硬直して、あり得ない角度に曲がった首。

……。

助かったはずだ。

アキラがあんな風に見捨てなければ母は今も生きている。

それなのにあいつらは躊躇いなく走り去って行った。

あの男たちを忘れない。

絶対に、絶対に。

――施設での暮らしでは学校に通えなかった。『追われるオメガ』はもういないけれど、礼矢たちはそのオメガの子供だったから。

母が何から逃げていたのか職員たちは把握できていない。そのせいで礼矢と涼介を外に出すことができなかった。他にも同じように外へ出られない子供がいた。彼らと共にこもりきりの生活が二年近く続く。

そうして礼矢は十三歳になった。

本来なら中学一年生の年だった。

学校には通えないが、施設の中で涼介や他の子たちと共に勉強をする。涼介は小学二年生の年だ。

その程度なら礼矢も教えられる。

こんな生活を二年もしていれば、自分たちで学習していくのにも慣れた。

礼矢は十三歳。普通の中学生は学校の協力で一斉に受けるはずの第二性診断を、施設の援助で受けることになった。

結果は、オメガ性だった。

……母と同じオメガ性。

希望なんか一つもない。きっと母と同じように、逃げ続けて、いつか、死ぬのだろう。

何から逃げるべきなのかも分からないけれど。

ただとてつもなく恐ろしくて暴力的な支配者からだ。

ハウスが頭に浮かぶ。あそこにいる者たちは皆、逃げていた。

――礼矢は十三歳になっている。

その日、テレビを見ていた。

「兄ちゃん、定規欠けちゃった。ここ三角の端っこ、折れちゃったよ」

「……」

「兄ちゃん？」

机に算数の問題を広げた涼介が語りかけてくる。

だが礼矢はテレビから目を離せなかった。

部屋には一つだけテレビが置いてある。昼のワイドショーが流れていた。いつもはうどん屋の名物犬がどうとか、海外の動物の映像を流している時間帯だ。

だが今日の内容は違った。

関東の方で力を奮う暴力団の映像を衝撃的に流している。

そこに現れたのはあの男。

「嵐海組……」

礼矢はボソッと呟いた。

二年前に見たあの、初老の男性が大勢の男たちに囲まれながら歩いている。

礼矢は目を見開いていた。瞬きすら忘れるほどに。

あれは……、嵐海組の組長だったらしい。

長年に渡る抗争が落ち着き、嵐海は、関東で最大の権力を誇る梅津《うめづ》山会《さんかい》の幹部に就任した。コメンテーターが注意を払うように当たり障りないコメントをしている。

礼矢は、呟いた。

「俺は見たんだ……」

礼矢と母を置いて、逃げやがったあの男たちを。

「あのヤクザのせいで」

お母さんは死んだんだ。

礼矢は口内に溜《た》まった唾液を飲み込んだ。喉の奥が熱い。ぶるぶると体が震えてくる。

ようやく見つけた。

「嵐海だ。嵐海だったんだ……」

「……兄ちゃん？」

涼介が不安そうに囁く。しかしその声は礼矢の耳には届かない。

礼矢はあの二人のことだけを考えていた。

あいつらは、お母さんを見殺しにした。

他にも死んでいる人はいたのに。自分たちのことだけ考えて逃げやがった。振り返らずに、躊躇いなく。

見捨てたくせに自分たちは平然としている。

やっぱりクソどもだった。あの時携帯を貸してくれたら、お母さんは生きていたんだ。礼矢は拳を握りしめた。力がこもりすぎて爪の食い込んだ手のひらから血が滲む。奥歯が割れそうなほどに歯を食いしばった。

アイツら……。

奴らのせいだ。

許さない。絶対に。

殺してやる。


「――殺してやるッ！」

礼矢の背中に二、三人の男たちが飛び乗ってくる。礼矢は地面に打たれた顔を上げて、目を見開き「許さない！」と叫んだ。

「親父！」

「嵐海組長！」

頭上で怒号が飛び交っている。男たちに守られるように距離を取ったあの初老の男――嵐海が、血の滴る右手を押さえている。礼矢を取り押さえる中年の男が躊躇《ちゅうちょ》なく脇腹を殴ってきた。傍には嵐海を切りつけたナイフが転がっている。礼矢は唾液を撒《ま》き散《ち》らしながら吠《ほ》えた。

「離せ！　殺してやる！」

「こんのクソガキィッ！」

ドーベルマンの吠える声が絶叫に重なった。礼矢は死に物狂いでもがいて、背中に乗っかる男の喉仏を拳で突き上げた。すかさず別の男が礼矢の顔を地面に叩《たた》きつけるように押さえつける。礼矢は噛み千切らんばかりの力で男の手の甲に噛み付いた。男が低い悲鳴を上げてのけ反り、ギョッと殺意に塗《まみ》れた目つきで睨みつけてくる。

礼矢はその男の膝を蹴り飛ばす。一瞬自由になった礼矢の顔にまた別の男が拳を叩き入れた。礼矢は地面に倒れ込んだ。腕まで刺青の入った男が馬乗りになってくる。礼矢は足をバタバタさせる。男がまた拳を頬にぶち込んでくる。

礼矢は両肘を地面につき、渾身の力で起き上がってそのままの勢いで頭突きをその腹に喰《く》らわせる。男が呻《うめ》きながら退《ひ》いた。礼矢は視線の照準を嵐海に合わせる。一瞬目を逸らしたその隙に先ほど喉仏を攻撃された男が礼矢を蹴り飛ばす。怒声と悲鳴。犬の鳴き声。

男たちが倒れた礼矢を何度も何度も殴り続ける。

意識を失いかけたその時、

「――やめろ」

と低い声がした。

静寂が訪れた。聴覚がイカれたかと思ったが、実際その場は静まったらしい。

礼矢は仰向《あおむ》けに倒れながらも視線だけ声の主へ遣った。

「そのガキから退け」

縁側に現れた男は、『アキラ』だった。

片手に煙草を持って、無表情の男。三白眼がこちらを見下ろしている。

礼矢はそれでも視線を、縁側へと上がっていく嵐海組長に移した。

「お前、あの時のガキだな」

するとアキラが言った。

礼矢はぐるっと目玉をアキラへと合わせた。

「……覚えてるのかよ」

アキラが煙草の煙を吐いた。頷くような煙だった。

「お前らが逃げたせいでお母さんは……お前、殺してやる」

礼矢が叫んだ瞬間、また周りが怒鳴り声を上げる。

「由良さん！」

「アニキ！」

「このクソガキの処遇は俺が決める」

男の名前はユラアキラと言うらしい。ユラは一刀両断するかのように強く言い切った。

「それでいいですよね、親父」

静かな視線を隣の嵐海組長へ向ける。

嵐海の、

「ああ」

と重く低い声に男たちはすっかり黙り込み、場に緊張感が走った。

それを合図にユラは火のついた煙草を庭に投げ捨てる。縁側から降りてくると、礼矢の首根っこを摑む。礼矢は目が覚めたように声を上げた。「死ねっ！」「卑怯者《ひきょうもの》ども！」「許さない！　逃げたくせに！」と喚く間、ユラは無言でいて、問答無用で礼矢を引き摺《ず》っていく。

和室の一室にやってきた。畳に礼矢を放り投げたユラは、

「名前は」

と吐き捨て、こちらを冷たく見下ろしてきた。

礼矢は畳に倒れ込んだまま、上半身だけ起こす。ふーっ、ふーっと荒い呼吸を吐き、男を睨み上げる。

「……お前が先に名乗るべきだろ」

呟くと、ユラがふっと吐息を吐くようにして笑った。案外「それもそうだな」と素直に認めて、自らを名乗る。

「由良晃だ」

「……」

「なぁ、親父が怪我しちまったよ」

由良は視線を庭の方へ遣った。

次に鋭い眼光をこちらへ向ける。

「お前、恐ろしいことやらかしたな。お前が殺されるぞ」

「なんで逃げたんだ」

礼矢は自分でも恐ろしいほどに低い声で言った。

知らなかった。こんなに憎しみに溢《あふ》れた声が出ること。知らなかった。自分にあれほど、がむしゃらに暴れられる力があること。怒りを持ってして礼矢の力は無限だった。

「お母さんを見捨てて逃げやがったな。お前らのせいでお母さんは死んだんだ。絶対に許さない。殺してやる」

礼矢は叫んで、由良に飛びかかった。

だが、腹に蹴りを入れられて体が容易《たやす》く吹っ飛ぶ。

「うぐっ」

呻きと共に倒れ込んだ。だが礼矢はすでにリミッターが外れていた。もう考えている。次はどうしよう。噛みつくか。殴りかかるか。考えながらバッと顔を上げて、上半身を起こす。

しかし、礼矢は次の行動に移れなかった。

「悪かった」

そこにいた由良が膝を畳について、深く頭を下げていたからだ。

「……」

礼矢の体は硬直している。唖然と目を瞠って、目の前の男を見つめた。

由良は強く言い切った。

「お前の言う通りだ」

礼矢は口を開いたまま固まっている。

由良が顔を上げる。

あの夜みたいに苦しげに顔を顰めている。

「お前らを置いて逃げて、すまなかった」

彼はどうしてか、心から悲痛そうな顔をしていた。

「お前が言うように、助かったかもしれねぇ」

「……うー……っ」

礼矢は呻いた。殴りかかりたいのに、体を動かせない。握りしめた拳を畳に叩きつける。由良が繰り返す。

「俺が見殺しにしたせいだ」

「う、ううーっ……」

「何でもする」

礼矢の両目から大粒の涙がこぼれ出す。とても言い尽くせない感情が溢れて目の奥も頭の中も熱くなる。

礼矢は目を強く瞑《つぶ》った。瞼の裏に夥しい量の血が流れる。

記憶だ。硬直して、あり得ない角度に曲がった首。息はしていなかった。何も動いていなかった。

少しでも体の動きを再開させる、兆しは一切無かった。

それを由良は見ている。

「俺のせいだ」

だが彼はそう言ってまた深く頭を下げる。

何で……。

礼矢は奥歯を噛み砕かんばかりに食いしばった。足がぶるぶる震える。心臓を強く締め付けられて、言葉が出てこない。涙だけが溢れる。なんで？

何も分からない。何も分からない。

「……うう っ、うっ、ふ、ううッ……」

「すまなかった」

礼矢は声を押し殺して泣いていた。

由良はその間、一度も顔を上げなかった。

礼矢の小刻みな呻き声だけが響いている。

◇

礼矢はその後、突然、糸が切れたように眠ってしまったらしい。

目を覚ました場所は少し荒《すさ》んだ白い一室だった。

嵐海組お抱えの医院に連れてこられていた。治療を受けて、翌日、施設に帰宅するため車に乗った。

車を運転したのは由良だ。礼矢は感情なんかないみたいに無表情で受け答えした。

やがて施設が見えてくる。車を降りる時、由良が言った。

「落ち着いたら連絡しろ」

礼矢は無反応を返した。振り返らずに施設へと戻る。

怪我だらけで戻ってきた礼矢に職員たちはひどく驚いた。その割に何も聞いてこないのは、きっと由良から連絡が入っていたのだろう。

ひたすら追及してくるのは涼介だけだった。

「兄ちゃん、大丈夫？」

礼矢は椅子に座って、チャーハンを食べている。朝食なのか昼食なのか。自分でも分からないが丸一日ぶりの食事だ。

あんな目に遭ったのに不思議と腹が減っていた。むしろこの二年間で一番食欲が湧いている。

勢いよく食事を進める礼矢に、涼介は困惑しつつ、それでも心配してくれた。

「何でそんなに怪我してるの？　何があったんだよ」

「転んで……」

「転ぶってどのレベルで!?」

「……」

「無視すんな！」

礼矢はスープを飲み干した。喚く涼介をぼんやりと眺めて、ふと、「……なんか、背伸びた？」と口にした。

「え？」

涼介は怪訝そうにする。「俺のこと？」と狼狽して、首を傾げている。

何だろう。涼介の背が伸びている気がする。

と、考えて今更気付いた。

そうか。俺はもう何年も、弟と向き合っていなかったんだ……。

「伸びたかもしれないけど、今はそんなことどうでもいい！」

「……うん」

「そんなに怪我してどうしたんだよ？　何があったの？　痛い？」

「……」

「無視すんなって！　何で目合ってんのに無視すんの？　どこ見てんの？」

「涼介を見てるよ」

「どうしたんだよ大怪我して！　って言ってるんだ！」

「怪我っつうか……別に、痛くないし」

「嘘《うそ》つくな！」

チャーハンもスープも量が多かったのにあっという間に完食してしまった。食い尽くすという表現が正しいような食いっぷりを前に、涼介は理解し難いような顔をする。それでも、

「なんか……兄ちゃん、今日は凄い食べるね」

と嬉しそうな笑みを浮かべた。

礼矢はその顔をジッと見つめる。自分を凝視してくる兄に、弟は若干狼狽えつつ、小首を傾げた。

礼矢は青い瞳を見つめている。

「涼介」

二年が経ってやっと、弟の瞳の青を（綺麗だな）と思えた。

「お前、学校行きたいよな？」

「……兄ちゃんと居られるなら行かなくてもいいよ」

涼介は聞かれて一番にそう答える。

礼矢は唇を一文字に嚙み締めた。それは二年前、礼矢が母に告げた台詞にあまりにも似ていたからだ。

礼矢は息を吐き、泣き笑いみたいな顔で呟いた。

「そっか……」

「……兄ちゃん怪我大丈夫？」

涼介は一貫して礼矢を心配してくれる。礼矢は涙を堪えて、二度ほど頷いた。弟がふわっと頰を緩める。それから「俺もチャーハンおかわりしよっかな」とはしゃいだ。

その姿を眺めながら思い出すのは渡された連絡先だ。礼矢は涼介と一緒になってチャーハンをおかわりした。それをまた完食して、勉強をして、夜になってから電話をかける。

「由良さん」

電話口の向こうであの男が返事した。

窓を開くと、夜風が礼矢の頰を擽《くすぐ》った。星のない真っ暗な空だった。けれど穏やかだ。礼矢は一度瞼を閉じて、もう一度開くと共に告げる。

「何でもするって言いましたよね」

——それから礼矢と涼介は、大倉玲と大倉涼になった。

それぞれの身分を由良が用意してくれたのだ。

かなりの金が動いたらしい。それもそのはずで、新しい身分を用意してもらうのに加え、礼矢……

玲は、由良にある難しいお願いをした。

『――涼を引き取ってくれる家を探してください』

この施設からは度々子供たちが里子に出される。玲はそれをよしとしない。

施設で里子に出されると行先を教えられない。『子供たちのために』、たとえ兄弟だとしても里親は明かされないらしい。涼と離れ離れになるなど嫌だ。仮に涼が養子になったとして、親が『青い目』の彼を、いざと言う時守ってくれるか分からない。

簡単には手出しできない家に入ってほしかった。

『何か怖いものがやってきても涼を守れるような家です。安全で裕福な家族を涼に与えてください』

青い瞳……。

この青が見つかっては、いけない気がする。

記憶に刻まれているのは母の暗い表情だ。どうして涼の瞳が青いのか訊ねた時、あの人は酷く辛《つら》そうに俯いていた。

『涼を守れる家を探してください』

身分証はすぐに用意できるが、家は難しい。簡単ではないと分かっていたができれば涼が中学へ上がる前には準備してほしかった。由良は『分かった』と了承してくれた。そうして玲の襲撃以降、大倉玲と大倉涼は、半端な時期ではあるが中学校、小学校に通うことになった。

施設には由良が交渉している。決して玲を里子に出さないこと、そして涼の引き取り手は嵐海が探すことを、施設側も了解してくれたみたいだ。

嵐海……組長が、涼の家を協力してくれることになったらしい。

玲は、求めている。

青い瞳をもつ涼が暮らす安全な場所を。

玲は探している。

平和を求める心で、また別の何かを。

常にこの魂には黒と白が入り乱れている。嵐に覆われた夜闇の黒と、平和を夢見る白い世界。沸き立つような血の赤と、ただ何にも襲われませんようにと祈る平穏な空の青が、心の中に同居している。

玲は、中学校に一学年の後半から通い始めた。

馴染《なじ》むのには慣れている。くだらないことで笑ったり、遊んだりしていると同級生たちはすぐ受け入れてくれた。そうやって学校生活を送りつつも誰にも心を許さずに生きていた。どこから来たのか、なぜ『転校』してきたかだけでなく、弟がいることや施設で暮らしていることすらも玲は語らない。

由良とは連絡を取り合うが、彼は東京に住んでいるのでここからだとかなり時間がかかる。ヤクザと関わりがあるとは思えない、驚くほど長閑《のどか》な日々だった。

名前を変えたら隠れる必要のない人生が降ってきた。レイはレイなのに、礼矢と玲ではまるで違う。

涼はスポーツクラブで活躍してもいいし、玲も好きに勉強していい。目立つことをしても構わないし、写真に撮られても大丈夫なのだ。

深山礼矢と深山涼介を捨てたら、兄弟は自由になった。

あの青い目さえなければ、涼はもっと安全なのに。

この目を抉《えぐ》ってしまおうか。けれど青は綺麗だった。自由な生活で涼には二つだけ約束させた。無闇に本当の名前を明かさないことと、カラーコンタクトをつけること。どれも強制にはしなかった。

涼という子は、無理を強いると「なぜ」「何で」と煩いから。

安寧の生活に身を浸している。

だけど玲の心にはやはり、暗澹《あんたん》の靄《もや》が蔓延《はびこ》っている。

ふとした瞬間に探してしまう。顔は真っ直ぐ前を向きながらも、目玉だけはギョロリと探し続けている。

……アレを。


——見つけたのは、ある秋の日だった。

学校から施設に戻る帰り道、道路の脇に見覚えのある黒塗りの車が停車していた。玲はそれを見つけると驚き、小走りで車へ向かった。

運転席に由良晃の横顔を認める。彼は言葉を発さない。何故だろうと思っていると、代わりに後部座席の窓が開いた。

嵐海組長がいた。

彼と対面するのは襲撃以降初めてだ。今更ではあるが玲は組長の手を切りつけている。

ど、どうしよう。凄《すさ》まじい威圧のオーラを放っている。

息を呑《の》む玲に、組長が言った。

「大倉玲。あの時は悪かったな……」

「……え」

「何か他に俺にできることはあるか？」

玲は何も答えられなかった。ただびっくりして、目を丸くしている。

数秒後ハッと我に返るが、それでも思考は回らず、条件反射的に首を横に振ってしまう。

「そうか」

組長が目尻に深い皺を寄せた。そうすると途端にやわらかくなって、まるで好々爺《こうこうや》のように見えるので更に驚く。

呆然《ぼうぜん》としているうちに黒い窓が閉まる。窓で分断される間際、組長が目を伏せるようにして僅かだけ首を下に揺すった。

「……」

「玲」

呼ばれてゆっくりと首をもたげる。

運転席から由良が現れて、玲を見下ろしていた。

後部座席にいたらしい若い組員が運転席に乗り込んでいく。由良を置いて車が走り出した。由良は以前に見た時のような、いかにも反社をやっていますの的スーツではなく、今日は、ハイネックのシャツを着ていて、すらっとした格好だった。

こうしていると本当に、若いのだなと思う。残った由良晃は今後について語った。

「お前は親父に怪我を負わせた」

玲は黙って彼の言葉に耳を傾ける。

「親父を慕う者には過激な若い衆が多い。なんとか収めたいところだったが奴らは気が立っている。お前に報復するつもりだ」

「……」

「だから俺がお前に罰を課すことにした」

「……罰？」

人通りの少ない路地に二人はいる。手短に話を終えたいようだった。時間がないのにわざわざ、東京から何時間もかけて来てくれたのは、この話がかなり重要だからだ。

あの人……組長も、会いに来てくれた。

「二億」

由良は煙草に火をつける。

「くらいだな」

そう付け足して、由良は煙を深く吐いた。

その白い塊が薄れていくのを眺めながら玲は呟く。

「二億円？」

「あぁ。お前が債務者。俺が債権者。意味分かるか？」

「分かりますよ。俺が由良さんに二億の借金してるってことですよね」

由良がゆったりと首を上下に振った。スーツを着ていた時にセットしていた髪も今は無造作で、黒髪が目元にかかっている。すると若い女性が二人の傍を通り過ぎていった。彼女は由良に視線をやって、通り過ぎてから、また一度振り返る。

由良は目を惹《ひ》く外見をしている。腰の位置もやたら高く、スタイルも抜群にいい。玲は彼を見上げるのが面倒で、由良の手元の煙草を眺めていた。

「そうだ。死ぬ気で返せ。俺はお前が金を返すまで働かせる」

「一生かかりそう」

「あぁ。死ぬまでだ」

「……」

「まぁ、そういう体でいく。事実お前に億近く使ってるしな。金の流れは動いてる」

思わず顔を上げる。上目遣いで見つめながら「由良さんって」と言った。

「お金持ちなんですね」

「……親父も金を出してるがな」

由良は煙草を咥えて一服した。

玲はまた黙り込んだ。オメガ性の大倉玲の身分と、涼の身分、それに加えて涼の家を用意するのに金を使っている。

他にも細々と金を借りていた。東京の病院に入院している祖母の医療費や涼に関しての全て。しかしそれは『大倉』の兄弟と涼の家に比べたら然程《さほど》大きな額ではないのだろう。

「金ならいくらでもある。あと一億くらい使えるけど、どうする」

由良は冗談なのか本気なのか判別できない口調で言った。

玲は冗談と受け取って無視をしようとしたが、ふと、口を閉ざす。

やがて唇を開き、

「……ハウス」

と囁いた。

「ハウス？」

由良が眉間に皺を寄せる。

脳裏を過ぎるのは、かつてあの町で過ごしていたシェルターだ。

皆の……隠れ場所を奪ってしまった。ハウスだけが安全だった。申し訳なくて胸が苦しいのに、もう謝ることすらできない。あの人たちはまだ逃げ続けているのだから、玲には追えないのだ。

「シェルターを作ってくれませんか」

玲は呟いた。

「壊してしまったので」

「……分かった」

由良は頷いた。煙草を吸いつけると、短くなったそれを投げ捨てて靴先で潰す。

これが贖罪《しょくざい》になるとは思えない。けれど彼らを忘れることなんかできない。黙り込む玲に、由良が突然、携帯を差し出してきた。

「これを使え。俺と連絡が取れる」

「……」

「俺がお前を監視する証拠だ」

玲は携帯を操作してみる。カメラアプリを開いて、試しに由良へ向けてみた。写真を撮ってみるとシャッター音が鳴る。由良は勝手に写真を撮られても玲を叱りつけない。

カメラアプリ越しに由良が動く。

「俺がお前を取り立ててるように見せるため、高校卒業したら俺んとこ来させるぞ」

「はい」

玲は首肯して携帯を制服のポケットに突っ込む。あっさりと頷いた玲に、由良は意外そうに目を開いた。

「……それでいいのか？」

「はい」

地面で潰れている煙草の吸い殻を見下ろす。

中学卒業まではあと二年。玲はつま先で突きながら付け足した。

「あの、高校行く気ないので、卒業したらすぐに由良さんの元で働いてもいいですか」

「あ？」

玲は吸い殻をスニーカーの先で踏み潰した。大通りから騒がしい町の声が届く。太陽に雲がかかって、二人のいる路地の薄暗さが一層増した。

明るい向こう側とこの薄暗く寂しい路地は、すぐそこなのに、まるで別世界のように分断されている。

玲はあの大通りから歩いてきた。

だが、結局、立っているのはこの場所だ。

いくら新しい名前を得て平穏が訪れようとも、この道を選んでいるのは玲だから。

「……お前、何を考えてる？」

由良晃の声が玲を注視するように険しさを孕んだのが分かる。

俯いて、火の消えた吸い殻を足先で弄る玲は、小さく微笑んだ。

俺は。

探している。

――未だに玲たちの元へ帰らないあの人が、どうして居ないのか。

その理由を。

「兄ちゃん、お帰り！」

由良と別れて施設に帰宅すると、いつもは公園でクラスメイトたちと思う存分遊んで帰ってくる涼が既に帰宅していた。

明日の外出の準備をしているのだ。由良と組長はこの町までやってきてくれたが、元々玲と涼は明日、東京へ行くつもりだった。

「今日さー、家庭科でポーチ作ったんだ。これ婆ちゃんにあげよっかな」

「うん、いいと思う」

祖母の病院へ見舞いに向かう予定がある。施設の職員が同行してくれるので、朝に焦らないよう早めに準備をしている。

祖母は手術を受けた。その額も借金に含まれている。玲は由良にこう宣言している。この額は自分で返すと。

オメガ性の玲と祖母の医療費、涼が養子に入るまでの学費。それらは全部玲の借金にして、これから時間をかけて由良に返していく。

祖母は勿論《もちろん》玲が金を払うことを拒否した。自分の娘の遺骨が送られてきて、玲と涼が遠く離れた施設に移動したことをきっかけに、自分の命を諦めていたようだ。援助をしてくれる者など誰もいない祖母は、金がないこともあり受けるべき手術を受けていなかった。まだ若いがやがて来る死を受け入れた祖母に、玲は治療を受けるよう説得した。

結局、祖母は玲の申し出を受け入れてくれた。

深山礼矢と深山涼介から大倉玲と大倉涼へと変わった二人のことも、受け入れてくれる。母が言っていた。『シェルターに行く』『居場所は教えられないしもう会いに来られるか分からない』と報告した時さえ彼女は、何も聞かずに母を抱きしめて送り出してくれたのだと。

玲が何をしようと祖母はただ味方でいてくれる。

夕方のニュース番組が天気予報を流している。

沖縄の方では嵐が到来したらしい。荒れ狂う沿岸の映像が報道される。灰色に濁ったテレビ画面を見ながら、玲は不意に呟いた。

「涼」

……ずっと聞こうか迷っていたことを。

由良との話を受けて、口にすることを今、決めた。

「あの事故のこと、覚えてる？」

涼はリュックに物を詰める手を止めて、こちらをゆっくりと見上げる。

見開いた目、青い瞳が煌《きら》めいた。小首を傾げて、唇を開き、言った。

「事故ってお母さんの事故のこと？」

玲はひゅっと息を吸った。そこにはただ疑問があるだけで不穏な色は一切ない。一瞬で心が揺らいだのが分かる。期待によって。

「そう。あの事故のこと、どれくらい覚えてる？」

「……」

涼が目を伏せて僅かに俯いた。言い躊躇うそれは、悲壮ではない。申し訳なさそうに涼は言った。

「実は、あんまり覚えてないんだ」

「えっ」

思わず声が飛び出る。慌てて唾を飲み込み、慎重に問いかけた。

「覚えてないって……それは、どれくらい」

「何も覚えてない……。二年前なのにおかしいよね？　だって、俺、その時一緒にいた？」

玲は唇を噛み締めた。涼が不安そうにする。眉尻を下げて、不安そうに呟いた。

「あの日のこと何も覚えてないんだ。お母さん、事故死……だよね」

「そう……車で……それも覚えてない？」

「俺、いた？　レストランにいたのは覚えてるんだけど」

玲は唇の隙間から深く息を吸った。

鼻の奥がツンと痛くなる。涙腺が緩んで、涙が溢れそうになった。玲はグッと堪えて首を横に振った。

「ううん。いなかった。覚えてなくて無理ないかも」

「本当？　俺、変じゃない？」

「変じゃない。大丈夫」

玲は必死に声を抑えて、囁いた。

そうしないと叫び出しそうだったから。

涼は覚えていない。

「そっか、よかった。俺は覚えてないよ、兄ちゃん」

涼はあの悲惨な事故……事件を覚えていない。

嬉しくて嬉しくて、叫び出しそうだった。

よかった。

よかった……。

◇

――その夜、玲は新しい携帯にデータを移してから、古い携帯を眺めた。

母のアドレスが残っている。

電気の消えた暗い室内。玲は微睡《まどろ》みながら、ふと、メールを打ってみた。

《どこにいる？　いつ帰ってくる？》

宛先は母のアドレス。数秒待ってみるが返信はない。

……分かってる。

返事なんか返ってこないこと。

それでも玲は、探している。

母がいない理由を探している。あの人が何に追われていたのか。母を追い詰めた者を探している。

玲は憎むべきものを探し続けているのだ。平和な場所で過ごしているとどうしても、次の一瞬にでもこの平穏が粉々に砕けてしまうのではないかと不安になる。

いくら明るい場所だとしてもいつ太陽に影がかかるか分からない。どこかで玲を追う魔の嵐が襲ってくるかもしれない。憎しみは甘い毒だった。安心して溺れることができる。毒で虚《うつ》ろになった心で、でも、夢見てしまう。

母が……本当はどこかに逃げ延びて、生きているのではないか。

あの血の海も、首も、遺骨も全て嘘だったんじゃないか。

……探している。

玲は自分の古い携帯を引き出しの一番深い場所に押し込めた。すぐに二段ベッドの下の段に横たわり、上で眠る涼の穏やかな寝息につられるようにして、眠りに落ちていく。

――その後、玲が中学を卒業すると同時に、涼は永井夫妻の養子になった。

由良と嵐海組長が約束通り安全な家を探し出してくれたのだ。

養子に入る前、涼に第二性診断を受けさせた。優れた運動神経や何となくの気配から薄々勘付いてはいたが、やはり涼はアルファ性だった。里子に出されるのを不安に感じている涼には『俺も施設を出るから、そうすればこれからも二人で会うことができる』『嫌な家だったら、俺が沢山《たくさん》金稼いでくるから、二人で暮らそう』と説得した。

玲は前者を必死に口にした。しかし後者の台詞をついでみたいに言うと、涼は突然素直に頷き、永井家の子供となった。

宣言通り中学を卒業した玲は、由良の伝手《つて》でアパートを借りて、彼の仕事を手伝うことになった。主に由良が複数経営している夜の店の事務仕事だ。キャストではなく運営側に回っている。他にも玲が自分で見つけてきたバイトも兼業した。

生活が落ち着いてきた頃、十六歳になった玲はふと思い出して、昔使っていた古い携帯を取り出した。由良から新しい携帯を渡されてからはそちらを使用している。古い方は途中で解約していて、携帯番号も使えなくなっているはず。

メールアドレスは引き継ぎができる。メールなんて今はあまり使わないけれど……面倒だし、どうしようか。考えながら携帯を起動させて、メールボックスを開く。

未読になっていたメールを読み、目を大きく見開く。

《件名：深山君？

あなたはどこにいるの？》

……これは、誰だ？

一瞬で背中から頭のてっぺんまで熱が走る。恐怖で手が震えて、携帯を落とした。

深山……もう捨てた名前だ。自分はとっくに大倉玲として生きている。深山、君？

パニックに陥り頭が真っ白になる。思考が回らない。送り主が母のアドレスだと、気付くのにさえ、時間を要した。

脳裏を過ぎるのは赤と白のチューリップ畑が綺麗だった待ち受け画面だ。あの日……五年前、母は赤い傘も持たずに携帯だけを手にして白い車に乗った。

誰かが母の携帯を持っている。もしかして俺たちをまだ、見つけ出そうとしているのか？

優しいフリして俺たちを騙《だま》して捕えようとしている？

玲は歯をぎりっと食いしばった。まだ、居るのか。追いかけてくる魔の嵐。そいつが母の携帯を持っている。あのチューリップの写真は、祖母が懐かしんでいるのに。

奴らが奪ったらしい。

やはりあの事故現場に、母を追い詰めた怪物がいたのだ。大切な母を追い詰めて、更に携帯までも持っている。母のアドレスを使って俺たちを誘き出そうとしてやがる。

……やってみろ。

思い通りにはならない。

ハウスは解体した。もう深山礼矢も涼介もいない。俺たちは大倉玲で、永井涼だ。

捕まえられるものなら捕まえてみろ。

その前に俺が、お前を見つけ出して殺す。

◇

玲は由良の元で仕事を続け、地道に返済を続けている。中学を出て二年が経ち、玲は十七歳になっていた。実直に由良に従う姿を見て、玲を敵視する極道たちもある程度は納得してくれたみたいだ。

しかし仕事ぶりと定期的な返済が玲に危害を及ぼさない大きな理由ではない。

玲は由良と共に過ごしている。この効果は絶大だった。

由良晃は玲と出会った六年前の事故の日、二十八歳だった。今年で三十四歳になる由良は、若くして嵐海組の若頭補佐という幹部にいる。由良には力があった。玲はこの二年間、由良の言われた通りに過ごして、働き、金を返し、考えていた。

母を捕まえようとしていた……あの人のうなじを噛んだ男は誰だったのか。

涼の父親は誰なのか。

あの事故では母の白い車の他に赤い車が潰れていた。当時は赤い車の運転席で死んでいた男に気を払える状況ではなく、今では玲もあの記憶が曖昧になっており、一体どういった人物だったのか全く覚えていない。

けれど理解している。あの男の正体を知るべきなのだと。

母の携帯を持っている者がいる。『ソイツ』は母のアドレスを使って、玲と涼に呼びかけた。『深山』の名前を知り、玲たちが『深山君』と男子であると知っている。たまたま母の携帯を拾った通行人などではない。

一度だけあのメールに返信したことがあった。無知なフリして《お母さん？》とメールしたのだ。しかし返信はなかった。よく分からない。あのメールは誰が送っていたんだ？　どうして俺たちを捕まえようとしているのだろう。

玲は母の携帯をもつ者の正体と、赤い車で死んでいた男の正体を求め始めた。

それを探るためにも由良の元で働いている。

玲は、由良を疑っていた。この男は何かを隠しているに違いない。事件が公になっていないのだ。どれだけ検索しようと、あの町で起きた死者を伴う交通事故の話が出てこない。嵐海組が隠蔽したか、それとも……赤い車の男がそうしたのか。二つともが手を組んで、隠しているのか。

玲は彼らが隠している正体を知りたかった。だから、由良に付き従っていた。

三年目になると玲と由良が共にいる姿を見ても誰も疑問に思わなくなった。玲は彼と出会った頃からかなり成長して、身長も百七十を越した。由良は背が高いのでそれでも見上げる形になるが以前よりは視線が近くなる。玲がおとなしくしていればいるほど、しかし、由良の監視の目は厳しくなった。

由良が何を警戒しているのか玲には分からない。どうでもよかった。

玲は由良の傍に居られればいい。

それだけ。

——ヒートが初めてきたのは、十七歳の秋だった。

秋晴れの午後だった。なかなか出勤しない玲を不審に思ったらしく、店長が由良に連絡し、彼がアパートへやってくる。

オメガ性の不安定なヒートに充てられた由良は一瞬で発情した。玲もまた、高熱と発情に犯されながら、混濁する頭で考えた。

……玲は知らなければならない。

だからあの時、玲の体を求める由良を拒否しなかった。

そうして初めてヒートを過ごした。チョーカーをしていたのでうなじは無事だったが、妊娠の可能性があったのでアフターピルを服用し、しばらく由良の家で暮らすことになった。

由良には他にも数人の愛人が居たようだが全て女性だ。ヘテロの由良もオメガ性の発情には逆らえなかったらしい。国はこれを恐れて、ヒート期のオメガ性の外出を禁じているのだなと改めて納得した。

『ガキ』と罵っていた由良が、そのガキを抱くことに関してどう思っているのかはよく分からない。その男は常に飄々《ひょうひょう》としていて、彼が何か申し訳なさそうにする様など、襲撃の直後の一度しか見たことがないのだ。

とはいえそもそもとして、由良晃はヤクザだ。立派な倫理観などもちあわせていない。玲もまた、自分の頭がおかしくなっていることは分かっている。目的のために由良と関係をもつことに何の迷いもなかった。

十七歳の秋から、一年近く関係が続いた。玲は由良の家で過ごすことが多くなり、彼は『テメェは文句ばっかだな』とあれこれ世話を焼いてくれた。由良は玲を相手するのにすっかり忙しくなり、他の愛人には別れの言葉とマンションの一室を与えたらしい。

ヒート期でなくとも由良の気分で抱かれた。無理やり迫ってくることはないが、玲は彼に従い、基本的には拒否しなかった。

性行為以外に関しても、一度も由良に逆らわない。とにかく従順に。時間をかける。由良の情が移るのを待つ。由良が隠し事を耐えられなくなる瞬間を。

待っていた。

そしてその日がやってきた。

「――ずっと」

雲もない紺色の空に満月が浮かぶ夜だった。

「お前は知りたがっていたな」

「え……」

疲れ切った玲が「お腹空いた」と呟いた後。由良は仕方なく葡萄《ぶどう》を持ってきて、玲は一粒一粒ゆっくりと食べていた。

いきなり言われて、理解が追いつかない。ベッドにうつ伏せになったまま顔だけ見上げる玲に、男は言った。

「俺から言い出さなかったらいつまで待つつもりだった？」

「……」

「もう、黙ってるのも面倒だ」

玲は驚いて目を丸くした。

由良もまた、玲が魂胆を抱いて自分の傍にいることを分かっていたらしい。

「お前が求めてたのはこれだろ」

由良から渡されたのはあの日のドライブレコーダーだった。

パソコンに映像が入っている。組長を乗せていた由良の車から事故の一部始終が撮れていた。

玲は躊躇いなく記録を再生する。

豪雨の中でも二つの車は明るくて、その動きがはっきりと見える。一度再生し、また戻し、また繰り返して見る。

……やはり記憶の間違いではなかった。

白い車が、赤い車に突っ込んでいる。

母から赤い車へ激突していた。命を賭けて殺しにいくように。

そしてそれは成功したのだ。

「……この、赤い車に乗っていたのは……」

玲はパソコンを凝視したまま呟いた。

「如月成彦《なるひこ》」

「……如月？」

玲は顔を上げて、怪訝に聞き返した。

玲は広いベッドにポツンと座り込んでいる。由良はチョーカーに不備がないか、そして首に傷がないか確認してきた。このチョーカーは出会った頃に由良から渡されたもので、もう大分古いけれど、面倒なので新調していない。

「如月成彦って誰ですか」

必死に問いかける玲に、由良はシャツを無理やり着せてくる。由良のシャツは大きかった。玲は着させられている最中も「きさらぎって」とモゴモゴと返す。

「誰なんですか」

「やっぱりお前は知らないんだな」

由良はスウェットのボトムだけ穿き、かったるそうに立ち上がった。テーブルに置かれたペットボトルを手にすると乱暴に玲へ投げ寄越し、自分はソファに腰掛け、またしても煙草を吸い始めた。

「如月家は代々権威を継ぐお貴族様みたいなものだ。あの時死んだ如月成彦は、当主だった」

煙を吐いて、こちらへ黒い瞳を向ける。

「青い目をした男だ」

「……」

「あの日」

由良は滔々《とうとう》と語り出した。

七年前のあの、豪雨の夜について。

「親父は一等大事な時で、あの事故に巻き込まれていい立場ではなかった。事故に関わっていることも知られてはならない。そして事故を隠したいのは如月家も同様だった」

如月。如月。

心の中で繰り返す。

胸に痛みと共に刻みつけるように。

「如月成彦はとんでもない悪党だった。ヤクザものけ反るほどのな……アルファ性の如月成彦は悪趣味な男で、複数のオメガ女性を囲っていた。俺もなぜ、お前の母親が如月成彦に特攻したのかは分からない。何か恨みでもあったんだろ」

玲は唇を噛み締めた。

頭に浮かぶのは、アジサイレストランを出て車に乗り込んだ母が両手で顔を覆った姿だ。それから、ハンドルを握ると、真っ直ぐに前を見て何かを睨みつけていた。

「成彦がなぜあの町にいたかも不明だ。とにかく如月成彦は一族にとって最も最悪な死を遂げた。如月家はあの事故と、成彦の死を隠すことにした。それに俺たちも合意して終わっている」

やはり、玲の知らぬ間に二者間で取引があったらしい。

しかしそれは七年前のこと。

「もう、終わったことなんだ」

由良が淡々と告げる。

玲はあの赤と白の物体を見下ろしている。

如月成彦の姿はこの映像では見えない。けれどきっと、その男は持っている。

「そういえば、涼も青い目をしていたな」

「……由良さん」

……あの青い瞳を。

玲は顔を上げて、由良を真っ直ぐ見つめた。

「これ、俺のものですよね」

「あぁ」

玲は薄らと微笑んで、画面をまたしても眺め下ろした。

まるで神の視点にでもなった気分だ。玲は静かな夜にいて、あの豪雨の夜を見下ろしている。そこには二人の死人がいる。だが玲は神ではないから、その魂を掬い上げることはできない。

——《あなたはどこにいるの？》

あのメールを思い出す。母の携帯を持っているのは如月家のようだ。

如月成彦が母にとっての魔の嵐。母は追い詰められて、だが最後に、自分の命を賭して成彦を殺したらしい。

母の目的は成功している。彼女の復讐は終わっている。

……本当に？

まだだ。

玲は納得していない。なぜ居場所がバレたのか。今まで隠れていた母がなぜ、自ら如月成彦の居る場所へ赴くことにしたのか。

玲の頭の中であの子が叫んだ。

――『変なやつがいた！』

今まで無意識に、思い出そうとしていなかったあの台詞。

――『でかいおっさんがッ、俺を知らない場所に連れてった！』

「……玲」

玲は自然と目を閉じていたらしい。

由良が咎《とが》めるように言った。玲は無言で、彼に視線だけ遣る。

玲は知っている。あなたは本当の意味で俺を止められない。だって、同類でしょう。由良晃は復讐の化身だ。

由良は若くして自分の父親を殺している。これは玲が由良や嵐海組と関わるうちに組員から聞いたことだった。由良の父親はろくでもない男で、嵐海組含む多くから恨みを買っていた。由良が十二歳の頃に父親を殺して逃亡したところを嵐海組長に拾われたのだった。

組長は由良の命を助けてくれた。由良の幼い暴力性を認めて、器を与えてやった。

それだから由良は組長に心酔し、その心は組長だけに注がれている。

玲の心は、怒りに染まっている。

月明かりが玲の首筋と太ももを照らす。パソコンを眺めながら、玲は小さく微笑んだ。

……よかった。

涼が、あの事故を忘れていてよかった。

今、玲はようやく認めた。涼があの事件に関わっていたことを。

如月成彦は涼を攫《さら》ったのだ。母は涼を取り返しに行って、だから、居場所がバレてしまった。世の中には、中々捉えることのできない者を、信じられない手段で取り戻そうとする人間がいるらしい。

子供を奪えば母親は戻ってくる。如月成彦は六年かけて涼を見つけ出した。保育園にいた青い目の涼を攫って、母を如月成彦の屋敷まで誘《おび》き寄せたのだ。監禁するつもりだったのかもしれない。しかし母は涼を取り返して帰ってきた。その足でシェルターに戻ることはできない。如月成彦が自分を追っていると想定していたのだろう。玲が学区外の小学校からハウスに通っていたのと同様、保育園もハウスから離れた位置にあったが、居場所が知られるのは時間の問題だった。だから町を出ようとしていた、のだが。

如月成彦はすぐ近くまで追っていた。

母は、その男を殺すしかなくなった。

でも涼は知らなくていい。あの豪雨も、青にならない信号も、全部。

忘れるべきだ。

俺が知る。

そして奴らに、この身のうちで滾《たぎ》る憎しみをお返ししよう。

◇

あの豪雨の事件から七年が経っている。

玲は借金を返しながらも金を貯《た》めて、できるだけ優秀な探偵を雇った。十八歳になる頃には、次に接触する人物を決めている。

如月一成。

あの男の息子だ。

彼は如月成彦の正式な長男で家を継ぐ立場にあった。しかし高校卒業後に日本から出ていて、如月家を継ぐことなく好き勝手生きている。今は如月成彦の弟が当主のようだ。

如月一成が日本から出たのは七年前。現二十五歳の彼が十八歳の時。外国への留学のようだが彼は自分の母親、如月成彦の妻を連れて行った。玲の母の特攻は、如月一成が日本から出た後だった。

玲は如月一成に接触する前に、如月成彦が死んでから保護された他のオメガ女性に会いに向かった。

オメガ女性によると成彦は運命の番……つまりは母に執着していたらしい。

だが成彦の妻がいると母を迎えられない。成彦の妻もまた権力者の娘で、彼女がいる限り、玲の母を如月家に連れてくることができなかったようだ。

妻が日本から出て、事実上の別居が成立したことで母を捕まえにきたのだった。如月一成が自分の母を連れて日本を出てから、如月成彦は行動を起こした。

意味が分からない。そこに母の意思は全くない。あの男は化け物だ……でも。

化け物が母に何かするはずだと、息子もその母親も分かっていたはず。

それなのに化け物を野放しにした。成彦の妻が怪物を解放しなければ、母は死ななかったのに。如月一成が成彦の妻を連れて日本から出なければこうはならなかった。化け物の鎖を外してしまったのは、お前。

如月一成。

分かっていて、出て行ったの？

「――ゴスケ、それはないだろ！」

すぐ近くであの男が笑っている。

ダーツやビリヤードを楽しめる六本木の地下バーだった。玲はカウンターで酒を飲みながら彼らを観察している。

一成とその友人たちの計三人は、テーブルにボードゲームを広げて熱中していた。どういったゲームだろう。玲はそういった類に詳しくない。

如月一成は酒と煙草を嗜《たしな》んでいる。楽しそうに若い仲間たちとのひとときを過ごしていた。

ここからでは少し離れているけれど先ほど近くを通った時に匂いで分かった。

あいつはやはり、アルファ性なんだ。

そして青い瞳をもっている。

「ツッキー強すぎんだよ」

青い髪をした派手な男が言うと、如月一成は軽やかに笑った。

「お前が弱いんだトラック」

「無理だってこんなの。ツッキーやべぇな。話にならん」

「こっちの台詞だ」

「もう不貞寝《ふてね》しよかな」

「ハハ。這《は》いつくばって敗北とゴロ寝してな。床を舐《な》め終えたら帰ってこい」

「くそー。つか原稿大丈夫なの？」

「それっすよ。みんな、ちゃんと先生に言って」

来た。

途中で割り込んできた声の主は玲も警戒している人物だ。一体どこからやってきたのだろう。入り口から？　あんなに派手な金髪をしてるのに、気配を消すのが上手《うま》くて不気味だ。

あの男が厄介だと玲の雇った探偵も言っていた。大江元《げん》。元探偵で今は何故か如月一成のアシスタントをしている。玲の探偵も驚いていた。何故あの男が一成の傍にいるのだと。二人はどういう関係？　学生時代の先輩後輩らしいが、どうして今も共にいるのか。何の利害関係があるのだろう。いずれにせよ大江には深く踏み込んではいけない。大江ではない。一成を探るには別の人物がいい。

トラックと呼ばれた青髪の男が呆《あき》れ顔をした。赤髪の坊主頭をした男へ語りかける。

「ゴスケ、酔いすぎだって」

「何？　何て？」

「お前さぁ、酒弱いのに飲むなよ」

「うるせぇ。ワシが酒弱いのは遺伝なんだ。親が悪い」

「いや、それでも酒飲むお前が悪いって。親のせいにするなよ。可哀想だろ」

「親が悪い。俺をこんな風に産んだ……くそ。正義の怒りをぶつけてやる。ワシはあいつらを末代まで許さねぇ！」

「お前の家系じゃん」

ゴスケ……。

一成は二人のやりとりを眺めて笑っている。大江は携帯を弄っていた。大江の気が完全に携帯へ向けられているのを確認して、玲は何もせずにバーを出た。

その後、ゴスケと名乗る赤髪坊主の佐藤五郎《さとうごろう》に接触を開始した。思った通りゴスケから情報を聞き出すのは容易かった。二人で仲良く酒を飲めばいいだけだ。玲は彼と親交を深めて、月城一成について聞き出した。

月城一成は同性愛者らしい。好みは黒髪で線の細い男性。お淑《しと》やかで、静かな青年がタイプ。玲の髪は元々茶髪だ。髪も瞳も母譲りで色素が薄い。

……涼とは違う。

涼は黒髪で、瞳は青い。

如月一成と同じだった。

如月一成にはじめて接触した時、彼のグラスを取り替えて遺伝子検査に必要な証拠を手に入れた。涼と照合すると結果は、二人は兄弟だった。涼の父親が如月成彦で確定したのだ。

母のうなじを噛んで無理やり番にしたのは、成彦であると。

玲はまだ知りたいことが沢山ある。だからその後二年もの間、月城一成に関して調べ続けた。一成の好みは黒髪で線の細い、お淑やかな男。黒染めすれば一成の好みに近付ける。ヤクザの本山に乗り込む性格がお淑やかなのかは分からないが、他人から見た印象なんて自在に操作できるし、玲だって別に、自分が凶暴とは思っていない。どちらかというと大人しい部類のはず。

如月一成は家を継がず、なぜか月城一成と名乗る小説家になっていた。意外だった。まさか小説家兼タレントになるなんて思わなかった。如月家の人間のくせに随分自由にやっている。

少しでも彼を理解するために彼の本は全て読んだ。

……でもそれだけじゃ、一成が何を考えているかなど分からない。

だって……、笑っている。

いつ見ても楽しそうに人生を生きている。

どうして、笑えるのだろう……。

玲はもうずっと、あんな風に笑えない。

本を読んだ玲はより一層一成のことが分からなくなった。実際に彼と関わり、本心を打ち明けられる関係にならないと、彼の気持ちは分からない。

一成の傍にいるために行動を起こすことにした。

彼の本音を聴けるようにならないと。

その頃ちょうど、彼の小説が映画化する話が出た。物語の根幹は『運命の番』で同性愛の物語だ。

彼が共演者と親しげにしている写真を撮り、適当に恋愛関係を匂わせて週刊誌に送る。如月一成もまた同性愛者だ。きっと焦って、今後の恋愛を制限するだろう。

玲はアパートを引き払った。家がないと言って一成に接触すれば、彼は自分を傍に置いてくれる。

あの男が禁欲生活に耐えられるとは思えない。玲は一成の好み通りの見た目をしていた。黒髪で幸の薄そうな青年だ。

何よりも、オメガ性である。一成はアルファ性だ。

……それを知って初めて、オメガ性でよかったと思えた。

オメガ性でよかったことなんか他に一つもない。人生で初めて、この体に感謝した。

どうせあの男はオメガの体を好んでいるはず。

父親のように。

玲は二十歳になっていた。

そしてその日がやってきた。

偶然を装うため一成の乗る車の前に飛び出ることにした。以前、彼の運転手が、本当に突然飛び出してきた猫を前に、咄嗟に車を止めたのを見ていたから。明らかに信号無視しそうにふらついていれば、あの運転手なら警戒してブレーキをかける。

一成の車がここを通ることは分かっている。昨日の晩から今朝まで働いて、状況的にも玲がふらついているのは仕方ない。この一ヶ月は食事を減らしてきたのでいつもより痩《や》せている。何かあった時のために祖母には昨日会っておいたし、涼にも少しだけだが金を送った。

何だってできる。知るためだから。

なぁ。

……本当のことを聞かせて。

玲は探し続けている。あの魔の夜が訪れた理由を。玲は知りたいのだ。あの魔の夜が明けたその先の世界。

何も無かったことにして笑おうとしているのか。

……如月一成。

——覚えてる?

深山花《はな》が死んだこと。

深山礼矢と涼介の母が死んだこと。自分の父親が、全く罪のなかった女性を追い詰めたこと。そうしてハウスが崩壊して、深山礼矢と涼介はいなくなった。

お前が父親を野放しにして、自由に生きたせいだ。

知っていて笑っている?

ならば許さない。

これは、運命なんかじゃない。

出会うために玲はやってきたのだ。

信号が赤になる。九年前、豪雨の中で見上げた色だった。でもここはよく晴れた空の下で、玲はあの夜のように、なかなか青にならない信号の前で立ち止まらない。

一成の車が近づいてくる。少し怖いけれど、それはお母さんも同じだったよね。化け物の乗る車に突撃するこの恐怖をきっと、あの夜、母も味わったはず。

玲は一成の本心が知りたい。

どういうつもりで笑っているのか、知りたくて知りたくて、もう、苦しいんだ。

車が近付いてくる。玲はフラッとよろけた。背後で踏切の音がする。カンカンカン、と、ただの人間に警告する音。九年前からずっとこの警報音が消えない。俺は頭がおかしいんだろうな。

如月一成もそうなのか？　化け物の子がなぜ笑っていられるのか教えてほしい。

玲は赤信号の光へと踏み出した。

——全部無かったことにして幸せになろうものなら。

あなたを殺す。

【最終章】

《あなたはどこにいるの？》
……それなのに。
魔王の子は魔族なんかではなかった。
魔王に苦しめられていた、玲と同じ人間だったのだ。

──『知らねぇ組織だしな』
嵐海組の名を聞いても一成の顔色は変わらなかった。組長は如月家と取引していたはずなのに。その表情に玲への気遣いはあっても罪悪感はない。一成は本当に、事故を知らなかった。
──『俺にとってアイツは父親なんかじゃない。最も卑劣な他人だ』
彼は魔王を憎んでいた。いつも笑っているように見えたけれど、本物の憎しみは心の奥深くに押し込めて、今でも尚《なお》憎悪を忘れていなかった。
──『アイツのせいで傷つけられた人間が大勢いる。俺が子供の立場を使ってさっさと殺してりゃよかったのかもな』
彼は後悔していた。魔王が強大な力をもちすぎて立ち向かえなかった過去を、悔やんでいたのだ。

だから力を振り絞って逃げ出した。自分以上に苦しめられた母を救い出し、魔王から逃げていった。

玲たちと玲の母と一緒だった。

その違いは、俺たちは捕まってしまったということだけ。

……一成さんは何も知らなかっただけだった。

《深山君？》

《あなたはどこにいるの？》

一度も忘れたことのなかったあの言葉。彼らは魔王に苦しめられる民を救い出そうとしていたらしい。そのメールは、捕えようとしていたのではなく、探してくれていたのだ……。

メールを送ってくれたのは一成の母だろう。玲がメールを返した時返信が来なかったのも当然で、彼女が五年前に亡くなっていたらしい。

深山礼矢と深山涼介を見捨てずに、見つけ出そうとしてくれていたのに。

九年前の事件は表に出てこない。玲はあの事故以降の記憶が曖昧で、どう事後処理されていたのか知らず、気付いた時には何もかもなかったことにされていた。隠蔽したのは如月家と嵐海組だ。組長には表沙汰にしたくないという理由があり、如月家も外聞が悪いからで収めた。

でも今では疑問に思えてしまう。

……本当に？

如月家は、深山花の車に衝突されたと主張してよかったはずなのに。

加害者とは無関係だと言い張り、深山花を表に晒《さら》してもよかった。

けれど如月家はそうしていない。

隠してくれたんじゃないか？

あの如月家の人間を殺してしまったなら損害賠償はとても想像つかないほどの額になり、重大な事件になる。嵐海組はドライブレコーダーを持っていたのだからそれを証拠品として如月家が買ってい
てもよかったはずだ。

如月家は、一成にさえ『心臓麻痺《しんぞうまひ》が起きて一人事故で死んだ』と伝えている。

如月家は……。

深山花が犯した事故であることを隠すために、如月成彦が一人で死んだことにしてくれたんじゃないか？

……本当は。

一成の本を読んだことがある。

運命の番であるアルファの男を殺すオメガの男の物語だ。一成は気付いていないだろうけれど、玲はその本を持っていた。一成の本棚から手に取る必要もなかったのだ。アパートを引き払う時にも捨てられずに、今も手放せずに持っている。

好きだったから。運命を憎むその話が。

憎んでもいいのだと許された心地になった。

一成さんには言えなかったけれど。

本当は、最初から気付いている。

出会って数分で『増田《ますだ》さん』という運転手を庇《かば》った一成。

一成は、中学の先輩後輩であるというだけで大江と仕事をしていた。訳ありの大江を雇うのはなぜなのか真剣に訝しんでいたけれど、そこに利害関係なんかなかった。ただ友達だったから助けただけ。

一成は人との関係を大切にしている。周りの人たちも横暴な彼の性格を知り、それでも、彼と共に過

ごしている。

本当は、出会う前から、頭のどこかで分かっていた。如月家に保護されたオメガ女性に話を聞いた際に彼女は言った。如月家の現当主と一成の母が援助をしてくれて、今は治療を受けながら無理に働く必要もなく十分に生活できていると。

けれど玲は心の耳を塞いだ。

そして理由を探し続けた。

死んだ母は火葬されている。ハウスの管理人が事故の直後に彼女の遺体を引き取り火葬をしてくれた。先に、如月家というアルファ性の巣窟から玲たちを逃してくれた彼女は、遺骨を送ってくれた。兄弟を遠くの施設に送る際、管理人のおばさんは言ってくれた。

『あなたたちのせいじゃない』

でも玲の心の中はめちゃくちゃだった。

それなら、誰のせいだったんだ？

理由を教えて。

一体何のせいでこうなったのか。どうして俺たちがあんな目に遭ったのか。

……すぐに救急車を呼んでいれば生きていたんじゃないか？

事故に遭ってすぐ、携帯を貸してくれれば救急車を呼べた。助かったかもしれない。生きていたかもしれない。

考えるたびにあの人たちの声が浮かぶ。

——『悪かった』

——『お前らを置いて逃げて、すまなかった』

――『大倉玲。あの時は悪かったな……』

――『何か他に俺にできることはあるか？』

……そうだ。

涼が攫われなければよかったんだ。青い瞳を隠しておけばよかった。保育園なんかに行かせず、ハウスの中に閉じ込めておけばよかった。

――『おかあさぁん！』

――『なんか……兄ちゃん、今日は凄い食べるね』

――『俺は覚えてないよ、兄ちゃん』

……あ。

そうだった。

如月成彦の鎖を解かなければよかったんだ。

化け物を解放したのは一成。父親を自由にさせないよう傍にいるべきだった。そうするのが家族なのだから。

――『嫌いだった。心底な』

――『殺してりゃよかったのかもな』

……もう。

どうしよう。

玲は背もたれにぐったりと寄りかかり俯いた。視線の先に『ソレ』はある。一成が書いた運命を殺す小説だ。

本の表紙を撫でる。

本当は、分かっている。

恨むべきものはもう見つからない。一つ一つ理由をつけて憎んでもその先はない。一つ一つ誰かの言葉が返ってくる。しゃがれた老人の声や、悔しげな若い男の声。幼い弟の声や、毅然《きぜん》と憎々しげに告げる一成の言葉。

でも、なら、どうしたらいいのだろう。

今、玲はアジサイレストランにいる。

何時間居ても見逃してくれるこのお店。母が生きていた頃から変わっていない。玲はこの九年間、度々この店に訪れている。店主の女性は九年前に事故現場へ駆けつけてくれた方だ。

玲が何も言わずに店の片隅にいても、店は容認してくれる。いつだって明るく、玲を闇に放ることはない。鞄《かばん》一つでやってきた玲をこの店は延々と守ってくれる。

分かってるよ。

この世界は悪夢みたいに最悪で、夢みたいに優しくもある。不幸の中の沢山の優しさが、玲の人生にはあったのだ。

玲はもう何をする気も起きなかった。

一成の部屋を出てから既に丸一日経っている。携帯を見ていないので時間は分からない。窓の外は真っ暗闇だ。とうの昔に夜になって、それからずっと、暗闇が終わらず、動けない。まるで目の前でずっと、赤信号が眩《まぶし》く光っているようだ。

玲はちっとも動けずに思い出してばかりいる。

――『まぁ、色々あるよな……』

出会って二日目に、一成は言った。玲の借金を茶化さず、蔑まず、そう告げてくれたのは一成だけだった。

企《たくら》みをもってして彼と共にいるのは精神的に疲弊した。遂《つい》に倒れてしまった玲を、放っておいてくれたらよかったのに。奉仕を受け入れてほしかった。病院なんて連れて行かないでほしかった。

百万なんていらなかった。借金の返済を慮《おもんぱか》って高額の報酬を上乗せしてくれた一成。どうしてそんなことを、してしまうんだ。玲の体を気遣い、性行為さえ制限されて、玲は、とても安全なお城のような部屋で、穏やかに過ごす日が続いてしまった。

いくら玲が生意気なことを言っても一成は許容してしまう。こんな生活を想定していたんじゃない。あんなに毎日、共に食事するつもりはなかった。くだらない話をして、熱帯魚に餌をやって、無理やりジムのマシンをやらせようとしてくる一成に、玲は怒り、一成は笑う。

こんな生活を想像していたんじゃない。

一成がもっともっと最低で、あの事故のことだって『俺には関係ない』と突っぱねてくれたらよかったのに。

けれど一成はそんな人間ではなかった。

心を開かせて彼の本心を知るのが目的だった。あの男が何もかも知っていて、『俺には関係ない』と笑っているなら、行動を起こすつもりだった。

やがて一成は玲の願ったように心を開いてくれた。

今ではもう、玲は彼の本当の過去を知っている。今まさに玲が、囚《とら》われているのは己の言葉だ。

――『もう、どうしようもないことだったんだなと、今は思えてきました』

どうしよう。

あの時自分は……一成に助けを求めてしまった。

突発的なヒートが来た玲は、迷いなく一成に頼ってしまった。そして彼は何の見返りもなく玲を助け、自分だって辛いのに何日も傍にいてくれた。

もうとっくに体の関係は持っているのにセックスをしなかった。オメガ性のフェロモンにアルファ性が耐えるのはただ苦痛なだけなのに、何度も何度も、熱と発情に苦しむ玲の様子を見に来てくれた。

本当は気付いている。『怖い』と正直に口にできる相手は一成だけということ。

こんなはずじゃなかった……。

玲は知らなかったのだ。

この感情を。

一成を知りたくなるこの感情。ゲームに勝って大喜びしている姿はじっと見つめてしまうし、一成に話しかけられるのを待っている自分がいる。中学でも仕事場でも決して心を許さぬよう、慎重に自分の話はせずに過ごしてきた。それなのに、俺は何を言ったかな。お母さんのことだけでなくお父さんの話なんて、初めて口にした。

玲は一成と話したくなっていたのだ。くだらないことも、お互いの心に触れるようなことも。朝起きるとリビングに行って一成が起きるのを黙々と待っている。一成が起きてきたら、作っておいた朝食を差し出して、彼があぁだこうだ言いながら食べ始めるのを目の前でジッと見ている。

玲はそれが楽しかった。

こんなつもりじゃなかった。

何も知らなかった。

何も、知らなかった。

けれど、由良が一成の存在を知っている。

金融事務所に『如月一成』が連絡をしてしまった。きっと由良は一成に接触するだろう。……分からないけど。最近の玲は昔とは違って由良に反抗している。勝手に行動して、勝手に如月の人間に接触している。

嵐海組と如月。二人が向かい合えば一成は、玲が何者を知るはずだ。

一成が、涼の正体を知るだろう。

玲はだから逃げ出した。

怖かったのだ。

傷付くに決まっている。玲の目的を知って、一成はきっと衝撃を受ける。一成がどんな感情を心に秘めて玲に接しているか、玲だって分かっている。『契約のない立場』を望んでくれた一成に対して、こんな仕打ちは惨《むご》すぎる。

どうしたらいいのだろう。これからどうしよう。

一成が追いつけない遠く遠くへ逃げ出したい。でも涼を残していけない。一成の、一番近くでいつもみたいに話を聞いていたい。でもどうやって傍にいたらいいか分からない。どこからやり直せばよかったのだろう。あのメールにすぐに気付いて返信していればよかったのだろうか。玲は力なく目を閉じた。あのメッセージが心に浮かぶ。

《あなたはどこにいるの？》

もう何も分からないよ。

誰か、見つけて。

——その時、瞼の裏で何か光った気がして玲は目を開けた。

辺りを見渡す。何もおかしなことは起きていない。壁時計が目に入って気付いた。時刻は午前五時をとっくに過ぎている。

もうそんな時間になっていたのか。それにしてもあの光はなんだろう。

不思議に思いつつ視線を反対へやると、いつの間にか新しい客がいた。六月は日の出も早まって、外は明るくなり始めている。散歩ついでにモーニングを食べに来たらしいその初老の男は、テーブル席で本を読んでいる。

それは一成の部屋で読んだことのあるタイトルだった。死者たちを黄泉《よみ》の国へ運ぶ電車の、魔法の旅の物語だ。

玲は、その電車には乗れない。

だって生きている。

不意に、玲は自分があの日の母と同じ席にいることに気付いた。

不思議な、つめたい気持ちになる。窓の向こうのゆっくりと、静かに、明るくなる町並みを眺めた。

時折自動車が走り抜けていく。突然、強烈な寂しい気持ちに襲われて、玲は鞄の中から携帯を取り出していた。

あぁまただ。九年前のあの日もこうして、母が俯きがちに携帯を見ていた。思い出すと恋しさが増した。玲はふと、もう使っていないメールボックスを開く。

そして、目を見開いた。

《玲》

息すら止まる。玲は文字列を凝視する。

送り主は、一成。

宛先は玲の古いメールアドレス。

《お前はどこにいる?》

一瞬で思考が駆け巡る。

この携帯を持っているのは一成の母だった。彼女の遺品の一部は一成の部屋に残っている。

……気付いたんだ。

遂に、全てを知って、母の携帯を見つけたのか。

気付いてまだ……探してくれている?

呼吸すら忘れていた。ハッと意識を取り戻したのは、店の固定電話がチリリ……と細やかな音を立てたからだった。

玲は携帯を握りしめつつパッと顔を上げた。玲の携帯にはメールだけでない。一成や涼から多くの着信が入っていた。

甲高い音が不意に途切れた。電話を取った店の主人と目が合う。

その真っ直ぐな視線を受けて、なぜなのか、涙が込み上げてきた。

「レイ君」

アジサイレストランの主人はその名前を呼んだ。

彼女とはこの九年間一度も話したことがなかったけれど、母が生きていた頃はよく挨拶《あいさつ》をしていた。

彼女は、母が呼んでいた名前を覚えていてくれた。

「電話が来てるよ」

彼女が優しく微笑む。玲の視界の隅にまた、あの光が煌めく。

窓の外へ視線を遣り、目を細めた。店の外の道路に白い車が止まっている。夜明けが訪れて、新しい陽《ひ》の光が車に反射しているのだ。白い車は沈黙して、そこにいる。まるで返事を待っているように。

玲は唇を噛み締めた。再度店主へ顔を向け、こくんと一度頷く。

あぁ。変な心地。あれほど無気力になって動かなかった体がスッと動き出す。魔法がかかったように。心の赴くままに。

玲は歩き出した。

受話器を受け取る手が震える。

「……はい」

『玲』

懐かしくも感じる低い声。玲は目を強く閉じた。瞼の裏が熱い。涙が滲んだけれどグッと堪えて、絞り出すようにまた囁いた。

「はい」

『玲なんだな』

「はい」

『自分の居場所を、教えられるか？』

一成の声はびっくりするほど柔《やわ》らかかった。玲は本当にびっくりして……、心がふわっと緩み、鼻を啜《すす》った。

この人はもう既に分かっているはずだ。それでも問いかけてくれる。

きっと、玲が答えなければあの車は去っていく。一成は別れの機会すらも与えてくれるらしい。

「……はい」

玲は掠《かす》れた声を、精一杯絞り出して答えた。

「はい、アジサイレストランにいます」

それからまた、白が光った。

受話器を持ったまま窓の外へ振り向く。運転席の扉が開いたらしい。

あの人が車から現れる。玲はゆっくりと受話器を置いた。

どこか、夢の中を歩いている感覚がした。席に戻り、鞄を手に取る。荷物は全部持っていく。

レストランの主人が会計している最中、彼女が、

「今度はリョウ君とまた来てね」

と言った。

九年前のあの日、泣きじゃくる涼を慰めてくれたことを思い出す。

玲は微笑んで、「ありがとうございます」と深く頭を下げた。

踵を返し、扉へと歩いていく。カランと軽やかな音と共に外の世界へ踏み出した。東の方の空はもうすっかり明るくなっていた。大きな雲が一面に広がって、黄金に輝いている。

一成が店の前で待っていてくれた。彼の車は反対車線に停車している。

玲はまた、泣き出しそうな気持ちになった。

「一成さん」

とても不安だったから。

「ごめんなさい」

玲は一成を見上げた。

「俺の昔のメールアドレスを知っているなら、もう分かりましたよね」

「あぁ」

一成が苦しげに目を細めた。

「母さんが見つけようとしていたのは、お前たちだったんだな」

玲は下唇を強く噛んだ。また心の中がぐちゃぐちゃになる。叫び出したいような、逃げ出したいような、どうしようもない気持ちになって、胸が痛くて堪《たま》らない。

一成が言った。

「俺を恨んでるか？」

「恨んでます」

玲はもう、心のままに吐き出した。

「ごめんなさい」

がむしゃらに本心を伝える。こんなのは人生で初めてで、どうやったらいいのか分からない。

「でももう今は、何を恨めばいいのか分からないんです」

やり方なんか分からない。玲は一生懸命に告げた。

今まで誰にも言ったことのない心の全てを。

「俺はいつも、最悪な気分で、何かを憎んでいないと生きていけなかった」

九年前のこの場所からそれは続いている。

あの踏切の音が止まないのだ。

「沢山色んなものを憎んで、最後は一成さんに辿《たど》り着きました。一成さんが日本から出なければ、あの男はお母さんを攫いにこなかった。だから如月一成のせいだって思い込んで、何年も恨んでた」

すると、本当に電車の駆ける音が聞こえてくる。

踏切はすぐそこにある。始発が発車しているらしい。あの、カンカンカンカン――……と響く警報音。

ずっと変わらず、玲に纏わりついている。

「でも一成さんは、ただの一成さんだった」

けれど一成の部屋は地上からかけ離れたとても高い場所にあった。あの部屋で二人で話していると、玲は、一成の声だけを聞くことができた。

「俺と同じようにあの男を恐れて、自分の力で逃げ出せた人だった」

今。

「俺のこと大切にしてくれたのに、ごめんなさい」

また、あの音が耳の奥で鳴っている。

ここは地獄に一番近い場所だ。無力な人間に警告し続けている。玲はその音を振り払うように声を大きくした。

「一成さんがどうしようもないほど最悪な人だったらよかったのにって、願ってしまって、ごめんなさい」

「玲、俺は」

一成が遮るように言った時、玲は初めて自分が俯いていたことに気付いた。

強く目を瞑っていたらしい。まるで何かから逃れたがっているみたいに。一成の声に導かれて目を開き、顔を上げる。

「お前が俺を恨んでくれてよかったと思っている」

彼の銀髪が陽の光に透けていた。

玲は眩しくなって、目を細めた。

「俺を恨んでいたからここまで生きてこれたんだろ？　俺は」

玲は眩しくて、唇を嚙み締めている。

「俺への憎しみでお前の時間を稼げてよかったと思ってる」

「こ、」

心が。

散り散りに乱れそうだ。

「怖いんです。ずっと何か理由を探しながら生きてきたから。お母さんがいない理由を見つけては、恨んできた。長い間こうやって生きてきたんです。これがないと」

憎しみがないと生きていけない。何年もこの心に、体に、常に毒を打って、おかしくなっていないと生きていけなかった。

けれど自分でも分かっている。終わってしまうことが。本当は許すことなんかできない。許すという意味が分からない。ずっと悲しいままで、時間は風化なんかしてくれない。

でも、手放してしまうのが分かる。

ずっと大切にしていた怒りの錘《おもり》がこの体から離れて、朝焼けに溶けてしまうのだ。

そうしたら何を抱えて生きていけばいい？

「どうやって、生きていけばいいか分からない……」

「探すか」

一成の低い声が鼓膜を揺する。

玲はきゅっと唇を引き結ぶ。また視界に光が散った。

一成の銀髪がもたらす光だった。

「玲が生きていくための理由を、探そう」

「……」

「俺を傍に置いてくれ。一緒に探すから」

「見つからないかもしれませんよ？」

玲は今にも崩れそうな不安定な声で告げた。

「だって何を探したいのかさえもう分からない」

縋《すが》り付くように一成を見上げる。玲は自分のチョーカーを触った。一成がくれたものだった。何があってもこれを外せない。玲は、怖いのだ。

「俺の傍にいて、何になるんですか？　俺はオメガだけど、うなじを嚙まれるのが怖くて、番なんて大嫌いだ。運命も何もかも俺にとっては最悪なんです」

「玲」

一成がどこか、清々《すがすが》しい表情で言った。

「俺はお前が好きだ」

玲は唇を開き、何も言えずに、彼を見上げている。

「傍に居られれば何も欲しくない」

一成はとっても背が高いから、玲は彼を見つめようとすると、空を見上げてしまう。

「お前のうなじも、誰にも傷付けられないよう何年、何十年かけて守るから」

そこで一成の声が揺れた。

渾身の言葉を告げるように、彼が言う。

「傍に居させてください」

――その時、踏切の音がふっと消えた。

玲は驚いて息を吞んだ。ずっと耳の奥で鳴っていたあの警報音が幻のように溶けたのだ。

この世が一気に鮮明になった。光さえ増したように見える。朝日のせい？　分からない。

確かなのはここに一成がいること。

曖昧だけど、予感がした。

……俺はこの人を愛するのかもしれない。

「お前が好きなんだ」

玲はずっと怒りに突き動かされて生きていた。その怒りや憎しみが消えて、何と共に生きたらいいのか。

「俺は玲より長く生きて、玲の傍にいる」

予感がするのだ。

答えは目の前にある。

「それ……」

玲は声を絞り出した。未だ不安で満ち満ちた頼りない声だった。

「信じていいんですか？」

「信じてくれ」

一成は断言する。そこに迷いなど一つもない。

玲は迷い子みたいに表情を歪めた。心が激しく揺さぶられて息をするのもままならない。ぶるっと肌が震えて、奥歯が力を失う。不安で幼くなってしまったように囁いた。

「俺は、臆病で、最低で、怖がりなんです」

「俺の隣にいたら怖がってんのも馬鹿《ばか》らしくなる」

玲は唾を飲み込んだ。泣き出しそうな顔で、呟く。

「……俺のこと好きでいてくれるんですか？」

「あぁ」

「本当に？　俺がしようとしてたこと、分かってます？」

「睡眠薬にはたまげた」

「一成さんの……部屋に初めてきた時。ガラス製の灰皿、重そうで使いやすそうだなって思ってました」

「嘘だろ。お前あの顔でそんなこと考えてたのか。それメモしていいか？」

「何で俺のこと、好きなんですか……」

「今話してるだけでより深く惚《ほ》れていってる」

「……見た目？　俺の髪、黒くないよ。一成さんに近づくために黒く染めたんです」

「ああっ、クッソ。痺れるわ」

「週刊誌に写真を送ったのも俺」

「ここで抱いていいか？」

「……ずっと傍にいてくれるんですよね」

「傍に、俺を置いてくれ」

「一生ですよ？」

「死んでからもな」

「裏切ったらあなたを殺す」

「最高じゃねぇか」

一成は軽やかに笑った。口を開けて笑うから白い歯が見える。玲は見惚《みと》れるような心地でそれを見上げている。

一成と話していると、いつも玲は上を見ている。

「玲は俺を殺せねぇよ。俺は裏切らないからな」

彼の向こうの空が多くの光を孕んでみるみる青へと染まっていった。

一成は、眉を下げて言った。

「なぁ、俺たちはそれぞれ、恨みや憎悪を忘れられずに抱えてきたんだ。そうだろ、玲？」

——『忘れようとして忘れられるものではありませんからね』

——『一生恨みや憎悪を受け入れるしか、ないんでしょうか』

自分の告げた言葉を今、一成の口から耳にする。

玲はどうしてか、とても安堵したみたいに唇の力が解けて、緩く開いたまま、一成を見上げていた。

「何年も。飽きずに」

「……はい」

唇の隙間から溢《こぼ》す。朝の冷たい、湿った風が頬を擽った。

「なら分かるよな。俺は飽きねぇぞ。執念深くお前の傍にいる」

「……」

「怖いか？」

「少し……」

「お気の毒。俺はお前が何と言おうと、お前を奪う」

一成はニッと目を細めて言った。

「いいよな？」

玲は一成をじっと見上げている。

二人の間にいっときの静寂が流れた。だが、

「……ははっ」

それを破るのは、玲だった。

「突き止められてしまったなら、仕方ないですね」

玲は思わずおかしくて笑っていた。勇ましく宣言したくせに「いいよな？」なんて確認を取ってくるから。

一成はすると見惚れるような顔をした。あまりにも凝視してくるものだから、玲は不思議に思って目を丸くすると、一成がなぜか泣き出しそうに微笑んだ。

「ならもう離さない」

「……はい」

「俺の家に帰るぞ」

「はい」

一成の白い車は向かい側に停車している。そこへ行くには横断歩道を渡らなければならない。

すると一成が何かを見遣った。視線に導かれるようにして、玲も目を移す。

度々車両が通り過ぎていくが交通量は都心と比べると格段に少ない。まだ朝は人気がなくて、暫く離れた先に停車している黒い車は目立っている。

玲は一成を見上げた。一成が頷くので玲はもう一度視線を車の方へ遣る。一成は立ち止まり、玲は歩き出した。すると黒い車の運転席から彼が出てくる。横顔だけで、近付いてくる玲を認めたのが分かる。

とぼとぼと歩いてくる玲を見下ろした由良は、開口一番に告げた。

「終わりだ」

玲は由良の少し手前で立ち止まる。

彼はぼやいた。

「それを伝えるためについてきてやった。暇じゃねぇっつってんのに……」

「どうしてこの場所が分かったんですか」

「如月一成に聞いてないのか？」

玲は弱々しく首を横に振った。由良は吸いかけの煙草を口に咥えてから、煙の後に告げる。

「お前の弟が、あのレストランのこと覚えてたからな。あらかた探し回って、結局ここでお前を見つけた。仕方ねぇから俺も来てやったけど、なぁんで如月一成はさっさと車から降りてお前んとこ行かねぇんだ。腹立って仕方なかった」

「……終わりって何」

「あの男が残りの借金を全部払った。大した額じゃあ、なかったけどな」

「終わりなんてあるんですか？」

「借金を返し終えたんならお前に用なんてねぇだろ」

玲は唇を引き結んで由良を見上げている。

随分と視線は近くなったけれど、結局この男に身長が追いつくことはなかった。子供の頃はもっと、見上げる角度が急で大変だった。

「二億の借金のことか？」

由良が無表情で言う。

玲は無言で頷いた。

由良はすると、かすかに目を細めた。

「お前が真剣に生きてきたことはもう皆、分かってる」

玲は黙って彼の言葉を聞いていた。

「若い奴らは勝手に俺の話をお前にするくらい、テメェに気を許してやがるし。親父がお前の店にばっかやってきて、お前を気にしてんのも、周りのジジイたちも見てる」

「……」

「俺が解放したって、他の連中は文句なんか言えねぇだろ」

「……」

「勝手に生きろ」

「由良さん」

「玲」

由良は強い口調で遮った。玲を鋭く見下ろし、叱りつけるように言う。

「店は辞めろ。もう来なくていい。あの店はヤクザの出入りが多すぎる。今後は事務所にも来るな。嵐海の敷居も跨《また》ぐなよ」

「……はい」

「二度と嵐海と関わるな」

玲はまるで、由良に従順だった頃へ戻ったみたいに頷いた。

由良は黙って煙草を吸う。玲はその横顔をじっと見つめた。

出会ってから九年が経っている。九年前の土砂降りの中、この場所で、二人は今みたいに並んでいた。由良はまだ若く、組長を守るために苦しげに表情を崩していた。

あれから月日が経ち、玲は背が伸びて、由良は年を重ねた。今でも綺麗な人だとは思うけれど、切れ長の目尻には皺が滲み、より恐ろしく、より優雅になって、彼の齎《もたら》す重厚な圧に逆らえるものなどもう居ない。

若い由良が見せた、あの余裕のない必死な顔を、あれから玲が見たことは一度もなかった。

時間が経ってしまったのだ。

玲は穏やかに返した。

「由良さん、さよなら」

「あぁ」

由良が頷く。玲は踵を返し、一成の元へ歩き出す。

玲もまた、幼すぎた頃のような振る舞いはしなかった。由良に殴りかかることもなく、由良の言葉を受け止めて、彼の元を離れていく。

……でも。

玲は途中で立ち止まり、勢いよく振り返った。

「ゆ、由良さんっ」

大声で呼びかけると、由良がこちらに顔を向ける。

玲は叫ぶように言った。

「ありがとうございました」

由良は煙草を口元へ運ぶ最中の姿で固まる。

目を丸くした彼はそれから、嘘だろと言うように口を開けて笑った。

玲は唇を強く噛み締める。由良がそんな風に笑っているのを初めて見たのだ。

本気でおかしそうにのけ反って笑っていた由良が、こちらに叫び返した。

「二度とこっちに来るんじゃねぇぞ！」

「はいっ」

頷いた玲は今度こそ、一成の元へ真っ直ぐ歩いていく。

玲はそこから去り、それを由良が見送る。玲は、どこへ行けばいいか、誰に助けを求めたらいいのか分からず、ただ辺りを走り回ったりなどしない。

もう由良と会うこともないのだろうなと確信して、無性に切なくなった。由良の助けで契約した家は引き払っていて、玲のうなじを守るチョーカーも一成の物。

鎖という名の絆《きずな》であった借金も無くなった。

一成の背後で東空が桃色に燃えている。光の生まれる先へ歩く玲は、夜の薄れる過去から去っていく。

玲は振り返らない。

「玲」

一成が横断歩道の前で待っていた。玲は俯きがちに隣に並んだ。

「行くぞ」

その声で顔を上げた。ずっと赤だった信号が青に変わっている。

玲はゆっくりと、一歩ずつ、一成と共に渡った。嘘のように足が軽かった。古い錘を置いてきたように。玲はでも、とにかく胸が苦しくて、黙り込んでしまう。

けれどお喋りな一成は話し続けるのだ。

「お前を見つけるために夜の間東京中を走り回った。途中でお前の弟が閃《ひらめ》いたんだよ。もしかしたら昔住んでた町じゃねぇかって」

「はい」

「ま、お前の弟っつうか、俺の弟でもあるけどな」

「そうですよ。弟ですよ？　大事にしてください」

「大事にするかどうかは向こうの出方にもよる。涼のやつ、俺に生意気なんだよ。ああだこうだ言ってくんの。お前の弟はどうなってんだ」

「仲良《い》いんですね」

「確かに仲悪くはねぇな。だから安心しろ。お前の家族とも俺は上手くやっていける」

「大事にしてくれますか？」

「すげぇ大事にする」

六月六日はつい先日に過ぎ去っていた。九年前のあの日は豪雨で、今日はとても晴れている。

梅雨《つゆ》が到来しているとレストランのラジオが報じていたが、今日はどうしてだろう。確かに空には雲がかかっているが、その雲は爽やかな白色で、青い空が広範囲に見えている。

「なぁ玲。大江のことも知ってたのか？」

「はい……俺も探偵を雇ってたので」

「なら大江が俺の傍にいること、そいつにバレてんだな」

「危ないですか？」

「今んとこ平気ってことは大丈夫なんだろうけど、大江に伝えとく」

「ごめんなさい」

「何でお前が謝るんだ」

「俺が一成さんを調べたから、大江さんが危険なんでしょう」

「いや。あいつが調子乗ってフラフラしてっからだ。詰めが甘いんだよ」

一成は悪い笑い方をした。玲はそれを眺めながら呟く。

「でも心配ですよね」

「何とかなるって。大江もあちゃちゃちゃちゃ、って程度だろ」

「そうなんですか？」

「そんなもんだ。その『大江』ってのも違和感あっけどな。いつからあいつは大江元なんだ」

「偽名なんですね」

「思いっきり偽名。くるくる変わるから、俺は都度、苗字を適当に呼んでるだけ」

「……あちゃちゃちゃ、ちゃ、で済みますか？」

「何で一拍置いた」

「え？」

「あちゃちゃちゃ、ちゃっちゃって言ったろ」

「言いましたか？」

「言った。バチくそに可愛い」

「……」

「歌ってるみたいで」

「歌ってないです」

「体左右に揺らしながらもっかい言ってみろ」

「言いません……」

話している間に横断歩道を渡りきっている。

あっという間だった。どうして今まで動けなかったのか不思議に思うほど、玲は軽やかに歩いている。黙りこくっていた口を開き、一成とお喋りをしているのだ。

「一成さんの写真を撮って送ってしまって、ごめんなさい」

「俺の写真？」

「週刊誌の……」

「あぁ。あの俳優とは何もないからな」

「仲がよさそうに見えたので、都合がよかったんです」

「ハハハッ。都合よかったか」

「……オメガ性の方とは思わなかったけど」

「あの映画ももうすぐ公開だ」

「一成さんはもう見ましたか？」

「見た」

「どうでした？」

「悪くはない。殺し方が気合い入ってた。公開したら一緒に見に行くか」

「はい」

「新しく何か書きてぇな。お前がいると創作意欲が湧く。今までとは違う感じなんだよ。お前を見てると胸が熱くなって、書きたくなる。ミューズってのは、玲を言うんだろうな」

「みゅーず……」

「俺がお前に惚れたのは、玲が俺の神だったからだ」

「……」

「ミューズの玲を色んなとこに連れ回して、死ぬほど書いてやる」

「神を連れ回すんですか」

「拝みながら連れ回す」

二人で話しながら歩いた。玲は淡々と呟き、一成はその三倍の声量と台詞を返す。

そうしていると不意に、昔、お母さんの自転車が壊れたことを思い出した。

スーパーで買い物をした帰りだった。二人で荷物を持って、この道を歩いたのだ。

沢山買い込んでいたからとても重くて、大変だった。けれど玲は、ずっとこうしてお母さんと歩いていたいなと思った。

電車の音がして、玲は現実へ目を向ける。

踏切が閉まって、電車が通り過ぎている。不思議とあの警報音が耳に入らなくて、それよりも、朝日を受けて光り輝く車体が綺麗だなと思った。

死者を乗せて黄泉の国へ向かう電車も、あんな風に美しく煌めいているのだろうか。

……本当は。

玲は、黄泉へ駆ける電車から母を降ろして生き返らせたかった。

冥界の魔王を倒せば、あの人が帰ってくる気がしたのだ。

——踏切の音が止む。

光の電車は過ぎ去っていた。玲には追いつけないスピードで、軽やかに、次の町へといってしまったらしい。

お母さんはどこへいったのだろう。見えなくなっただけで、どこかにいるのだろうか。

もしかしたら俺が知らないだけで、別の場所で暮らしているのかもしれない。あの火葬場に消える自動ドアの向こうで、ゆったりと瞼を上げて、無言で起き上がるのだ。首筋は白くすっと伸びている。その体にもうなじにも、傷は一つもない。立ち上がった母は背伸びをして、別の扉を開き、軽い足取りで去っていく。

自由になって、光の溢れる外の世界に一人でいってしまったのかもしれない。そこには母が愛した父もいる。また二人で、静かに愛し始めるのだ。

玲が見た遺骨は、よく出来たいたずらな砂で、何もかも嘘だったのかもしれない。夢だったのか……。誰にも知られずにどこかで暮らしているのだとしたら、それほど幸福なことはない。

涙が出るほど嬉しいよ。会いたいなんて思わないからどこかで笑っていてほしいんだ。街ですれ違いたいなんて思わないから、別の空の下で幸せでいて。俺たちとまた会わなくていいから、今度こそ、穏やかに、過ごしていてほしいのです。

本当は、ただそれだけなのかもしれない。

「お前は行きたいとこねぇの？」

玲の足は自然と鈍くなっていた。

一成がそれに合わせてくれている。

玲は小さく微笑んで言った。

「お婆ちゃんのところに行きたいです」

「ふぅん」

「一成さんと一緒に」

「うお、緊張するな」

「一成さんも緊張とかするんだ」

「人間だし」

「……そうですよね。人間ですもんね」

「俺を何だと思ってるんだ」

「同じ、国の、民ですもんね」

「民？」

一成は不思議そうに首を傾げた。玲はふふっと声に出して笑う。すると一成は嬉しそうに目を輝かせて、何のことか分からないはずなのに「そう、民」と断言する。

玲は笑いながら「あのね」と言った。

「一成さんが持ってる携帯、俺のお母さんの携帯なんです」

「おう」

「待受がチューリップの花畑だったでしょう。その写真を、お婆ちゃんはずっと懐かしんでいたんです」

「なら携帯を返しに行こう」

「はい」

玲は深く頷いた。

頭の中に花畑が浮かぶ。赤はチューリップの赤で、青は一成や涼の瞳の色。黒は一成の好きな髪色で、白は青すぎる空に浮かぶ真っ白な雲の色。

玲の心は鮮やかに染まっていた。

お返ししに行こう。

帰ろう。

「お帰り、兄ちゃん」

「ただいま」

車の後部座席には涼がいた。

涼は不貞腐れたような、でも嬉しそうな、何とも形容し難い顔で玲を見上げている。その隣に座ろうとしたけれど途中で一成に後ろから腕を回されて、簡単に捕まり、助手席へ誘導された。玲はおとなしく乗り込む。一成が隣の運転席へやってくる。

シートベルトを締めると、開口一番に涼が言った。

「月城さんって兄ちゃんのこと好きなんだって。知ってた？」

玲はぽかんと唇を開いた。一成がギョッとして涼へ振り返った。

弟は繰り返す。

「恋しちゃってんだってさ」

「……あ、うん」

「おい弟。それ、玲が知らなかったらとんでもねぇ発言だぞ」

「何だ知ってるんだ」

涼は残念そうに息を吐き、背もたれへ寄りかかる。

「すげぇ面白いニュースだから兄ちゃんに教えてあげたかったのに、知ってたのかぁ」

「うん……」

「面白いって何だ。時事じゃねぇんだから」

「ていうか本当に俺、弟じゃん。兄貴同士でくっつくってやばいな」

やはり全部知っているようだ。あれほど隠していたことを知られているのに……空気は爽やかだった。

窓が少しだけ開いている。新鮮な風が車内に流れ込んでいた。一成はあっけらかんと返した。

「イカしてるよな」

「……イカれてるの間違いじゃないすか？」

「どっちでもいいだろ」

躊躇いなく笑い飛ばすものだから、涼は呆れて息を吐く。それから心配そうに顔を顰めて、玲へ問いかけた。

「つうか兄ちゃんって月城さんの恋人？　になったの？」

「なんか……、そういう感じになった」

「感じって！　それでいいのかよ！」

「うん」

「恋人役なんじゃなかったの？　本物の恋人になってんじゃん」

「確かに」

「もう、流されやすいなぁ。心配だ」

涼の「心配すぎる。とても」の声を聴きながら玲は助手席のシートに寄りかかる。

弟はそう言うけど、玲は安心した心地だった。体をシートに預けると、自然と視線が上を向く。

朝陽《あさひ》がとても眩しい。空はすっかり青に染まっている。高い場所で、白い雲を押し流すように風が吹いている。青を白が遊ぶように泳いでいく。

「安心しろ」

一成はにやっと唇の端を上げて、言い切った。

「俺が玲を守るから大丈夫」

「だからアンタが怖いんですって！」

「大丈夫大丈夫。愛してんだから」

一成が横顔だけで笑いかけてくる。

「分かってるか？　玲」

玲はその青い瞳を見つめている。

綺麗だな、と思った。

「俺を信じろよ」

「はい」

碇《いかり》を失った心は自分でも不安に思うほど軽い。安心と不安が共存した曖昧な心は、ゆらゆらと揺蕩《たゆた》っている。一成が起こす大きな風に乗って、このまま高い場所まで飛んでいってしまいそう。

でもきっとその大きな体で抱き止められるのだろう。一成は「どこ飛んでくんだ玲」と、玲を強く抱きしめて離さないでくれる。

そう信じている。

……もう。

探したいものはないけれど、高いところから見れば、何か見つかるかもしれない。それを指差して、笑い合える未来がくるかもしれない。

空色に染まった未来を想像していると車が走り出した。

この町のどこかにハウスがある。玲が由良に頼んで作ってもらったシェルターだ。逃げながらもその場所に幸福を見出して暮らしている人々がいる。バックミラーに目を向けると、チラ、と映った道路にはもう、由良の車はなかった。そういえば玲の今の携帯に残った一番古い写真は若い由良の姿だ。あれから由良の写真は一度も撮ったことがなくて、写真フォルダは、涼の写真だったり、お婆ちゃんだったり、施設の近くに住んでいた猫、夜の店の店長やキャスト、熱帯魚や、一成の寝顔……沢山の日常で埋まっている。古い携帯だから新しくした方がいいのかもしれない。そして一番最初に撮るのはきっと、一成のお喋りな姿だ。

車がレストランの前を通り過ぎた。一瞬見えた奥の席には、誰もいない。主人の女性と、テーブル席に座っていたお爺さんが笑い合っているのが見えた。

踏切を通り過ぎる。電車は見えない。もうとっくに過ぎ去ってしまったらしい。

一成が上機嫌で言った。

「帰ったら、まずは朝飯でも食うか」

「そうですね」

玲は頷き、一成は更に言う。

「弟も食べてくだろ？」

「そうしようかな、お兄さん」

踏切の警報音は聞こえない。この白い車には、一成の笑い声が響いてる。

「んじゃ、さっさと帰るぞ、玲」

「はい」

信号は青ばかりだった。道はもう開けている。出会った時も一成に強引に攫われて、今もこうしてあっという間に彼の車で運ばれている。向かうはあの、天に近く空に囲まれた部屋だ。

平和な青空が呼んでいる。一成は「熱帯魚どもにも餌をやらねぇとな。アイツらも、玲を待ちくたびれてるぞ」と笑った。懐かしい町を離れながら玲は心の中で呟いた。一成さんは笑ってるし、魚は待ってるし、仕方ないから俺はもう行こうかな。

さよなら。皆、幸運を祈ってるよ。

どうかお元気で。

世界中で俺たちだけ

実の兄と実の兄が同棲《どうせい》している。恋人同士として。これは四年経《た》っても完全に面白い。涼《りょう》はいまだにこの事実を思い返し、（そんなことある？）と新鮮に驚くことができる。仲良しカップルな実の兄と実の兄をもつ弟は全世界で何人いるだろうか。もしかして自分だけなのではないか、と独特な孤独を味わったりもできた。

涼の父親が如月一成《きさらぎいっせい》の父親と同じだと知ったのは四年前だった。父親の詳細は一成が一切語らないので不明だが、一成の反応からしてろくでもない男らしい。涼は別にどうでも良かった。涼が今現在気にしている親は永井《ながい》夫妻であって、彼らに気に入られたいし、彼らに愛されていたいし、涼も永井の両親のことが好きなのだ。

そういうわけで、実際には二人の兄と涼がそれぞれ片方ずつ血が繋《つな》がっているだけであり、実の兄と実の兄に血縁関係はない。兄たちが恋人であることには何の問題もないのだ。むしろ美男美男のアルファとオメガでお似合いの二人である。大きな喧嘩《けんか》もなく、すれ違いもなく、二人は四年経っても仲睦《なかむつ》まじく暮らしている。

この四年で、一成から玲《れい》への情熱はより強くなっている気がする。はっきり言って如月一成は大倉《おおくら》玲に夢中だ。涼が引くくらい一成は玲にベタ惚《ぼ》れしているし、休日の午前中なんかに二人のマンションを訪ねると、一成だけが涼を迎え入れて玲は一向に寝室から出てこないので、気まずかったりもする。一応は「兄ちゃんの体が心配」と苦言を吐いてみたこともあった。だが一成は「ほぉ……」とニヤニヤほくそ笑んでいるだけだった。イラッとしたが、一成に攻撃しようとは思わないし、涼は初めから二人の交際に全く異議はない。

涼は『兄ちゃん』である兄のことが好きで、『一成さん』も嫌いではない。ぽっと出の長兄である一成をいまだに兄弟のように接することはできないが、小遣いをくれるのでどちらかと言うと好きの部類だ。多少は出来心で一成を混乱させようとすることはあるが、基本的には二人の仲を応援しているし、邪魔はしていない。つもりである。

確かにいまだに実の兄と実の兄が恋人という現状には驚く。しかし仮に一成が涼の兄ではなかったとしても、玲と一成が結婚すればどうせ義兄になっていた。結果オーライというやつ……なのだが、今のところ兄と一成が結婚する兆しはない。

二人が恋人として同棲を始めて四年が経ち、当時高校生だった涼も大学生になった。兄は今年で二十四歳、一成は三十一歳になる。

まだ二人とも若いから未婚でも不思議ではないが、どうせあの二人はどちらかが死ぬまで共に人生を過ごすのだろう。ならばタイミングなど考えずに結婚しておいた方が楽なのではないか、と涼は考える。

兄にとっての『楽』だ。一成の底なしの独占欲を緩和させる手段として結婚は役立つに違いない。一成は結婚を迫っているはずだ。それなのになぜ結婚していないのか涼にはよく分からなかった。あの二人は互いに、世間体や仕事のプランや将来の不安など、社会の人々が考慮する何かを抱えていない。

彼らはそうした次元にいない。兄も一成も世間体など一ミリも気にしていないし、将来について悩むには腐るほど金がありすぎる。

タイミングだとかそうした常識的なことを考えて未婚でいるわけではなさそうだ。謎である。自分がまだ大学生だから、あの人たちの思考を読めないだけなのか？　きっと死ぬまで二人でいるだろうし、すでに同棲しているのに……。

一方で、『なぜ番《つがい》にならないのだろう』とは涼も疑問に思っていない。

涼は、オメガ性である兄が『番』を恐れていることを知っている。だから二人に番の話をするつもりはない。

そもそも、兄は昔からアルファ嫌いだった。弟の自分とヤクザの一人が特別で、それ以外のアルファは基本的に毛嫌いしていたのだ。

施設にもアルファ性の職員や子供がいたが、兄は彼らに冷たい態度をとっていた。嫌っているというより恐れていたのかもしれない。特にアルファの大人の男と話す時は、表情が険しかった。

だから、兄が由良《ゆら》という大人のアルファ性と親しくなったことに心底驚いたのだ。

その上由良は、アルファ性という属性以上に、ヤクザという厄介で恐ろしい肩書きを持っていた。実際に仲が良いのかは分からなかったが、事実として由良と兄はよく行動を共にしていた。兄が中学生の頃から、大人になるまでずっとだ。四年前まで由良と付き合いがあったようだが、今では由良の話も聞かないし、由良の影や匂いもしない。

今の兄は由良の業界とは関わらずにブックカフェで働いている。以前までの兄はキャバクラのスタッフや他のバイトなど掛け持ちしていて、それはどうも由良の伝手《つて》だったようだが、今の生活は落ち着いており、ブックカフェでの仕事のみで、健康的に暮らしている。

涼も時折、そのカフェに訪れる。店主が月城《つきしろ》一成のファンともあり、店内には一成の本が揃《そろ》えられていた。涼は一成の小説を好んで読んでいるが、兄はどうなのだろう。少なくとも涼は、兄が月城一成の小説を読んでいると聞いたことはなかった。

一成はたまに『玲は俺の小説が好きなんだぜ。ものすごくな』と語っている。その発言が一成の妄想なのか、事実かは、判明していない。

とはいえ確かに一成は適当な男だが積極的に嘘《うそ》を吐くタイプではない。

一方で兄はしっかり嘘をつくし、ちゃんと隠し事をする男だ。

現在進行形で兄が自分に何かを隠しているのは察しているし、素知らぬ顔で嘘を吐く姿など子供の頃から見ている。涼もまた、兄に嘘を吐いていることは多々あるけれど、だからと言って兄ほど誤魔《ごま》化《か》しが上手《うま》いわけではない。

由良に関してだが、兄は黙秘を貫いている。涼も今まで何度か由良について聞こうとしたことはあるけれど、悉《ことごと》く華麗に言及を避けられて今に至る。

一成と恋人になってからのこの四年は、由良の影は一切見えない。影が断ち消えた日を……朝を、涼は知っている。

今でも四年前のあの朝を鮮明に思い出せる。兄が突然、一成の元から消えたのだ。一成と涼とそして由良は、玲を探すためにかつて住んでいた町へ向かった。その朝、無事に兄を見つけることができたが、少しの間、兄と由良が二人きりで何かを話していた。

あの日から二人の縁が切れたようだ。しかし涼はそれをいまだに信じきれていない。由良との付き合いはまだ兄が中学生の頃からで、絆《きずな》というより鎖のように強固に思えた。

そんなに簡単に切れるものなのか？　実はこっそり会っているのではないか？

涼は四年間、そう薄ら疑っていた。

——この夜まで。

だがどうやら、二人は本当に関わっていないらしい。

この男の情報で涼はようやく理解した。

「——本当にレイ君の弟とはね。よく見ると似てるわ」

涼の前で酒を飲む男は、ニヤッと口角を上げる。あまり言われたことのないセリフに目を丸くする涼を眺め、男は「レイ君はそんな表情豊かじゃなかったけどね」と付け足した。

午後九時、涼は騒々しいバーの一角にいた。少し離れたテーブルで、一緒に店にきた大学の友人たちがボードゲームをして遊んでいる。

高校からのエスカレーター式で進学した大学ではあるが、新しい友人も増えて、涼も行動範囲が広くなった。成人して酒を飲めるようになってからはより顕著で、こうしたダーツやゲームで遊べるバーにもたまに訪れる。

目の前で酒を飲むマキと名乗る若い男は、つい十数分前に出会った男だ。「ねぇ君、お兄ちゃんいる？」と涼に絡んできた時から酔っ払っていて、面倒だなと対応したが、よくよく聞いてみると以前まで兄が働いていたキャバクラの元店長だと言う。

ちょうど友人らがボードゲームを始めるというので、涼は一旦抜けてマキと話すことにした。主に兄について。

「似てんのかな？　俺と兄ちゃんは、だいぶ違うと思いますけど」

「体格はね。レイ君は線の細い感じだったかも。弟君はでっけぇのな」

「そうすね。つうか俺のこと、兄ちゃんが話してたんですか？」

「いや、全く」

なんだ、やっぱり話していなかったのか。

若干落胆する涼だが、マキは煙草《たばこ》を咥《くわ》えて、天井を見上げた。煙を吐き出すとクックッと笑い出す。

「兄弟いるって知ってんの、俺だけだと思うよ。一回だけ見たことあんだよ、君の写真」

「え……どうして」

「携帯覗《のぞ》いちゃってさ。そこに君の写真が表示されてたから」

「それだけで覚えたんですか？」

「うん。俺そういうのすぐ覚えちゃうからぁ。特殊能力だよね。つうか、やっぱり弟だよな。君、似てんもん！」

口調は舌足らずでかなり酔っ払っている。それでも記憶力は抜群で、涼の姿を見てすぐさま『レイ君の弟！』と思い出したらしい。

今は店を辞めて服屋を経営しているようだが、さすがキャバクラの店長を勤めていただけある記憶力だ。こうして平気で絡んでくるところも図々しいコミュニケーション力も、かなり適正に合っているのだろう。

「似てるかなぁ」

「でも目が青いんだね君。何それカラコン？」

「カラコンじゃないですよ。裸眼です」

「そうなん？　珍しい。ますます興味深いな」

高校までは黒のカラーコンタクトをつけて瞳の色が目立たないようにしていたけれど、大学からは、気にしなくてもいいのではないかと試しに外して生活してみた。

兄は案外何も言わなかった。どうやら、兄が恐れていたものは去ったらしい。

それからずっと裸眼で過ごしている。昔からの友人と会うと目の色に驚かれるが、特に問題はない。

「レイ君今、どうしてんのー？」

「普通に過ごしてますよ」

「そっかそっか。いきなり飛ぶやつって結構いるけどさ、レイ君は種類が違ったんだよな。だっていきなり、『あいつ辞めたから』って言われて……いや、何でもない」

「それ、誰かに言われたってことすか？」

「あー、まぁ辞め方特殊でさぁ」

「由良さん？」

「おぉっ？」

どうせ相手は酔っ払いだ。シラフの兄相手よりは聞きやすいだろうと、思い切って切り出す。友人たちのテーブルを抜けてまで酔っ払いの絡みに応じたのは目的があったからだ。『由良』のことを知りたくなった。ただそれだけ。

この男からなら聞けるのではないか。

「弟君、あの人のことも知ってんの？」

やはり由良を知っているらしい。涼は心の中でほくそ笑んだ。

マキは酒で緩んでいた目をぱっちりと見開き、「由良さんと会ったことある？」と声をおさえて聞いてくる。涼は、過去を思い出しつつ頷《うなず》いた。

「はい。少ししか話したことはないけど」

「あ、話したことあんのね。まぁ君のお兄ちゃんと仲良かったもんな。怖かったでしょ？」

どうだろう。涼は、四年前を思い出す。その夜突然、一成と由良が永井家を訪ねてきたのだ。

それまで涼は由良に対してある誤解を……兄から由良への感情を誤解していた。涼は、兄は由良を恨んでおり何らかの方法で由良に復讐しようとしている、と思っていたのだ。

しかし実際には兄の目的は『如月一成』であったらしい。

正直なところその目的が何なのか、兄が一成に何をしようとしていたのかは、今でも把握していない。兄が由良に憎しみを抱いているわけではないことも理解したが、かと言って結局兄が一成に対しても由良に対しても、何を考えていたかは分からない。

そして涼はその内実を明らかにしようとしなかった。おそらく一成の父でもあり自分の実の父でもある男が関係するだろうとは想像はついているが、敢《あ》えて追及しようとはしない。

当然、兄が苦しんでいるなら助けたいとは思う。けれど四年前のあの夜が明けた朝、憑《つ》き物が落ちたように穏やかだった兄の顔を、涼は見ている。

その朝、兄が一成と共に車へ戻ってきた。

兄はいつものように無表情だったけれど、どこか諦めたようにも安堵《あんど》したようにも見える静かな表情をしていた。どうしてかあの瞬間涼は、きっともうこの先兄は大丈夫だろうと確信したのだ。

兄は、姿を消すようなことはしないだろう。兄の、突然消えてしまいそうな不安定な気配がなくなっていたからだ。

それまで兄は迷子の子供みたいな人だった。弟の自分を守って支えてきてくれた尊敬する人間ではあるが、警戒心が強く他人に自らを明かさない冷たい雰囲気を持つ人で、けれどその警戒心すら表にはせず生きている。

誰よりも大人なのにたまに幼い表情をする。その横顔に、迷い子みたいな頼りない瞬間がたびたび映った。

だがあの朝、兄は一成に連れられて帰ってきた。

『見つかったんだ』と思った。一成に見つかって捕まった兄は、安心したように車のシートに寄りかかっていた。

車は兄と弟を乗せて、空に近い部屋へと帰っていく。あの時見た、晴れた朝の空を眺める兄の横顔は、今でも涼の記憶のすぐに取り出せる場所にある。

あれから兄はずっと、恋人の一成と共に暮らしている。

「由良さん、雰囲気怖かっただろ？」

体に巡るアルコールのせいもあり、ぼうっと浮いていた意識がマキの言葉で現実に引き戻される。

「もう四年前とかの話なんで」

「レイ君が辞めたのもそん頃だな。弟君、知ってた？　君のお兄ちゃんとかなり親しい仲だった由良さん、実はヤクザなんだわ」

マキは一成と同年代であろう若い男だった。ひょろりとした体型で、雰囲気も親しみやすく、一成のようないかにもアルファ的オーラは感じないし、おそらくベータ性だろう。

「ああ、ですよね」

「なーんだ、知ってんのか」

「由良さんって今もヤクザなんですか？」

「んー、ヤクザやってんだろうけど、もう東京にいないんじゃないかな」

「え」

「俺も店辞めたから、今どうしてんのか分かんねーや」

なるほど。どうやら兄と由良に繋がりはないらしい。

ずっと疑っていたが、本当に兄は由良と関わっていないようだ。納得する涼の前で、先ほどまでヘラヘラしていたマキが言いにくそうに顔を顰《しか》めた。

「つうか由良さんはさ、レイ君の……ほら」

「恋人？」

「弟君それも知ってんのっ？」

試しに言ってみると、マキが大袈裟《おおげさ》に声を上げる。いちいちオーバーなリアクションをされると、涼も軽率なことを言ってみたい気になってしまう。

友人たちもすっかりゲームに夢中になっているし、マキの連れはダーツをしている。こちらに意識を向ける者はおらず、「でも由良さんってヤクザじゃないですか」という涼の発言も誰も聞いていない。

「由良さんって兄ちゃんのことどう思ってたんだろ」

「どうって。惚《ほ》れてたんじゃない？」

マキは皮肉めいた顔をして、思い出すような目をした。

涼としては、兄と由良の関係があまりにも不可解すぎて漏らした疑問だ。マキは平気で冗談を告げる。涼は呆《あき》れた。

「何言ってるんですか」

「惚れてたよ。どう見ても」

「……ん？」

しかしながらその口調はやけに真剣で、おまけに悩まし気にため息まで溢《こぼ》している。

マキが「すげぇ怖かった。由良さんのイロが俺の部下って。どういう冗談？　キツすぎっから」と愚痴みたいに溢すから、一応「……ふざけてます？」と返すものの、声に力が入らない。

マキは小さく笑って、眉を下げた。

「いや、本当に。まじで怖かったんだからな」

「……」

「レイ君が客に絡まれて、割れたグラスの破片でちょこーっと手を切ったことあってさ。それだけで由良さんが店来て客どっかに連れてかれたから。しょっちゅう店来てレイ君の安全確認してたし。最初は兄弟なのかと思ったけど、全然そんなことなかった。愛人だった」

「……」

「由良さん、首輪なんかあげちゃってさ。他の女も全部切っちゃって。てっきりレイ君を番にすんのかと思ってたのに、解放してやるなんて意外だなぁ」

「俺、正直、そんなガッツリ恋人とは思ってなかった」

動揺しながらも独り言のように呟《つぶや》くと、マキはうーんと自身の記憶を思い返すようにゆっくりと告げた。

「まぁ単純な恋人ではなかったと思う。イロだな。由良さんがレイ君を囲ってた感じ」

「はぁ」

「何にせよ、あの人はレイ君に惚れてたと思うよ」

「ええ……？」

それは、予想外だ。自然と疑うような声が漏れてしまう。

兄は、自分と違ってかなり美人だ。ヤクザの由良なら愛人の二、三人いるだろうから、その中に兄が交じっていても不思議ではないとは冷静に考えていた。

そこに恋愛感情があったかは度外視していたし、少なくとも兄から由良への恋情は見られなかった。由良も同じだろうと思っていたのに、まさかの『惚れてた』？

「えー……それ、本当？」

「本当の本当」

「由良さんが兄ちゃんのこと好きって……て兄ちゃん知ってるんすかね？」

「どうかなぁ」

「由良さんって、兄ちゃんに好きって言ったのかな」

いきなり、マキの大爆笑が始まった。ゲームをしていた友人たちが笑い声に釣られて、「何か楽しそうな話でもしてるのか？」と目を輝かせてこちらを見る。

マキはゲラゲラ笑い続けながらも言った。

「ははは。好き、好きね。君は好きな子に『好き』って言うんだよ。お兄さんとの約束だ」

「はぁ」

「好きな子作る？　紹介しようか。俺、友達多いよ」

「遠慮します」

あんまりにも笑われるので涼はムッとし、友人らのテーブルへと戻った。その後近くのテーブルで酒を呑《の》んでいたはずのマキはいつの間にかいなくなっていたが、最後に大笑いされたのが気に食わなかった涼はもう一度彼と話したいわけでもなかったので、大して気にせず店を後にした。

それが昨晩の話だ。

本日の涼は、実の兄カップルから夕食の誘いを受けて、彼らのマンションへやってきている。

マキの話は本当だろうか？　由良は兄のことが好きだったのか？　もしかしてそれを、兄も知っているのだろうか。

これまで兄本人とは由良の話をしたことがないし、ましてや二人が恋人同士であるか否かなど聞けるはずもなかった。

ただならぬ関係だろうと考えてはいたが、由良は兄を好きだったらしい。いや、まだ分からないけど。永遠に判明しない。由良と会う手段などないし、会ってはいけない部類の人間である。

しかしそうなってくると、心配なのは一成だ。

現在、由良は兄たちの居住地である東京に居ないようだが、いつ帰ってくるかは分からない。マキの話の真偽は不明だが、一成は警戒した方がいい。きちんと兄を守っておかないと。

しかし一成と兄が番になることはない。

ならば、やっぱり。

◇

「――結婚くらいはしといたら？」

脈絡のない涼の発言に、ソファに深く腰掛けた一成が不審そうに眉根を寄せる。部屋には涼と一成の二人きりだ。数秒の沈黙が流れる。

夕食会のお呼ばれで兄たちのマンションにやってくると、兄はまだ仕事から帰ってきておらず、逆に仕事を終えたばかりの一成がいた。

夕飯は一成が手作りしてくれるらしい。一成は四年前から料理にハマっていて、今では兄の好物であるシチューや角煮を極めている。

高層階に位置する部屋は全面ガラスの窓になっている。まだ五時前ではあるが真冬だから既に空は暗闇に包まれ、眼下の東京の夜景が綺麗《きれい》だった。

あまりにも早くやってきた涼に一成は「まだ飯作ってねぇよ。角煮ならあるけど」と不思議そうにしていたが、涼も、一成しかいない時間を狙ってやってきたのだ。

「結婚くらいはしといたら？　リングはめておこうよ。兄ちゃんの指に」

ソファに寄りかかって、実の弟と雑談をする寛《くつろ》ぎの時間を過ごしていた一成に緊張感が走る。由良であれ誰であれ、今後兄に近づく者を減らしておくために結婚くらいはしといた方がいいのではないか。涼はそんな親切心から助言した。

一成は若干顔を顰めてから、口を開く。

「急すぎね？　なんだいきなり」

「なんか不安になっちゃって」

「不安？」

一成が僅かに首を傾《かし》げる。涼の頭の中にはユラッと黒い影が揺らいだ。

幻想を打ち消して、涼はニコッと笑みを見せた。

「結婚したら？」

「はぁ？」

「その方が俺も都合いい。だって人に紹介する時さ、兄たちですって言葉にしやすいじゃん」

「ほぉ。お前都合だな」

「実際は二人とも兄なんだけど、世間には俺と一成さんが兄弟ってことは言えないだろ？　でも一成さんたちが結婚しちゃえば、俺の義兄になるんだから、堂々とアンタを兄貴って言えるぜ」

「俺を兄貴と呼びてぇのか？」

一成は呆れ顔でふっと鼻で笑う。全く信じていない表情の一成だが、実際涼も『兄貴』と呼びたいわけではない。

「兄貴って呼びたいなら呼んでいいぜ。お前の兄ちゃんがどんな顔をするのか、想像するだけで、グッとくるな。嫌そうな顔するんだろうな。かわい」

「……いや、呼ばないけど」

「なんだ、つまんねぇ」

「というかさ、実の兄であり義兄ってエグくね？　面倒すぎる」

「可哀想《かわいそう》に」

「にしても、なんで結婚しないの？」

「あー」

　一成は気怠《けだる》そうに、ソファの背もたれに深く寄りかかった。

「結婚くらいしてもよくない？　指輪作ってさ。そしたら兄ちゃんは、一成さんの夫だよ。なんかよくね？　兄ちゃんが奥さん！」

「凄《すさ》まじく、イイ」

「じゃあ何で結婚しないの？」

「玲がな」

　と吐息混じりに言って、一成は目元を痙攣《けいれん》させるように目を細めた。

「どう思うか、分からないだろ」

「えっ。兄ちゃん結婚とか嫌がってんの？」

「嫌がってはねぇけど」

「じゃあいいじゃん。一回結婚しよって言ってみたら？」

「……嫌がるかどうか分かんねぇ、ってのが正しいな。玲がしたくないこととしてもいいことの判別はむずい。お前知ってる？　あいつ、複雑な男だぞ」

「あー。あはは」

「少なくとも番になるのは怖がってるだろ」

「うん」

それは知っている。

番という単語は兄の地雷であり、うなじは兄の心の急所。『運命の番』なんかに至っては、兄はその単語を聞くだけで憎悪と恐怖に染まった目をする。

一成は銀髪の前髪を掻《か》き上げて、しかめ面で目を閉じた。つい最近まで金髪だったのだが、最近はまたシルバーグレーに戻っている。

実の兄ではあるが、この四年で一成はさらに美人になったと涼は認めている。兄との生活の幸福により調子が良い可能性もあるが、禁煙をした効果も大きいだろう。随分前に酔った一成が言っていたのだ。禁煙した理由を訊ねた涼に、『俺の副流煙で玲ちゃんが病気になったら大変だからな』と。

涼はその発言を聞いてゾッとした。

は？　玲『ちゃん』？

キツ……。ふざけて言っているのは分かるけれど、呼び方がやけに慣れていたのがうざかった。きっと普段でも酔った時やイチャつく時に、玲『ちゃん』と呼んでいるのだろう。それを想像するだけで、背筋に悪寒が駆け回り、涼は『きもい！』と大声で叫びたくなる。

一成は「玲はな」とどことなく嬉《うれ》しそうに目を細めた。

「キレるタイミング、かなり微妙だから。俺の玲ちゃんは簡単な男じゃない。面倒で可愛《かわい》いんだよ」

「きっ……！」

言葉を飲み込んで、深く息を吐く。一成は涼が叫ぼうとしたセリフを予想しているのか薄ら笑いで涼を眺めている。

「……ふぅ。そすか」

「俺は玲を離すつもりない。今後一生仲良く、愛し合うために、ノイズになるようなことはすべきじゃない」

「結婚ってノイズなんだ。便利な制度だと思っていたのに」

なるほど。一成が結婚を申し込んで、それを兄が拒否しているのではなく、そもそも話題にすら上げていないらしい。

一成は結婚を提案された時の玲の反応をやけに心配しているようだ。しかし涼はさほど危惧していない。多分だけれど、兄は特に何も考えていないのではないか。

「でも一成さんは結婚したいんでしょ？」

「あぁ」

一成は平気な顔で即答した。表情ひとつ変えずに、

「俺の男だって世界中に言って回りたいからな」

と告げる姿は、堂々としている。

「俺の男は玲で、俺はあいつの男なんだ。俺には人生を捧げる男がいるんだって、世間に言いふらしたい」

「……」

涼は、度々表に出ている一成のインタビューや記事を思い浮かべる。そこでは一成に恋人がいることが平然と記述されており、文章だけでも一成が恋人に惚れ込んでいるのが伝わっている。だが一成はこれで満足していないらしい。

やはり一成の独占欲というものは、他の人間に比べ頭ひとつ抜けており、きらりと光るものがある。

その一成が番になることを我慢しているのだから、独占欲以上に凄まじい理性を持っているんだなと涼は感心するし、それだけ一成が兄を愛していることも伝わってくる。

　何を思い出しているのか、一成は口角を上げてにやついている。どうせ兄のことを考えているのだろうと察しはつくが、一成はいきなり真顔になって、「つうか」と涼へ視線をやった。

「さっきの、不安って何だよ」

「え？」

「不安になるとか何とか言ってただろ。俺らの何がお前を不安にさせるんだ」

「あ。そうそう、昨日さ、兄ちゃんが前に働いてたキャバクラの元店長に会ったんだよ。マキさんって人。知ってる？」

　一成は片方の眉を上げて、目を細くする。思い出しはしたのか「話したことはないな」とだけ答えた。

「ふぅん。そんで由良さんの話になってさ」

「……由良？」

　背もたれに寄りかかっていた一成が上半身を起こす。涼は笑顔で告げた。

「なんか、あれだね。由良さんって兄ちゃんのこと好きだったんだね」

「……」

「ガチ惚れしてたらしいよ」

「……」

　一成は無表情だった。笑いもせず睨《にら》みもせずにじっとしている顔は、確かに自分と似ているような気がして、妙な感覚に襲われる。

一成はそれから唇を開くと、視線をテレビ画面の方へ向けながら呟いた。

「ふーん」

「今は由良さんも東京にいないらしいけど。一応、兄ちゃんがヤクザに突然囲われる前に、結婚くらいはしといた方がいいんじゃないかと思って」

テレビの画面が動画サイトに切り替わる。一成は最近流行《はや》りのドラマを流し始めた。

「実際由良さんが本気出してきたら、結婚してようがしてなかろうが関係ないのかもしんないけど。ヤクザのすることだし」

「それを、お前は不安に思ってくれたんだな」

「そうそう。二人を応援してるので」

「よく言うよ」

「兄ちゃんと結婚すれば？」

「言うよな。簡単に」

「簡単なんじゃない？　一回言ってみれば？」

「俺が結婚したいっつって、玲が、本当は嫌だけど気を使って了承したらどうすんだよ」

想像してみる。気遣いで、気まずそうに「はい」と頷く兄の姿。ちょっと面白い。

「気遣いで結婚はえぐい」

「だろ」

「でも、番はおいといて、結婚程度なら大丈夫だと思うけどな。確かに兄ちゃんって『家族』が地雷みたいなとこあるけど、結婚なんてさ、何か不都合が生じたら離婚すればいいだけじゃん」

「……なるほど？」

ドラマを眺めながら話をしていた一成が涼に視線を向ける。

その時、玄関の扉が開く音がした。

「あ、兄ちゃん帰ってきた」

涼が声を上げると同時に一成は腰を上げた。廊下の足音が近づいてきて、兄がリビングに入ってくる。

その髪色は兄の地毛である薄茶だ。もう黒髪ではない兄は一度こちらに目を向けるも、何も言わずに一成の顔を見る。

兄が単調な声で「ただいま」と告げた。一成は「おかえり」の後に、言う。

◇

「寒かっただろ。風呂沸かしてくるから先に入れ」

そう言って一成は、浴室の方へ向かった。

玲は去っていく彼の背中を眺めている。

完全にリビングの扉が閉まってから、玲は、先ほど視線を交わしたばかりの弟へ目を向けた。

「涼、一成さんと何の話してた？」

涼は不思議そうに目を丸くして首を傾ける。本気で分からないのか、もしくは演技をしているのか、これだけでは判別つかない。それだけ涼は嘘も誤魔化しも上手《じょうず》なのだ。

リビングにはテーブルを囲うようにL字のソファと一人掛けのソファが置いてある。涼は一人掛けの方に腰掛け、玲を見上げていた。

玲はその向かいのL字型のソファに腰掛けると、涼がとぼけた顔で言う。

「話？　何が？」

「俺が帰ってくるまでの間、一成さんに何か話してただろ」

「え？　あぁー……なんで？」

「一成さんが落ち込んでる」

「はい？」

涼は薄ら笑いで、微《かす》かに首を傾ける。

先ほどまでここに一成が座っていたのか、ソファは少し温い。玲はリビングと廊下を区切る扉をじっと眺めた。

「さっきの見た？　風呂沸かしてくる、って告げた時の寂しげな表情」

「……そう？　いつも通りに見えたけど」

「いや、元気なかった。さっきまで何の話してたんだ」

「えぇ？　元気ない？　分かんの？　すごいね」

心から感心したように爽やかな笑みを見せる弟。玲は思わずため息を溢し、背もたれに寄りかかった。

「やっぱ何か碌《ろく》でもないこと話してたんだろ」

「兄ちゃん、その言い方じゃあ、俺が前科あるみたいな感じになってるって」

「あるだろ、前科」

涼は無実みたいな顔をしている。玲の脳裏を過《よ》ぎるのは、クジラだ。

以前、涼に『一成さんが俺の抱き枕をたまに奪う』という旨の話をしたことがある。玲としては愚痴というより、単なる世間話だった。

その抱き枕は涼からプレゼントされたクジラの抱き枕だ。しかしクジラを抱いて眠ると、度々一成にクジラを奪われた。

一成はクジラをベッドの端に寄せて、その抱き枕がいたポジションに入り込んでくる。クジラと違って一成は図体が大きいし、全体的に硬いので触り心地はよくないが、クジラに嫉妬する一成は馬鹿らしくて面白いので、玲は概ね満足していた。

そんなことを涼に話した。世間話である。しかし涼はその話を脚色して、一成に伝えた。

涼の解釈では玲の話は『一成さんが俺のお気に入りの抱き枕をすぐに奪って、俺に抱きついてくる。暑くて嫌だし、ぬいぐるみほど可愛くないからやめてほしい』に変わっていたのだ。

『ぬいぐるみほど可愛くない』だなんて、そんなことは言っていない。一成もなかなか可愛い方だ。しかし一成は、『俺より可愛いなんて、そんなお気に入りのぬいぐるみだったのか』と衝撃を受けたらしく、反省してしまったのかそれ以降めっきり抱き枕を奪って抱きついてくることはなくなった。

抱き枕ごと抱きついてくるので、まぁまぁ居心地が悪い。仕方なく玲は抱き枕を放置し、一成の腕の中に収まっているが、この話で重要なのは涼が一成に玲の話をする際、脚色したことである。

涼はよく『二人の仲を応援してるよ』と爽やかに笑うけれど、おそらく明確な意思をもって引っ掻き回している。

「一成さんが落ち込むようなこと、何か言っただろ」

「えー……言ったかな」

口元にはまだ笑みが残っている。玲はしっかり涼を睨みつけてみるがその笑みは消えない。最近、特に思う。自分は弟になめられているのではないか。

子供の頃は、叱ればある程度言うことを聞いていた。施設でホラー映画を見た時は、『兄ちゃん、兄ちゃん』と泣きながら抱きついてくることもあった。

昔は頼りにされていたのだ。次第に成長し高校生くらいになると、『兄ちゃん、今何してんの？ちゃんと連絡返せって』と生意気なことを言うようになり、『兄ちゃんは事後報告が多すぎる』『兄ちゃん、飯ちゃんと食ってんの？　しっかりしろよ』と批判の比率が高くなっていった。

反抗期は過ぎて、涼も大学生。今は兄を舐《な》め腐るターンに入っている。

「一成さんに何話した？」

玲はちゃんと睨んでいるのに、涼はちっとも怯《ひる》まない。そして平然と答えるのだ。

「由良さんのことかな」

「はい？」

涼は軽やかに「由良さんの話をした」と付け足した。玲は思わず片目を細めて、眉根を寄せた。

「由良さん？　何で？」

長らく耳にしていなかった人物名に、声に動揺が走る。

涼は、いつもの調子で答える。

「この間飲み屋で、兄ちゃんが勤めてたキャバクラの元店長に会ったんだよ。マキさんだっけ？　その人と少し話してさ、そん時に由良さんのことも聞いたんだ」

「……」

「由良さんってもう東京にいないっぽいね」

「話したってそれだけ？」

てっきり由良が涼と話をしたのかと思ったが、実際に会ってはいないらしい。

由良晃《あきら》。懐かしい名前だ。四年前から一切会っていないし、現在何をしているのかも分からない。勤め先の店長のマキだってそうだった。仕事を辞めてからは連絡していないので、会うこともないと思っていたが、まさか涼が鉢合わせるとは。確かに涼の写真をマキには見られたのは覚えている。あの人の凄まじい記憶力は健在のようだ。

それにしても由良に係《かかわ》る話をしてなぜ一成が落ち込む必要があるのか分からない。怪訝《けげん》に思って顔を顰めると、涼はヘラッと笑って答えた。

「いやさ、由良さんが実は兄ちゃんのこと好きだったたって話をしたんだけど」

「……は？」

玲は乾いた声を漏らした。涼は、なぜかわざとらしく深刻な顔をして続ける。

「マキって人が言ってたよ。由良さんは兄ちゃんに惚れてたんだって」

「……」

「兄ちゃんに惚れ込んでたから、店にもよく来て兄ちゃんを見守ってたんだってさ」

「……」

「恋してたんだって」

「それ、嘘だよ」

玲は言ってから、自然と前のめりになっていた体を背もたれに戻す。

涼は意外そうに目を瞬かせた。玲は薄く唇を開き、静かに告げる。

「マキ君……あの人、適当なこと言うから」

「兄ちゃんくらい適当？　一成さんとどっちが適当？」

「涼、マキ君の言ったこと全部忘れていいから」

もうとっくに店も辞めたというのに、店長の噂《うわさ》話にまた振り回されている。店に勤めていた頃からマキは、「レイ君は由良さんの愛人」と勝手に吹聴《ふいちょう》していたのだ。

由良が自分に『惚れてた』とは思えない。由良の心は組長ただ一人に向いていた。恋？　ふざけやがって……。

何にせよその真偽はどうでもよくて、マキの言ったことを一成が鵜呑《うの》みにしているのだとしたら面倒だ。

いや、鵜呑みにするか？　一成が……。信じたところで、一成が元気をなくす理由にはならない。

「話してたことってそれだけ？」

「んー。まぁ、それだけじゃないけど……」

「何話したんだよ」

「それについては、一成さんからもコメントがあるんじゃないかな」

やはり一成を惑わす話題があったようだ。問いただそうと思ったけれど、そのタイミングで一成が「玲。体あっためろ」と帰ってくる。

一成はまっすぐ玲の元へ歩いてくると、まだ少し冷たい玲の髪を触った。

「外寒かったろ」

「あ……うん」

「風呂入ってこい。そっから飯だ」

チラリと涼に視線を向けるも、弟はにこやかな表情である。玲はひとまずはその件を手放し、言われた通り浴室へ向かった。

その後、三人で食事をした。最近の一成はハヤシライスを作るのにハマっている。料理を本格的に始めたのは玲と同棲してからで、一成の得意料理のラインナップは見事に玲の好物と合致している。

玲もまた、好物を一成と暮らし始めてから知るようになった。そもそも食事を楽しむ余裕ができたのが四年前からだ。ハヤシライスも、一成に連れられたレストランで初めて口にした。カレーと変わらないと思っていたのに、味は新感覚で、すっかりお気に入りになっている。

レストランのハヤシライスも美味《おい》しかったけれど、玲は一成の作ってくれるハヤシライスが一番好きだ。美味しいと伝えると、嬉しそうにする一成の表情も好き。

「ハヤシライス、美味しい」

「だろ。食え。いくらでも食べていい」

「はい」

「腹いっぱい食えよ」

ダイニングテーブルを囲んで、一成は玲の右隣に座り、涼は目の前の席についている。あっという間にハヤシライスを完食した一成は、だらしなくテーブルに頬杖《ほおづえ》をついて、ハイボールの入ったグラスを傾《かたむ》けつつ、玲を眺めている。

玲は黙って食べ続けていたが、あんまりにも一成が凝視し続けるので、目の前で山盛りのハヤシライスを食す涼が仕方なさそうに言った。

「見過ぎじゃね?」

「玲、美味いか?」

玲は十秒ほど口の中の物を咀嚼《そしゃく》し、飲み込んでから「はい」と答える。

「そうか。涼、見ろ。玲が美味そうに食ってる」

「……真顔に見えるけど」

「あー、かわいい」

「一成さんってさぁ、平気で人前で惚気《のろけ》るよな」

「まぁな」

涼の言う通りで、一成の愛情表現は場所を選ばない。涼や大江《おおえ》の前だけでなく、友人や世間を相手にしても同様だ。

ついこの間もそうだった。ラジオの収録で帰りが遅くなると一成から連絡を受けた玲は、その夜、一人でぼうっと過ごしていた。

不意に携帯を見ると、涼から《トレンド見た？》とメッセージが入っている。トレンド？　何のことか分からなかったが、涼から指示された通りに某SNSを開くと、トレンドとやらは《一成様》《一成様の彼氏さん》と一成関係で埋まっていた。

何かと思ったが、ラジオの収録は生放送であったらしく、それに出演している一成が大暴れしているらしい。戸惑いながらもラジオを聞いてみて、玲は頭を抱えた。

そのラジオ番組のパーソナリティは、一成の友人であるゴスケだったのだ。親友の織りなす会話は明け透けで、一成はゴスケや視聴者からのプライベートな質問に平気で答えていた。

《一成様、質問です。最近デートしたところは？》

『デートか……。アイツは行きたい場所とか好きなこととかないんだよな。たまにいるけどな、趣味ないやつ。いや、アイツはあったんだけど、それが無くなっただけかもしんねぇ。だから、たまに水族館行きたいとか言い出すと、ぶち上がる。この間水族館に連れて行ってやったらペンギンの抱き枕的なぬいぐるみ買ってた。やばかった。買い物袋受け取るの忘れたっつって、ずっとぬいぐるみ両手に持って歩いていた。思い出すだけで可愛い』

《先生、ハイボールのＣＭ観ました！　めっちゃ顔がよかったです！　質問です！　彼氏さんの好きな食べ物は？》
『食べたいもんとか欲しいもんをちゃんと口に出した時のレイは可愛すぎる。肉まん食べたいとか言い出したら、偉すぎて褒《ほ》めてやってる』
《レイ君の可愛いところ言えますか？》
『仕事から帰ってきてすぐ俺んとこに来るとこだな。俺が料理してると、帰宅したレイが無言でトコトコやって来て、真顔で『何作ってるんですか』って話しかけてくんの。ちょっと会話すると部屋着に着替えてきて、また俺んとこにトコトコ来ては、何か話せと言わんばかりに俺を睨みつけてくる。俺がベラベラ話すと満足して、部屋の水槽を眺め出す。その後もたまに俺んとこ来て、『今は何作ってるんですか』って聞いてくる。話したがりなんだ。俺が話してるとこ見るのも好きなんだろうな。世界で一番可愛い』
　玲はすぐに《一成さん！　酔ってますか？》とメッセージをしたけど、生放送中の一成から返信はなかった。ゴスケは面白そうに『すげぇな。先生が完全に下手《したて》に出ている』『レイ君の歩いている時の擬音、トコトコなの？』『でもサメとか、クジラのぬいぐるみも家にあったよな？　レイ君って海が好きなんか？』と返していた。
　レイと名前が出ていることに関してはもう、どうでもいい。玲はただ、酔っている一成が何か余計なことを言うんじゃないかと恐ろしくなった。いや、すでに余計なことしか話していないが、たとえば下ネタだとか、面倒な余計なことを言うのではないかと危惧したのだ。
　しかし一成は玲のメッセージに反応しない。それどころか、やがて玲のメッセージに気付いた一成は、平気で、『玲、遅くなるから先寝てろ。何か買ってきて欲しいもんあったら言えよ』とラジオを通して呼びかけてくる。

玲はその柔らかな口調を聞いて、怒る気も失せてしまった。下ネタも言わないし、ただ「可愛い可愛い」と連呼しているだけなので、もういいやと息を吐いたのだ。

先に寝ることもなく、玲はソファの隅でじっとする。ただ帰りを待ち、彼が帰宅してからは、一成が買ってきたモンブランを食べた。

あの時も一成は隣で、玲がモンブランを食べるのを熱心に眺めていた。

――今のように。

「だから見過ぎだって。兄ちゃんの食べてるとこ、そんな面白い？」

「すげぇ面白い。幾らでも見てられる」

「……こわーい」

「玲、頬に米粒ついてるぞ」

目線だけ一成に向けて、どこ？　と首を傾けてみる。一成は「取ってやろうか」と涼と同じ色の青い目を細めた。

「取ってやろうか」

「……いいです。自分で取る」

「左じゃない。右だ」

「ここ？」

「取ってやる」

一成はニヤッと口角を上げて、すぐさま玲の頬を甘嚙《あまが》みした。玲は思わず「うわっ」と声を上げる。

「なんで嚙《か》むんですか」

「んー？」

「食べた？　だめですよ、一成さん。人の頬についたもの食べたらだめです」

「ちょ、兄ちゃん、ちゃんと怒れって」

無表情のままでやる気なく抗議する玲に対して、涼はかなり嫌そうな顔を作り、険のある声で強く「おい」と抗議した。

「おい、何してんだ」

「あ？　俺においって言ったのか？　この生意気坊主め」

「おい嘘つくな。何もついてなかっただろ」

「涼、お前、よく見てんのな」

なんだ。別に米粒なんかついてなかったのか。まぁ、そうだよな。一成は人の肌についた米粒を食べたりはしない。頬は食べるけど。

一成は呆気《あっけ》なく自分の嘘を認めて、涼の口調に怒ることもなく鷹揚《おうよう》に笑う。涼は「おいおい」とまだ怒っていた。

「一成さん、いつまで兄ちゃんの頬食べてんだよ」

「ふにふにしてるぞ。お前の兄ちゃんの頬、やわらけぇの知ってた？」

「知るかよ」

「ははは」

ハヤシライスが美味しい。一成の作るハヤシライスは、真面目に、世界で一番美味しいと思う。

目の前では兄弟喧嘩（一成&涼バージョン）が繰り広げられているが、玲は食事に集中した。涼の山盛りとまではいかずとも、一成に並々に盛られたおかげで完食に時間がかかる。他にも一成の得意料理である角煮などおかずを沢山《たくさん》用意してくれたから、美味しくて、食べるのに時間がかかった。

こうして涼を食事の場に呼ぶことも多いが、一成は頻繁に友人を招いてパーティをしている。根っから陽気の人間なので、群がる人間もゴスケ含めて明るい者が多い。

本来なら玲が関わることのないタイプだ。一成の愉快な仲間たちも玲の性格を把握しているから、来訪するたび、部屋に閉じこもる玲に『玲ちゃん、お土産《みやげ》あるよ』『玲ちゃん、怖がらずに出ておいで』と声をかけてくる。仕方なく出ていくと、玲を含めてゲーム大会が開催されたりする。テレビゲームだったり、ボードゲームだったり、様々だ。

玲は友達がいない。これまで誰かの家で、トモダチとゲームをする経験などなかった。だから平気で『玲君の推理、すごいだろ？　これワシのダチね』と玲の肩を組んで優勝を誇らしげにするゴスケに、玲は無言で（友達……）と実感してしまった。

実際のところ、ゴスケとは一成と出会う前に接触している。

その件に関しても、一度は話題になっていた。

『――えーっ！　あの時の三好《みよし》君じゃんか！』

『……』

『ミヨシ、だと？』

恋人役を辞めて本物の恋人になってから、数ヶ月経ち、ゴスケたちはやってきた。

一成の恋人として紹介された玲を見て、ゴスケは目をまん丸にして『三好君！　久しぶり!?』と当然ながら驚く。一成も『おい、どういうことだ』と驚き、玲は押し黙った。

その時点で一成は、玲がゴスケに接触していたことを把握していた。一成が驚いたのは、『三好』という偽名《ぎめい》に対してである。

それは一成の小説の主人公の名前であった。

『お前俺の本読んでんのか！』

『……』

『おい！　玲！　無視すんな！』

週刊誌に写真を送ったことや、一成の情報を集めるためゴスケに接触していたことは打ち明けていても、一成の作品を読んでいることは話していなかった。どうにも自分からは言いづらかったのだ。まるで、とても一成を好きみたいだから。

そしてその時になっても認めるのはむず痒《がゆ》くて、玲は無言で煎餅《せんべい》をカジカジと食べる。無視されても一成はめげずに、玲の頭を撫《な》でてくる。

『玲！』

『ちょ、ちょちょ、どういうことだ？　一成先生、これどゆこと？　三好君じゃねぇの？　ワシ、三好君って聞いたよ』

ゴスケはひたすら困惑している。一成はただただ玲に呼びかけた。

『玲！　お前どんだけ俺の本読んでんだ!?』

『全部読んでるって言ってなかった？』

『……』

『何だと!?　玲！　玲！　お前はどうしようもないほど可愛いな！』

『三好君、感想たくさん言ってたじゃねぇか！』

『……』

『玲！　玲！　煎餅食べんの遅くねぇか!?』

『本当の名前は玲君なんだな。何で黙ってんの？　あんなに陽気だったのに！』

『お前陽気キャラ演じてたのか！　それ、俺にも見せられるか!?　玲！　玲！』

『……』

その後、ゴスケは玲が偽名を使っていたことやキャラを変えていたことをあまり気にしてなさそうに過ごしていた。他の友人たちもゴスケや一成と同世代で、年下の玲を『美人さん』『俺ら怖くねぇよ』と構い倒した。大江がやってきて、『玲君、風呂入ってくれば？』と助け舟を出してくれなかったら、罰ゲームで陽気な三好を披露《ひろう》する羽目《はめ》になっていただろう。

一成やその仲間たちは、玲が過去に何をしていようと気にしない。その底なしの明るさは、玲にはないものだ。

涼も、どちらかというと一成の気質に似ている。兄と兄が恋人同士という事実にも大して動揺せず、あっけらかんとしている。

一成はグラスに残っていたハイボールを一気に飲み干し、また玲の頬にキスをすると、弟へ笑いかけた。

「涼、お前、兄貴の頬がどんな味か知ってる？」

「ちょっと待って。まだいちゃつくの？」

「知らねぇだろ。教えてやろうか？」

「味なんかないだろ。ていうか、兄ちゃん？　食べられてるよ？」

「感触はふわふわ」

「兄ちゃん？　気付いてる？　頬食われてっけど」

「あのな、ハイボール味」

「それは今飲んでたからだろ！」

「あったけぇ。なぁ玲。なんで何も言わねぇんだよ。何か言えよ。玲、何してんの？」

ハヤシライスを食べている。玲は食べるのに必死なのだ。一成は一度口を離して何か言っては、また、本当に優しい力で甘噛みしてくる。

「玲、俺を構え」

「暴君みたいな甘え方。つうか兄ちゃんもいつまで頬噛まれてんの？」

「涼、ビール持ってきてくれ」

「チッ。太れ！」

涼は素直に腰を上げてキッチンへと向かっていく。涼が離れたタイミングですかさず一成が、今度は唇にキスを重ねてきた。

「んんっ」

「おら、唇開けろ」

ハヤシライスを食べている最中である。絶対に開けてやるかと必死に唇を噛み締める玲をキスの最中に見下ろし、一成は笑っている。

角度を変えて、何度も唇を重ねてくる一成。玲は頑なに唇を引き結び、抵抗した。一成は玲を抱きしめて、頭の後ろを抱えると、本格的にキスをしてくる。玲は一成の大きな体に封じ込められて、身動きができない。

「んんぅーっ……うーっ」

「はは、玲、おらおら」

「ふっ、んん……！」

「おらおらおら」

「何してんだ！」

缶ビールを持って帰ってきた涼は慌てた様子で怒鳴ると、一成を引き剝《は》がす。一成は親指を唇に当てて、「ははは」と笑い、反省は一切ない。

「何熱いキスをしてんだ！　兄ちゃんが苦しんでんだろ！」

「苦しんではないよな。なぁ玲？」

「おらおら言いながらキスしてくる人間、怖すぎるだろ」

「怖くないよな？　なぁ、玲」

「油断も隙もないな」

「ビール寄越せ」

偉そうにビール缶を受け取る一成からは、落ち込んでいる様子は見受けられない。

だが玲はつい先ほどの自分の目を疑っていない。

涼と二人きりで何かを話していた直後の一成は、どうにも大人しかった。いつもはこんなに元気で、やりたい放題なのに、あの時の一成は少し寂しそうに見えたのだ。

一成は涼から何らかの話を聞いて、気分が沈んだはずだ。

由良が関わるのか？　それとも、何か別のこと？

「玲、おかわりいるか？」

ハヤシライスを完食し、ウーロン茶を飲みながら考え込んでいると、一成が横から訊《たず》ねてくる。

玲は無言で、その端正な顔をじっと凝視した。そうやって見つめ続けていると、一成はだんだんにやけてきて、「おい、何だよ。照れてきた」と可愛らしいことを言う。

「すげぇ見てくんだけど。涼、お前の兄ちゃん、俺を見つめてくる。こいつ、俺のこと好きなんじゃねぇか」

「何やってるんだこの兄たちは……」

その後、後片付けをしてからも、玲と一成と涼の三人はのんびりと過ごした。愉快な仲間たちの一人から送られた新しいボードゲームをプレイして、午後十時前に涼は「またな。二人とも、おやすみ」と帰宅していった。

涼が去った直後に一成が「玲、風呂入るぞ」と言い出すので、玲は首を傾げた。

「俺、もう風呂入ったんですけど」

「知ってる」

「じゃあ何で」

「一緒に入ることが重要なんだろ」

「えー」

「えー、じゃない。えーだとかわーだとか、我儘《わがまま》ばっかり言いやがって。くそ。可愛いな」

なぜか説教を始める一成により玲は問答無用で浴室に連れて行かれた。一成の部屋の浴槽は広いので、大男と玲が一緒に入ってもまだ余裕がある。

バブルが腰に当たって血流が良くなり、「腰がかゆい」と言うと、一成は「かゆい？　ここか？」となぜか真剣な顔をして、玲のペニスを触ってくる。湯の中で性器だけでなく胸の尖《とが》りや穴の縁も弄《いじ》ってくる一成に、「全然場所が違う」と抗議したけれど、一成の立派なペニスは完全に勃起していた。

一成は「お前見てると無限に勃起する」と言って玲にチョーカーをつける。最近は家の中でチョーカーはつけないけれど、体を交える時だけ一成がチョーカーをつけてくる。つまりそれはセックスの合図だ。

一成は玲を抱え上げて風呂を出ていった。ベッドへ運ばれている最中に涼が話した一成を惑わす話について思い出したけれど、言及しようとする口は一成に塞がれる。

後孔を嫌というほど解されて、薄いゴムを纏《まと》ったペニスがぬかるんだ内壁に入ってくると、それだけで甘くイッた。だが一成は玲を抱え込んで突き上げるのをやめなかった。やがて絶頂に達した玲の体を抱き上げると、次は自分の膝の上に乗せて、顔中にキスをする。

ぐずぐずにぬかるんだ窄《すぼ》まりに震えるほど太く反り返ったペニスを埋められる。

既に一度達した玲は一成に抱え込まれて、緩く揺さぶられる。

力を無くした玲の体を支えるのは、最奥部まで貫く硬いペニスと、汗の滲《にじ》んだその太い腕のみだった。

「うっ、んんっ、あっ、はっあっ……あ……ッ」

「玲、」

「一成さ……あっ、んあ……あ、あ、あっ」

対面座位に持ち込まれた最初の方は一成も動かずに待っていてくれたけれど、今は穏やかな律動で突き上げられている。筋肉に覆われた体格の良い一成に抱きしめられると、玲の体は丸々その腕の中に覆われた。

「玲、最高の体だな」

「うっ、あっ、ああっ、んんぅ～ッ」

「声もいい。エロすぎる」

背中を摩《さす》る手は大きい。最奥を突き上げられて、甘い声が絶え間なく飛び出る。

「あっあっ、ぅ〜〜……！」

「玲」

名前を呼ぶ低い声が耳元で揺れた。色っぽい声に頭の中まで犯されて、剛直を咥えたナカがより一層強く締まった。

あまりの気持ちよさに唇を噛み締めて、一成の肩に額を押し付ける。

「うっ、ぐっ、んんっ、あっあっ」

「たまんねぇな。どこもかしこもあったけぇの」

「ぅ〜〜――……あぁッ！」

太い塊は腹のナカをかき混ぜるように暴れている。愛液でたっぷりと満たされた内壁は、じゅぷと激しく音を立てて這《は》い回るペニスを強く締め付けた。

もう散々愛撫《あいぶ》されたオメガ性の粘膜は敏感で、与えられ続ける快楽によりとろとろと蜜を垂れ流し続けている。

「あぅう……っ、ぐッ、あ、いっせ、さん……」

「んー？」

玲は一成の汗ばんだ腕の中でくぐもった声を出した。一成は、玲の腹の中を硬いペニスで甘く蹂《じゅう》躙《りん》しながら、優しく声を落とす。

「どうした？」

「気持ちい……うっ、んぅっ、うっう……あー……っ」

「気持ちいいか？」

「うん……ふっ、ぅう……！」

「ははッ、あー……くそ、可愛すぎる」

「一成さん、うっ、ああっ……、は、う、」

玲はハァ、ハァと熱い息を流した。体に力は入らない。一成に身を預けている。快感に身を委ねている。

膝の上にぺたりと座り込んでいるせいで、反り上がったペニスが腹の奥まで突き刺さっていた。血管の浮き出た獰猛《どうもう》な陰茎をまるで食《は》むように根元まで飲み込んだ内壁は、玲の意志とは関係なくぐねぐねとうねり、熱い竿《さお》にへばりついている。

「うぅっ、んん、は、ああっ……」

「最高だな……玲、顔上げろ」

ぐったりと一成の胸にもたれていると、頭の後ろをそっと摑《つか》まれる。顔を覗き込んだ一成は、しきりに「かわい」と繰り返し、貪るようなキスをした。

「んん〜〜ッ……！」

「玲、唾液寄越せ」

「いっせ、さん……あっ、んぅッ！　んっんっぐ……！」

僅かな嬌声《きょうせい》も一成の口の中に消えていく。口内に侵入してきた一成の熱い舌が、顎《あご》裏も歯も満遍なく愛撫してくる。

一成の唾液が甘美に感じるのは、自分がオメガで彼がアルファだからなのか。信じられないくらいキスが気持ちよくて、一成にずっと食べられていたいと、蕩《とろ》けた心で思う。

「んっ、ぅ、あッ！　ふぅ、んぅ！」

「顔真っ赤だな。発情期みてぇだぞ」

唇を離して、一成が囁《ささや》く。二人の間には銀色の唾液の糸が垂れ下がった。

玲が何か言おうとする前に、一成がまた唇を重ねてきた。そして両手で玲の腰を摑むと、じゅぷんっと剛直を最奥まで叩《たた》きつけてくる。

「ひっ、んんぅ──……～～！」

ストロークが途端に激しくなり、頭の中に星が散る。腹の中で粘膜がぶつかり合い、濡《ぬ》れた音が大きくなった。

慌てて一成の肩を摑むけれど手に力が入らない。一成は玲の腰を持ち上げて固定すると、幾度も猛々《たけだけ》しいペニスを突き刺してきた。

「一成さん、んぐっ、あっはっはぁ……あっ……！」

「……ぐ、……うッ」

「いっせ、あっあっ、はげし……っ、うう～～……！」

昂《たかぶ》りが腹の中で激しく往復している。腹の奥まで目一杯押し込まれたかと思えば、ギリギリまで抜かれて、またナカを貫いた。

「ひっ……～～──ッ！　あっ……！」

「玲、こっち向け」

「……～ッ、んんっ……！　うっうっ、あっ」

奥をぐっと突き上げられて、玲は奥歯を嚙み締めた。下から叩きつけられる感覚のせいで、玲の腰も自然と持ち上がってしまう。

一成は愛《いと》おしそうに目を細めると、容赦ない律動とは裏腹に啄《ついば》むようなキスをした。

「うっ、……んっ、あーっ、あっ、ぐっ、う」

「可愛い、俺のもんだ。玲、玲」

なぜか必死そうに、角度を変えて幾度もキスを繰り返す一成を、玲は涙の滲んだ目で見つめる。

「いっせさ……あっあっ！」

とても愛おしく思えて、求めるように自分から唇を押し付けると、一成が驚いたようにその青い目を丸くした。

「一成さん……あぁぁっ！　んんっあっ、はっ」

途端にナカに埋まるペニスが更に膨張した。青い眼光が一気に鋭く煌《きら》めいて、舌を絡み取られる。

一成の太い腕が玲の背中を摑み、体を覆われる。その抱擁は皮膚に跡がついてしまうほどに強く強烈だった。腹の奥までガツガツと穿《うが》つ猛りが玲を追い詰めていく。

口の中も、腹の中も一成でいっぱいだ。体も丸ごと一成に覆われて、この男に丸々食べられているみたいだった。

「んあ、あーっ……あっあっ、はっ」

「玲、お前ん中最高だ」

「一成さ……奥、当たってます……んぅ」

「ん、当ててる」

一成の呼吸が甘い。彼のアルファの匂いは媚薬《びやく》のようにクラクラする。ヒートでもないのに、玲の頭の中は蕩けて、全身が熱くなっていた。

「うう〜っ、あっ、うっ、ふぅ……！」

濡れそぼった秘部から愛液が洪水のように溢《あふ》れ出ていた。挿入が深まり、硬い先端が最奥を撫でるように擦り上げる。

玲は奥歯を噛み締めて、一成を抱きしめ返した。

……ああ、もうダメだ。

玲は快感で蕩けた目を瞬かせる。心臓がどくどくと激しく音を立てて、絶頂の兆しに背筋が震えた。一成の怒張をぎゅうっと締め付けて、ナカが痙攣する。玲は「あっ……」と声をこぼした。体はどこもかしこも熱を孕《はら》み、肌がじんじんと火照《ほて》っている。

「……ふっ、ん……ッ」

もうダメだ。イッてしまう。

来る快楽の波に備えるため強く瞼《まぶた》を瞑《つむ》ると、涙が溢れ出た。

「……ひっ、ぁあああっ！」

しかし、無言で絶頂に耐えようとしたのに、一成はその玲の細かな変化まで見逃さなかった。

「あっ、もう、一成さ……あああぁッ！」

追い込むように腰を叩きつけられて、接合部で絡み合った体液が泡を立てる。限界まで膨らんだペニスを痙攣する内壁に突き刺されて、玲は身動きが取れなくなった。

一成が最奥をじゅぷんっと叩き上げた。その瞬間、理性を繋ぎ止めていた最後に糸が切れる。

「も、もうイッ――～～……ッ！」

弱々しく開いた唇から嬌声が溢れ出て、見開いた目から涙が溢れ出る。

絶頂に達し、びくびくっと震えるナカを一成が勢いよく突く。その衝撃に玲は一成の体へもたれかかった。何度か腹のナカを往復してから、ようやっと一成もゴム越しに吐精する。

「玲」

一成は何度か名前を呼びながら玲の体を横抱きにする。玲は荒い呼吸を整えながら、一成を見上げた。

するとぐったりした体を抱きしめられて、唇が重なった。玲を抱くその腕に強く力が入ったのが分かる。一成の腕には血管が浮き出て、その腹の筋肉がビクッと震えた。

一成の目に獰猛な獣のような炎が燃えている。この男が、まだ欲望に満足できずにいることが伝わってくる。

「一成さん……あっ、あ！」

長い指が後孔に差し込まれ、音を立てながらナカをかき混ぜてくる。まるで孕ませようとするみたいな口付けも終わらなかった。

だが今日はもう嫌だった。疲れていたのだ。玲は「うう」と呻《うめ》きながら顔を背け、一成の胸を弱々しい力で押す。

「一成さ、もう無理、もうやめてください……」

「……玲」

その瞬間、一成の目の奥の青い炎が立ち消える。

「大丈夫か？」

「……水飲みたい」

一成はすぐさま玲の体をベッドに横たえると、テーブルへと手を伸ばす。ペットボトルを摑んだ一成は蓋を開けてこちらに差し出してきた。

玲は上半身をゆっくり起こして、それを受け取った。ぬるいけれど喉を充分潤してくれる水に感謝し、息を吐いて、飲みかけを一成に押し付けた。

「あげる」

「おお、ありがとな」

一成は飲みかけの水にも喜んで残りを飲み干した。あぐらをかいた一成の下半身で、ペニスは引き続き勃起している。

玲はベッドの下に落ちていたクッションを拾い上げ、それを枕にして寝転ぶ。ついでに一成の性器をペチンッと叩いて、「デブ」と悪口を言ってみる。

「あぁ？」

「一成さんの、太すぎ。デカすぎ」

「お前叩くなよ。興奮するだろ」

玲は黙り込んだが、一成はふっと笑って、ペットボトルをテーブルの上に戻す。

まだ元気に勃起しているのに、それを押し付けてくることはしない。世間で『俺様な態度が最高』『さすが一成様』と評価を受けている一成は、確かに一成様と呼ばれるくらい横柄で口も悪い男ではある。

だが、世間の人たちは知らないだけで、一成は玲が嫌がることをしない。

玲が嫌だと言えばすぐにやめる。ぬいぐるみの件もそうだし今だって同様だ。一成の体力についていけずに、「もうやだ」と声が漏れると、一成は途端にやめてしまう。

出会った当初は玲も一成の近くにいるため、行為の際に否定の言葉は決して言わないようにしていたが、今は普通に限界を訴える。すると一成はきちんと途中でやめてくれるから、玲はそれに安心していたりもする。

すると一成は「ちょっと待ってろ」と言い残し寝室から去った。すぐに現れた彼はタオルとスウェットを手に帰ってくる。「寒いだろ」と体を拭いてこようとするので、玲は徐《おもむろ》に立ち上がる。

「一成さん、風呂入ろう」

「動けんのか」

「うん。寒くなってきたから風呂入る」

歩き出すと、一成がついてくる。それから二人で湯船に浸かり、スウェットに着替えて、今度は玲の寝室へと戻った。

ベッドは玲と一成がそれぞれ持っていて、セックスをするのはいつも一成のベッドだ。事後は玲のベッドで一緒に眠っている。一成は、寝転んだ玲の顔や髪を触りながら、「敬語に戻んのがいいんだよ」と喋り続けている。

「昔みたいに敬語に戻る瞬間が最高にエロい。余裕ないと、そうなるんだよな」

「はぁ」

「さっきの覚えてっか？『奥当たってます』っつう謎申告。エロすぎっだろ。チッ、こいつ。たまらねぇな」

「うーん」

何か忘れているような気がする。一成の話を聞き流しながら玲は考える。

すると一成が「ああ、そうだ。玲、ほら見ろ」と携帯を手に取って画面を見せてくる。玲は横たわったまま携帯に目を向けた。そこにはお菓子の注文画面が表示されている。

「お前の婆《ばあ》ちゃんが好きだったやつ、取り寄せられるらしいぞ」

一成は上機嫌に言ってみせる。それは確かにお婆ちゃんの好物で、物産展でしか購入できない銘菓だ。どうやら通販では購入できるらしい。

すでに注文済みの画面を得意気に見せてくる一成は言った。

「届いたら、涼んとこ持ってくか」

「うん」

現在お婆ちゃんは元気になって永井家に住んでいる。涼の祖母ということで、永井夫妻が引き取ってくれたのだ。

お婆ちゃんが永井家に住むということで、それまでは一切永井家と関わらないようにしていた玲もあの家へたまに遊びに行くようになった。永井夫妻とは決して由良の話はせずに、程よく距離を保っている。

永井家へ向かう時は一成もついてきてくれる。一成の存在は心強いのだ。

「他にも色々注文した。ほら、お前が好きなラーメン。見てろよ。俺が上手く作ってやるから」

玲は延々と一人で喋り続ける一成の腕を無理やり引っ張ってみる。一成は体勢を崩しかけたが、何とか耐えた。玲は一成の腕に頬を押し付けて、「ラーメン」と呟く。

「ラーメン、好き」

「知ってる。だから頼んだんだ」

「ふーん……」

「あと玲の好きなデコポン注文してやったぞ」

「ありがとう」

「デコポン。ほら、玲、言ってみろ」

「でこぽん？」

ドッと一成が爆笑する。玲は、豪快に笑う一成をぼうっと見上げていた。

「可愛いなー。デコポン。もっかい言ってみろ」

「でこぽん」

「はっははは」

何か忘れている……と考え込んでいた玲だが、一成の笑っている顔を見つめている最中にようやく思い出す。

そうだ。笑っているから忘れていたのだ。数時間前の一成が、寂しげな顔をしていたことを。玲は一成の手を握りしめてから、問いかけた。

「一成さん、今日、涼から何か聞いたよな？」

すると、一人で笑い続けていた一成が笑うのを止めて玲を見下ろした。

玲は一成が答える前に補足する。

「涼が、一成さんに由良さんの話をしたって言ってた」

一成も思い出しているのか「あぁ」と大して表情の変化なく頷き、真顔で玲の髪を弄る。それから口元だけで笑みを描いた。

「久しぶりに聞いた人名な。ゆらゆら」

「涼から何て聞いた？」

「由良のやつが、お前に惚れてたって」

一成は軽薄な笑みを浮かべたまま、呆気なく答える。

「……一成さん、その話信じてんの？」

玲は眉根を寄せて、問いかけるというより呟くように言った。

「信じるも何も、俺の男なんだから、他のアルファに惚れられて当然だろ」

すると一成は玲の眉の間を指でつついてきた。

その顔に落ち込んでいる様子は見えなかった。むしろ優しい目つきをしているので、玲は眉間の皺を解いた。

「……」

「由良の一人や二人、惚れて当たり前。玲は美人で魅力的だからな」

「……その話、嘘だよ」

「ん？　嘘？」

「うん。由良さんが俺に惚れてたっていうのは嘘。涼は間違った情報を聞いただけ。というか信ぴょう性がない情報だから」

「ふーん……まぁどうでもいいけどな」

一成は本気でどうでも良さそうに言って、それから得意気な顔をした。

「玲は俺の男だ。別の人間が俺から奪えるはずがない」

やはり数時間前の寂しげな表情に由良は関係していないようだ。一成は自分ほど良い男は他にいないと思っている。

ならば、どうしてだろう？　玲は素直に問いかけた。

「今日、何か落ち込んでなかった？」

「落ち込む？」

一成は心あたりがなさそうな顔をする。玲はこくんと首を振る。一成は意外そうに目を丸くした。

「俺が落ち込んでるように見えたのか？」

「うん。元気ないなって」

「ほう？」

「寂しそうにしてたから。何か落ち込むようなことを、涼から聞いたのかと思ってた」

もしやあれは見間違いだったのだろうか。考えながらも告げてみると、一成の顔から表情が消える。無表情だったけれど、その目は優しい。寂しそうには見えなかった。

別に、落ち込んでいないのならそれでいいのだ。一成が元気をなくすような話をされていないなら構わない。

安心したせいか、玲の瞼が重くなる。すると一成が、枕に頬を押し付けて寝そべっている玲の頭に手を伸ばし、髪を撫でつけてくる。

「落ち込んではねぇよ」

「そっか。ならいいんだけど」

「……落ち込んではねぇけどな」

「うん」

「お前にどうやってプロポーズしようか考えてただけ」

玲は、閉じかけていた目を見開いた。

視線だけで一成を見上げる。一成は、何とも穏やかな笑みを浮かべて玲を見守っていた。

玲は言葉が出てこない。一成は繰り返して言った。

「プロポーズしようと思って」

「……一成さん、結婚したいんですか？」

思わず昔みたいな口調になってしまう。玲は唾を飲み込んで、一成が答えるより前に付け足した。

「俺と？」

「お前以外に誰がいんだよ」

一成はなぜか嬉しそうな笑みを浮かべた。とても可愛らしい笑顔だった。玲は啞然《あぜん》として、まるで見惚《みと》れるようにその顔を見上げている。

するとと一成は「お前と結婚したくて、考えてた」と言って、にやっと唇の端を吊《つ》り上げた。玲は我に返り、上半身を起こして、あぐらをかく一成と向かい合う。

「そっか。元気がなかったんじゃなくて、緊張してたんですね」

「緊張か。それは俺も今知ったわ。俺は緊張してたのか」

「自覚ないんだ」

「言っとくけどな」

一成はいきなり声を強めると、不敵な目をした。

「お前がどう答えようと、俺はお前を離す気なんかないからな」

その鋭い眼差《まなざ》しに心が震える。唇を引き結ぶ玲の顔を見て、一成はフッと目を細めた。

「玲、今世は諦めろ」

まるで同情するような、けれどまっすぐな眼差しだった。

そうして一成は堂々と告げる。

「今世は俺から逃げられねぇから。お前は俺の男で、俺はお前の男なんだ」

「……」

「ま、来世でも離すかは分からねぇけど。望み薄だと思え」

「……これってプロポーズ？　脅迫？」

思わず呟くと、一成が豪快に笑い始めた。玲はその笑い声で、強張っていた体がそっと解けるのを感じた。

同時に深く理解する。ああ、そっか。一成さんは俺の男なんだ。

今世も来世も玲は一成の男で、一成も玲の男。自由なこの男を自分のものにした。

そう思うと無敵な自信が勝手に溢れてくる。玲はそっと笑んで、呟いた。

「いいですよ」

「あ？　来世も俺が縛っていいってことか？」

「来世の話なんかしてない。一成さん、今、結婚してもいいですよ」

すると一成の顔から笑みが引いた。軽く視線を下げてから、また玲に合わせると、心なしか慎重な声で問いかけてくる。

「……気使ってる？」

「なんで俺が一成さんなんかに気使うんですか」

何を言っているんだこの人は。玲は唇を尖らせて、一成を訝《いぶか》しむ。

するとと一成は「だよな」と頷き、また強い眼差しで玲を射抜いた。

「俺と結婚してくれんの？」

「はい」

「言ったな？　訂正はなしだぞ」

「はい。でも条件があります」

一成は「条件？」と首を傾げる。玲は、一成の手に触れて、指を一本ずつ確かめるように撫でた。

「結婚します。その代わり俺の絶対的な味方でいて」

一成は真剣な表情で玲を見つめていた。玲は一成の手を見下ろして、さらに言葉を重ねた。

「俺が苦しい時は、必ず俺のそばにいてください。ずっと俺のことを愛して、俺が死ぬ時はそばにいて」

　これがプロポーズに対する回答になっているかは分からない。むしろこの言葉の方が脅しみたいだ。自分でも自分の言葉の重さを自覚しながらも言い連ねるも、一成は力強く即答した。

「ああ、約束する」

　その声につられるようにして、玲は顔を上げる。

　そこには想像していたよりも無邪気な笑顔を浮かべる一成がいた。

「玲が何をしようと俺は玲の味方でいるし、玲が辛《つら》い時は俺が責任を取る。玲が死ぬのを見届けてから、俺も死ぬ」

　玲はまた安心して、泣き笑いみたいな顔をする。すると一成が頬を撫でてきた。

　グッと体を引き寄せられて、あっという間に一成の片手に抱かれた。戯れるようにうなじにキスをしてくるので、玲は囁いた。

「噛みたいですか？」

「怖いか？」

　玲は答えられなかった。玲は、一成を怖がっていない。

　一成のそばにいると安心するし、この人に全部を預けていい時間を知っている。それなのにどうして、うなじを明け渡すことができないのだろう。

　記憶が悲鳴を上げている。不意に思い出すのは、子供の頃に見たあの人の光景だった。

　自分のうなじの傷を撫でる母の指はいつも細く、目は奈落のように真っ暗だった。玲は母と同じ血が流れる玲自身が怖かった。

　もしもうなじに傷をつけられたら、自分も母と同じ目に遭うのだろうか。そう考えるとどうしても恐ろしくなってしまう。なぜこの心はこんなにも、説明がつかないのだろう。

「お前が嫌なら噛まねぇよ」

すると、うなじに言葉を落とすように一成が言った。

玲は俯《うつむ》いていた顔を上げた。一成はくしゃっと玲の髪を撫でると、玲の額にキスをする。

「そんなことしなくてもお前は俺の男だからな」

「……一成さん」

「俺らは、お前のうなじから血を流さずとも魂で結ばれた唯一の番になるんだ」

一成の言葉は、確信に満ちていた。

一成は『番』だとはっきり告げる。一成は片頬で笑って、得意気に言った。

「そんな番、世界に俺らだけだぞ。これが運命だろ」

「そうですね」

無性に泣きたい気持ちになった。一瞬閉じた瞼が熱かった。玲はすぐに目を開いて、一成の青い目を眺めた後、安心した心地でいっぱいになりながら彼の胸に体を預けた。

心臓の音がはっきりと聞こえてきた。その音すら愛おしかった。鼓動のリズムに合わせるように、深い呼吸を繰り返す。

かつて、この人を殺そうと思ったことがある。

でも殺さなくてよかったな。一成さんが一成さんでよかった。

玲は微笑《ほほえ》んで、小さな声で言った。

「指輪、俺が買ってあげようかな」

「おお?」

明るい声がつむじに落ちてくる。玲は体の向きを変えて、一成の胸に背中を寄り掛けた。

「ずっと金使ってないから、貯《た》まってるんだ」

「すげぇじゃん」

「すげぇじゃんっていうか、一成さんが生活費殆《ほとん》ど払うからそうなってるんだよ」

「いや。お前が単に金を使うことに興味ないだけだ」

「一成さんが俺の服とか勝手に買うから金を使う機会がない」

「お前は自我がないからな。俺が買う服で満足してんのが、変なんだって」

「一成さんはこだわりがあるから。それに付き合ってあげてんの」

「お前がこだわりなさすぎな」

「じゃあ、買い物する。結婚指輪、俺が買ってあげます」

「太っ腹。さすが玲ちゃんだ」

腹に一成の腕が回ってきて、ぎゅうっと抱きしめられる。一成が戯れるように耳にキスをしてくる。

玲は「いつにする？」と、一成の頭を撫でた。

「婚姻届出しに行くの。一成さん、日付とかにもこだわりありそう」

「ん。一回考えようぜ」

「いつでもいいよ」

「玲はそうだろうな」

「俺、初めて結婚する」

「二度目であってたまるか」

全身の力を抜いて、完全に一成に寄りかかってみる。一成の逞《たくま》しい体はびくともせず、玲を丸ごと受け入れてくれる。

「お前が俺のところにきてよかったって、心底思わせてやる」

それはプロポーズの続きの言葉なのだろう。一成の口調には自信が溢れていて、玲を幸せにすると心から誓ってくれている。

けれど、玲は言った。

「一成さん」

玲は一成の温もりに身を委ねながら、教えてあげた。

一成さん、あなたは知らないだろうけど。

「俺はもう、一成さんと暮らしてから今までずっと、幸せなんだよ」

一成が与えてくれるただ笑っているだけの馬鹿馬鹿しい時間や、何も考えずに受け止められる軽やかな言葉たち。びっくりするほど重くて深い愛の言葉も、心を震わせるような表情や、溺れてしまいそうな快感も。

そのどれもが、何もかもが玲に安堵を齎《もたら》した。

こんな時間が自分の人生に訪れるなど、思わなかったのだ。

「この四年間は、二十四年間生きてきた中で一番安心できる時間だった」

玲は本当に穏やかな気持ちに満たされていた。今も、これまでも、これからもずっと。

「この家にいなくても、外にいても。店で一成さんの小説を見かけたり、雑誌や街の広告で一成さんの本のドラマを見かけたり、一成さんの顔を見つけるたびに、安心して嬉しくなる」

どこにいたって玲は不安にならない。どこにいようと一成の存在が玲の心に降ってくるからだ。

玲は一成の胸に寄りかかりながら、一成の太い腕を手に取った。両手で彼に触って、その熱を確かめて、抱きしめてみる。

「一成さん、だからこれからも頑張って俺の視界に入ってね」

てっきりふざけて、『入り込んでやるわ』と大笑いするかと思ったのに、一成は何も言わなかった。

玲は視線を後ろに向けてみる。一成は片手で目元を覆って、俯いていた。

暫《しばら》くの間、顔を上げなかった。だから玲は視線を一成の腕に戻して、その左手を眺めてみる。

この薬指にはめる指輪はどんな指輪にしようか。考えるだけで楽しくて、胸がふわりと期待で浮いた。

すると、一成が顔を上げる気配がした。

目がやけに潤んでいる。その目元が少し赤い。

「任せろ」

一成はニッと笑った。玲の心を安堵させるその青い目が、綺麗に煌めいた。

あとがき

はじめまして。作者のＳＫＹＴＲＩＣＫ（スカイトリック）です。この度は『暴君アルファの恋人役に運命はいらない』をお手に取ってくださりありがとうございます。

本作はウェブサイトに投稿していた作品の一つです。オメガバース作品ではありますが、番になっていない二人です。結婚はしたみたいです。投稿サイトでは書けなかったところなので、書き下ろしで書くことができてよかったです。

他書き下ろしで書けてよかったぜポイントとしましては、三人での仲良し食事風景です。一成さんが楽しげに玲を愛している姿と、ツンデレ玲くんの黙々とした感じ、そして呆れる大学生涼くん。そんな涼くんも好きな子ができたら、兄カップルから学習しているので、無意識にデレデレと甘やかすことになるでしょう。

一成と玲は私の中でもお気に入りのカップルです。陽×陰カップルの例みたいな二人を書くのは面白いんです。複雑な過去をもつ二人ではありますが、その後の二人は大変のんびりしています。

世間からは『一成様』と呼ばれ、顔の美しさと口の悪さから大変人気な陽気男一成と、インドアで目立つのが嫌いな玲くん。性質的には真逆な二人ですが、とても相性がいいので、たいした喧嘩もなく暮らしていきます。一成さんはツンデレ玲くんが可愛くてしゃーない。いつまでも可愛いので愛でるのが楽しくて仕方ない。一方、玲くんは一成さんがワーワー言ってるのが安心する。この二人の日常は、いくらでも書けそうな気がします。たまにＳＮＳでも番外編を出すことがあるかもなので、ぜひ遊びに来てください！

サイト（ムーンライトノベルズ）で投稿しているうちに、多くの方にお読みいただくようになり、こうして書籍化のお話をもらうことになりました。本当にありがとうございます！　ミギノヤギ先生の素敵なイラストまでついて、感無量です。嬉しすぎます。先生、ありがとうございます。サイトで読んでいた皆様からは、由良が圧倒的に人気です。書籍で読んでくださった皆様はどうでしょう？　良かったらレビューやお手紙などに感想くださいね。見に行きますね〜！

末筆ではありますが、各位に御礼を。
沢山ご迷惑おかけしてしまった担当様、最高な一成と玲とその仲間たちを描いてくださったミギノヤギ先生、幻冬舎コミックス様、本書の出版・販売に関わる全ての方々、投稿サイトで本作をお読みくださり応援してくれた皆様、そしてこの本を今、お手に取ってくださっている読者の皆様。
深く深く、感謝申し上げます。
またどこかでお会いできますことを心より願っております。

SKYTRICK

初出

暴君アルファの恋人役に運命はいらない
小説投稿サイト「ムーンライトノベルズ」にて発表の内容を加筆修正
※「ムーンライトノベルズ」は株式会社ヒナプロジェクトの登録商標です。

世界中で俺たちだけ　書き下ろし

暴君アルファの恋人役に運命はいらない

2025年3月31日　第1刷発行

著者　SKYTRICK

発行人　石原正康
発行元　株式会社 幻冬舎コミックス
〒151-0051 東京都渋谷区千駄ヶ谷4-9-7
電話　03（5411）6431［編集］
発売元　株式会社 幻冬舎
〒151-0051 東京都渋谷区千駄ヶ谷4-9-7
電話　03（5411）6222［営業］
振替　00120-8-767643

印刷・製本所　中央精版印刷株式会社

検印廃止

ISBN978-4-344-85579-3　C0093　Printed in Japan